心理三国·逆境三部曲之

看透历史,讲透人性

心理刘备

陈禹安 著

郑州大学出版社
·郑州·

图书在版编目（CIP）数据

心理刘备 / 陈禹安著. — 郑州：郑州大学出版社，2020.11

（心理三国·逆境三部曲）

ISBN 978-7-5645-7372-0

Ⅰ.①心… Ⅱ.①陈… Ⅲ.①《三国演义》研究②刘备（161-223）—人物研究 Ⅳ.①I207.413②K827=362

中国版本图书馆CIP数据核字（2020）第200434号

心理刘备
XINLI LIUBEI

策划编辑	郜　毅	封面设计	张立娟
责任编辑	郜　毅	封面插画	赵　鹏
责任校对	胡佩佩	版式设计	蔡小波
责任监制	凌　青　李瑞卿		

出版发行	郑州大学出版社有限公司（http://www.zzup.cn）
地　　址	郑州市大学路40号（450052）
出 版 人	孙保营
发行电话	0371-66966070
经　　销	全国新华书店
印　　刷	德富泰（唐山）印务有限公司
开　　本	710 mm × 960 mm　1/16
印　　张	18
字　　数	325 千字
版　　次	2020 年 11 月第 1 版
印　　次	2020 年 11 月第 1 次印刷

书　　号	ISBN 978-7-5645-7372-0	定　　价	49.80元

本书如有印装质量问题，请与本社联系调换。

英雄，不在逆境中产生，就在逆境中消亡。

——题记

三问"心理说史"

"心理三国三部曲"是"心理说史"的开创之作,在十周年纪念版出版之际,很有必要厘清读者们最关心的几个问题,其实主要就是三个:"心理说史"是什么?从何而来?去往何方?

心理说史是什么?

在"心理三国"系列出现之前,国内从未有过这种集历史、心理和文学于一体的写作形式,既像历史小说又像心理分析,很难归于已有的类别。系列作品的第一部《心理关羽》,在出版过程中关于书名的争议从未停息。"心理三国"的内容曾在天涯论坛连载,先后有几十家出版社表达过出版意愿,但几乎没有一家不想把书名改掉的,因为当时没有人确切知道《心理关羽》到底在表达什么。但改来改去,却都觉得没有一个其他的书名能够统摄《心理关羽》的丰富内涵,于是这一独特的书名就幸运地被保留了下来,并沿用到整个"心理说史"系列的其他作品中。

"心理说史"关键在于"心理"两个字。实际上,把这两个字当作动词而不是名词就容易理解了。"心理三国"就是用心理学去梳理、剖析三国的历史进程及关键细节,《心理关羽》就是用心理学去梳理、剖析关羽一生的心路历程。

一开始写"心理三国"的时候,我主要运用的是社会心理学，但自然而然地，人格心理学、发展心理学、进化心理学、认知心理学、生物心理学等应需而入，甚至还引用了全球心理疗愈领域大量的研究成果。同时，我本人对于"心理"的理解，也超越了现代学科体系所设定的边界，把自己对中国传统文化中的儒释道以及西方哲学体系的更深感悟融入其中。

从我个人的角度来看，也许"心"理比"心理"更接近真正的内涵，我甚至有这样一个观点：这个世界上，和人的社会属性、文化属性相关的知识，只有一门心理学。所谓的哲学、人类学、社会学、管理学、营销学等，实质上都是心理学。

所以，心理说史就是用"心"去梳理历史、述评人物。

说到历史，也许又会引发一个争议。"心理说史"的开创之作——"心理三国三部曲"参照的底本是《三国演义》，而不是所谓的正史《三国志》。读者们难免会质疑，《三国演义》能算是历史吗？

三国是非常特殊的一段历史，短短几十年，却是整个中国历史中最脍炙人口、广为人知的，这要归功于《三国演义》和各种戏剧、评书的民间传播。如果你和非历史专业的三国迷说，草船借箭的不是诸葛亮，而是孙权；华雄不是关羽斩的，而是孙坚干的，也没有温酒这回事……恐怕这些三国迷会找你拼命。从心理学的角度，信即为真，将大众一致信以为真的信息视为历史，其实并无不可。这同样可以推及广为人知的《水浒传》《红楼梦》的解读。

细品《三国演义》，我们还会发现，这其实是中国人代代相传的集体创作，也是中国人集体潜意识的外显。《三国演义》中隐藏的是中国人国民性的基因密码。从而，用心理学加以解剖，就更有其必要性，也更有其正当性了。

当然，心理说史在处理其他的历史时，会尊重基本史实，但读者们也必须明白，从来就没有所谓百分百真实的客观历史，任何记录都会带有记录者主观感受的痕迹以及个人视角及表述能力的限制。

"心理说史"从何而来？

2007年初夏，我突然从每天平均工作十二小时以上的繁忙节奏中脱身，有了很多的空闲时间。当时，我就想用一种不一样的方式来阐述历史。于是，在一台黑色的索尼电脑上不知不觉敲下了三万字，这就是《心理关羽》的前十节。

写完这三万字，突然意兴索然，我就放下了，那台电脑后来也不见了。但幸运的是，这些文字在一个U盘中留下了备份。整整两年之后，一个非常偶然的原因令我想起这些文字，然后把它们发到了天涯论坛，每天发一节。刚开始的时候，并没有什么动静，我原想发完这十节，也就该结束了。没想到第九节发出后，跟帖瞬间火爆起来。网友的热情让我觉得这样的文字也许是有价值的。于是，整个三部曲就一气呵成了。

所以，"心理说史"本是无心栽柳之举，刚开始的时候，我并不知道我后来会写出十几部作品，也不可能想到"心理三国"能够以数种文字、多个版本风行于世。

一个婴儿初生之际，人们可能不会急于为他畅想未来，但"心理三国"系列已经十周岁了，我们不免要考虑它的未来。

"心理说史"将去往何方？

十年来，我一直在思考这个问题。

历史到底是什么？如果历史仅仅是过眼云烟，"万里长城今犹在，不见当年秦始皇"，那么，事过多年之后，我们去学习历史、剖解古人又能得到什么？

从人性的基底来看，所谓历史，其实是一间巨大的心理实验室，一打开门，看到的却是正在发生的现实。历史，其实不是古人的故事，而是我们每个人自己的故事。基于此，我们也就发现了心理说史的基本价值——剖析古人心理，感悟现实人生。

每个人都是在不断成长的，每个人的一生其实都有一条心路历程。我们往往以固定的一个标签去看待一个人，但一个人并非只代表是一张脸谱。

美国作家迪帕克·乔普拉写过一本小说——《人子耶稣》，从人的角度描写了《圣经》中缺失的耶稣从十二岁到三十岁的历程。乔普拉感慨地说："不管是否信奉基督教，人们把耶稣看成是静态的。耶稣没有烦恼，也不会成长。耶稣在伯利恒的马厩里一生下来就是神圣的，终其一生都是如此。"所以，他反其道而行之，把小说的主题定为：一个有潜力成为救世主的年轻人，发现了自己的潜力并学会了实现自己的潜力。

乔普拉对耶稣的成长的理解，其实也应该正是我们对任何一个人——无论是历史风云人物，还是现实中普通人的成长的理解。

我希望"心理说史"能够让历史在心理学中复活，让人性在心理学中鲜活，从而在历史学、心理学和文学的交叉之处，留下一个不一样的印记。"看透历史，讲透人性"，这就是"心理说史"必须承担的历史使命，也是"心理说史"一直在努力前往的未来。

我们在历史上所做的每一分努力，都应该是为了让现实更美好。

2019年12月29日星期日下午3：38于杭州别馆13B

三国的两部历史
——兼谈心理学家的历史观

在中国人的心目中,三国这段历史有着特殊的地位。但稍一深究,就会发现无论是其存续的时间长短,还是对整个历史进程的作用,都与它所表现出来的巨大影响力严重不符。

这是因为三国一直有两部历史。其中的一部历史静静地躺在故纸堆中,问津者寥寥无几;而另一部历史则在田间地头、市井巷陌为人所津津乐道。前者就是以《三国志》为代表的所谓"正史",而后者就是以《三国演义》为代表的,包括小说、戏剧、民间传说等多种传播形式的"非正史"。

三国在中国乃至在整个中华文化圈的巨大影响力显然来自后者。这是一个让执着于历史真相的历史学家们颇感无奈及尴尬的事实。但这一事实,却也正是验证心理学上的"易得性直觉"的最佳例证。从人类的认知机制来看,那些形象具体、活色生香、充满想象、饱含情感的信息自然更容易被吸收、被认可、被传播。

西哲培根有云:"读史使人明智。"我们回望历史,就是为了从中汲取智慧,以更好地走向未来。那么,问题就来了。

我们应该读什么样的史呢？

历史学家当然希望人们去读他们眼中的正史，而不要读以讹传讹的那些非正史。但心理学家的历史观似乎有所不同。

首先，心理学家认为从来不存在绝对真实的历史。

心理学家乌瑞克·奈塞尔在美国航天飞船"挑战者"号爆炸的那个早晨，询问埃默里大学的一组大学生，他们第一次听到这个消息的时候处于什么样的情形。所有被询问的学生都写下了清晰的记录。大约三年后，他让四十四个依然在校的学生再次回忆当时的情形。在这之后写的回忆文章中，没有一份与当年写的完全吻合，约有四分之一的学生写下的是完全不同的。

哈佛大学心理学系主任、著名记忆学专家丹尼尔·夏科特所著的《记忆的七宗罪》一书，告诉我们：健忘、分心、空白、错认、暗示、偏颇、纠缠七种背离真实状况的现象普遍存在于每一个人身上。

可见，记忆并不那么靠谱，而历史作为人类的集体记忆，在其记录者的概括、删减以及有意无意的扭曲的过程中，自然也会出现无可避免的偏差。

所以，历史必然不可能全然真实。如果坚持唯有读正史才能使人明智，那就是泥古不化了。

其次，心理学家秉持"知方为有，信即为真"的特殊历史观。

人类不是上帝，不可能全知全觉。比如，人类在没有发现细菌之前，并不知道有细菌的存在。所以，只有被人们认知到的，才是"有"或"存在"的，除此之外的事物，只能归结为"没有"或"不存在"。

而那些有幸被归为"有"或"存在"的事物，也只有人们信了，才算是真的。这就是"信以为真，不信以为假"。

心理学上的安慰剂效应，说的是病人虽然获得无效的治疗，却因相信治疗有效，而让症状得到舒缓的现象。比如，美国有位"二战"老兵，经诊断，他疼痛了五年的膝盖患有退行性关节炎。医生对他施行了全身麻醉，然后在膝盖的皮肤上切了一个口子，并没有做真正的手术。但这位老兵事后却觉得膝盖完全好了，而且多年来第一次可以不依靠拐杖行走。即便医生事后告诉他真相，他也绝不相信自己接受的只是"安慰性诊疗"。

　　只要信以为真，就会对人产生影响。只有信以为真，才会对人产生影响。这一认知规律同样也适用于历史之于后人的作用。

　　在《三国演义》中，"温酒斩华雄"是关羽的英雄壮举，"草船借箭"是诸葛亮的神机妙算。试问有多少人知道，在《三国志》中华雄是孙坚杀的，草船借箭是孙权所为呢？又有多少人愿意相信这才是真实的历史呢？

　　清王朝的奠基者努尔哈赤对《三国演义》深信不疑，直接影响了他身边的人。他的儿子皇太极继位后，就从《三国演义》中学了周瑜的反间计，离间崇祯皇帝与袁崇焕，结果竟然真的害死了大明朝的护国长城袁崇焕。这发挥作用的显然不是真实的历史吧？

　　"穆桂英挂帅""十二寡妇征西"这些杨门女将的故事脍炙人口，流传甚广。可其中最重要的人物穆桂英压根儿就不存在，甚至连穆桂英的丈夫杨宗保也是个子虚乌有的人物。尽管如此，杨家将的故事仍激励着无数男儿热血沸腾，精忠报国。

　　隋文帝杨坚在尚未夺得帝位之前，因为容貌出众、有王者之相而遭到嗜杀成性的北周宣帝宇文赟的猜忌，面临性命之忧。坚信杨坚必成大业的术士来和，却在受宇文赟指派为杨坚看相后，刻意回护杨坚，说他最多只是大将军之相，从而帮杨坚保住了性命。这不是"信则灵"，又是什么？

再如，我们都知道神话、童话、寓言都不是真实的，却不能说它们起不到教诲作用。

所以，与历史学家不同，心理学家更为关注的是那些被人们信以为真的历史，以及这样的历史到底能发挥什么样的作用与影响，而不一定去苦苦追寻所谓的历史真相到底是什么。

说到这里，就有必要转回来谈谈三国的两部历史了。因为，这牵涉"心理三国"系列作品创作蓝本的选择问题。

"心理三国三部曲"（《心理关羽》《心理诸葛》《心理曹操》）是严格依照罗贯中著、吴郡绿荫堂藏版《李卓吾先生批评三国志》（即《三国演义》的前身）的叙事进程展开的。而"心理三国·逆境三部曲"（《心理刘备》《心理孙权》《心理司马》）则有所不同。

这有两个原因。

首先，《三国演义》褒扬刘备过甚，太过背离现实。比如，刘备兵败徐州，在逃亡途中路遇猎户刘安。为了表现刘备的仁德深得人心，《三国演义》设计了刘安杀妻，用妻子的肉款待刘备的情节。这样的情节实在太过残忍血腥，我在《心理刘备》中就弃之不用了。另外，也有一些情节根据心理逻辑的演进需要，适当采用了《三国志》的说法。比如，关于刘备皇叔身份的一些描述。

其次，在《三国演义》中孙权和司马懿并非第一阵列的主角，故而对他们人生历程的交代存在大量欠缺。这直接影响到对他们心理演化进程分析的完整性。为做弥补，我只能从《三国志》《资治通鉴》等正史中撷取资料，并与《三国演义》对接融合。这显然不是一件轻松愉快的事情，但也只能勉力为之。最后呈现出来的《心理孙权》和《心理司马》其实是一个《三国演义》和《三国志》的杂合本。这多少让我心里有一些纠结。

在写作过程中，偶然翻到《随笔》杂志（2014年第3期）上沈宁先生所写的一段话："事实上，《三国志》也已经有了演义的笔法，特别是裴松之的小注，记录了许多演义故事。而《三国演义》则也是七分实三分虚，用了很多裴松之的小注故事，把《三国演义》称为史传，也是可以的。所以我想，古人做史都并不能绝对避免演义笔法，现今史家也没有什么理由，动辄以杂有演义而否定记史的文章。"这段话于我，自然是心有戚戚焉，也让我大为释怀。

另外，要特别提出的是，尽管心理学家不会苛求百分百的历史真实，但这并不表明心理学家完全反对追求历史真实，更不会刻意偏爱野史传说。我之所以要为"心理三国"系列作品参考蓝本的选择大费周章予以说明，完全是因为三国有两部历史的特殊性。除了三国之外，"心理说史"系列的其他作品因为不存在影响远胜正史的演义故事，也就无须多费口舌了。

事实上，运用心理逻辑来分析历史，反而更能判断出正史中相互矛盾的一些记载的真伪。

比如，关于春秋末期吴国权臣伯嚭的命运就有两种记载。《史记》中说越国吞吴后，伯嚭为勾践所杀，而《左传》则记载伯嚭再讨得勾践欢心，继续在越国担任太宰。

《史记》《左传》均为正史，到底哪一个的记载是真实的呢？

《史记》是司马迁所著，《左传》则是根据鲁国国史《春秋》所编，而《春秋》经过了孔子的笔削。司马迁境遇坎坷，《史记》中处处可见他自浇内心块垒的情感笔触。孔子首创春秋笔法，并不大肆表露情感倾向，从而更不可能擅改历史。从司马迁和孔子的价值观念来看，两人均会衷心拥护"让伯嚭去死"。但孔子却站在自己的相反立场，保留了关于伯嚭继续在越国担任太宰的记录，显然更具可信度。而司马迁对伯嚭命运的处理，更可能是为了宣扬正义而做了曲笔处理。

所以，我在"心理吴越三部曲"中采纳了《左传》的说法。

当然，这也只是我对历史真相的一种选择。我们必须明白，这世上其实哪有什么正确的选择，我们所有的努力无非是让自己的选择变得正确罢了。

2014年11月23日晚20：26于别馆13B

桃园结义

1. 屌丝遭遇土豪 —————————— 003
2. 一介草民的皇帝梦 —————————— 007
3. 一只很"贵"的小白鼠 —————————— 010
4. 谁有资格当老大 —————————— 014
5. 主见就是领导力 —————————— 018
6. 无数次亲密接触 —————————— 021
7. 背景决定前景 —————————— 026
8. 逼你上路的人 —————————— 030

徐州恩怨

9. 痛苦来自比较 —— 037
10. 给自己争个座位 —— 041
11. 且让小僧伸伸脚 —— 045
12. 不像英雄的英雄 —— 049
13. 孔子门前掉书袋 —— 053
14. 无法坚持的马拉松 —— 057
15. 馅饼太大不敢吃 —— 061
16. 道德不是糊涂账 —— 065
17. 空手套了白眼狼 —— 069
18. 一把不想杀人的刀 —— 073
19. 世上只有兄弟好 —— 077
20. 从将军到奴隶 —— 081
21. 第三种可能性 —— 084

谁是英雄

22. 反复无常的老师 —— 091

23. 杀人何必要用刀 —————— 095

24. 人算还是天算 —————— 101

25. 田猎只是一场戏 —————— 105

26. 一头鹿的分水岭 —————— 109

27. 英雄眼里无英雄 —————— 114

28. 背叛就像一把刀 —————— 118

29. 兄弟的一封来信 —————— 122

30. 绝境中的绝望 —————— 126

荆襄风云

31. 给你来盘大杂烩 —————— 133

32. 安逸是最大的痛苦 —————— 137

33. 说错话的代价 —————— 141

34. 你的身上没有秘密 —————— 145

35. 重病遇上老神医 —————— 149

36. 半路来个抢跑的 —————— 153

37. 抢跑的被人抢跑了 —————— 157

38. 一个比一个会吹牛 —————— 161

39. 谁中了谁的计 —————————————— 166

40. 有借从来没有还 —————————————— 170

41. 关于投降的争论 —————————————— 174

42. 书到用时方恨少 —————————————— 178

43. 智商不等于智慧 —————————————— 182

44. 斗气从来无赢家 —————————————— 186

45. 天上掉下个孙妹妹 ————————————— 190

46. 温柔是把杀猪刀 —————————————— 194

47. 玩笑开得太大了 —————————————— 198

大梦成真

48. 相反也是一种模仿 ————————————— 205

49. 谁是谁的棋子 ——————————————— 209

50. 心结是怎样打开的 ————————————— 213

51. 高手算不了自己的命 ———————————— 217

52. 愧疚带来的后遗症 ————————————— 221

53. 又吃了一记闷棍 —————————————— 225

54. 梦想在苦涩中成真 ————————————— 229

白帝落日

55. 鲜血淋漓的教训 —————————— 235

56. 算不清的身份账 —————————— 239

57. 两个被忘却的教训 ————————— 243

58. 英雄逃不脱末路 —————————— 247

59. 人生中的最大败笔 ————————— 251

60. 备尝艰辛的一生 —————————— 255

本书主要心理学概念解读（括号内数字为所在篇目）— 259

后记 ———————————————— 264

初版后记 —————————————— 267

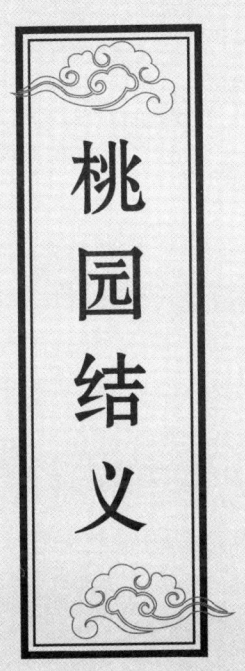

屌丝遭遇土豪 / 一介草民的皇帝梦 / 一只很"贵"的小白鼠 /
谁有资格当老大 / 主见就是领导力 / 无数次亲密接触 /
背景决定前景 / 逼你上路的人

1

屌丝遭遇土豪

人海茫茫，有些不期而遇也许会改变一个人的一生。对刘备来说，那个偶然相遇并改变了他一生的人就是张飞。

这一天，刘备挤在人群中观看涿县城门墙上张贴的榜文。刚看几句，刘备心中便波澜翻涌，不由一声长叹。

一旁的张飞听到了刘备的叹息，并自以为听懂了刘备的叹息，立即大喝道："大丈夫不与国家出力，何故长叹？"

刘备回头一看，只见一个身材高大、豹头环眼、燕颔虎须、威猛无比的黑壮大汉，正用热灼的眼光注视着自己。

这是刘备和张飞的第一次相遇。

很多人都低估了张飞这一声大喝的影响力。人们印象最深刻的是张飞后来在长坂坡前吓退曹操百万大军、吓死小将夏侯杰的那一声大喝。但是，如果没有张飞今天的这一声大喝，张飞根本就不可能在长坂坡露脸，而刘备也会错失这个让他日后成为风云人物的机会。因为叹息之后，刘备就会默默收拾心情，转身离开，从此与张飞再无交集。

这到底是怎么一回事呢？

原来，天下出大事了。

这一年是东汉灵帝中平元年（公元184年）。冀州巨鹿郡张角、张宝、张梁三兄弟以行太平道为名，积十余年传教拢众之功，发动"黄巾起义"，贫苦百姓应者云从，徒众多达数十万人。当时天下共分十三州，黄巾军竟然席卷青、徐、幽、冀、荆、扬、兖、豫八个州，一时间震惊朝野。

汉灵帝召集文武百官，紧急商议后，立即派出中郎将卢植、皇甫嵩、朱儁等人各率精兵，征讨剿杀黄巾军。同时，为加强围剿力量，又下令天下各州郡县，招募义兵，扫除黄巾军。

刘备、张飞刚才所看的正是是幽州刺史所发的招募义兵的榜文。

那么，看了榜文之后，为什么刘备会发出一声叹息，而张飞却对他一声大喝呢？

很多人都会想当然地将张飞的举动视为他鲁莽个性的正常显露。人们往往根据直接或间接的经验，将某些性格特征赋予某一类人，从而不假思索地形成对这一类别个体的顽固性第一印象。但这样看待张飞就落入"以貌取人"的刻板印象陷阱了。

张飞长得五大三粗，在人们的刻板印象中，这就是莽夫的典型特征。其实，张飞虽然外表粗豪，内心却精细灵动。能够佐证这一结论的事例很多，我们仅举一例。

明人冯梦龙所著的《智囊》一书，集萃了中国历史上诸多顶级智慧人物的故事，其中就有一则记载了张飞的事迹。

刘备在攻取益州时，马超来投，刘备对他十分礼遇，封他为平西将军、都亭侯。马超恃宠而骄，对刘备不怎么尊重，见面的时候，竟然直接称呼刘备的表字。关羽十分生气，起意要杀马超。张飞却说："不如咱哥俩给他做个榜样，让他懂得规矩。"第二天，刘备大会诸将。马超入座后，见关羽、张飞的位置却是空着的。抬眼一看，这哥俩正站在刘备身后，恭恭敬敬地给刘备当侍卫。马超大惊，这才明白自己得意忘形了，从此对刘备恭谨有加。

冯梦龙因此慨叹道，后世一直将张飞当作粗人，实在是太冤枉他了。

话说张飞看了榜文之后，内心的成就需求立即被激发了出来。一直以来，他十分渴望摆脱一介草民的身份限制，出人头地。但是，东汉末年社会阶层的流动性严重僵滞，限制了张飞的梦想与雄心。而此时黄巾大作，天下大乱，张飞敏锐地觉察到这是一个非常好的机会，他立即起了从军扫黄的念头。

人们往往不愿意独自面对不确定的未来。只有当人们结成群体，人多势众后，才会有足够的勇气去消融恐惧。这就是"结伴需求"。

心理学家斯坦利·斯坎特曾经做过这样一个实验。他找来一群被试，声称要对他们进行电击实验。在等待实验时，被试可以选择独自等待，也可以选择与参与同一实验的其他被试一起等待，或者选择与不参加这个实验的人一起等待。

结果表明，那些预期电击会很痛苦，并因此感到恐惧的被试，往往会选择参与同一实验的"难兄难弟"作为同伴，一起等待。

张飞虽然胆气豪壮，但从军杀敌毕竟是他平生从未经历过的，难免有一些畏惧心理。张飞内心正在纠结之时，听到了刘备的叹息，顿时如闻纶音。他推己及人，判定刘备可能也和自己有着同样的需求，所以立即向刘备发出这一声雄壮的邀约，以免错过这个可以用来结伴壮胆的朋友。

张飞自以为听懂了刘备的叹息，其实刘备的心思要比他想象的复杂得多。但不管如何，张飞的这一声大喝误打误撞，也触发了刘备的"结伴需求"。

刘备素来喜欢结交朋友，见张飞形貌威猛，气势迫人，眼神中满是热忱，不由走近张飞，说道："敢问壮士大名？"

张飞爽朗地回答道："我姓张名飞，字翼德，世居涿郡，家里有不少田庄。我现在卖酒杀猪，专好结交天下壮士。刚才见您看了榜文，不知为何长叹？"

张飞一股脑儿把自己的家底全盘托出，看上去很像是有意炫富。但这其实是一种人际交往中极为典型的自我提升策略。谁不愿意在与陌生人交往之际，把自己最好的一面（身份、地位、头衔、财富等）展示出来呢？

人际交往的第一瞬间，在潜意识里其实是一个比拼资源与实力，确定双方社会地位高下和社会交往秩序的关键节点。史上最卖座的电影明星塞缪尔·杰克逊（以参演影片总票房达到七十四亿美元创吉尼斯世界纪录）曾经说过："只要是两个男人待在一起，不超过半个小时，其中的一人就会获得明显的优越感。"在日益提倡平等的现代社会尚且如此，更何况等级意识森严的中国古代社会呢？

张飞起意要结交刘备，并不是存心要给刘备当小弟的。他自报家门，自炫家底，一方面是由于性格豪爽，另一方面也是要借着自己的殷实家底来获得交往中的优势地位。

张飞的这一番表露却正好击中了刘备的痛处。刘备听了，一种强烈的自卑感油然而生，恨不得拔腿就走，离张飞越远越好。为什么会这样呢？

原因很简单。

杀猪卖酒的张飞家有不少田庄，而刘备却家徒四壁，织席贩履为生。

刘备是幽州涿县楼桑村人，父亲早逝，家中贫寒，既没有田地庄园，也没有肉铺酒肆。他和老母亲只是靠着编织草席、贩卖草鞋勉强度日。

张飞和刘备虽然都生活在社会底层，但两个人的境况实在不可同日而语。刘备在社会比较中显然落了下风。那么，他该如何应对张飞的问询，以维护自己的自尊呢？

刘备当然可以据实回答，这并不会影响到张飞与他结交。张飞需要的是一个可以共同从军的伙伴，并不是要刻意与刘备斗富。如果刘备真的据实回答，那么，他只能接受自己在两个人的关系中居于弱势地位。也就是说，刘备只能给张飞当一个小跟班儿。

很多人在这种对自己十分不利的社交场合，往往会不由自主地夸大其词，甚至厚着脸皮撒谎，为自己争取优势地位。刘备却不能撒谎，或者说不敢撒谎。毕竟，他和张飞都在涿郡土生土长，虽然两人素不相识，但只要稍加查问，立即就能知根知底。如果刘备胆敢撒谎，用不了半天，就会被张飞揭穿老底，从此声名扫地。更重要的是，刘备在看榜文的时候，手里还提着没有卖完的草鞋，这足以暴露他的生存状态了。试问，有哪一个"富二代"或"官二代"会把织席贩履当成自己的职业呢？

可是刘备绝不愿轻易地屈居人下。在他的内心深处，一股雄心之火，已经被刚才的榜文点燃。他的雄心，百倍胜过张飞的梦想。也正因为这一雄心太过高远，甚至有些惊人，刘备担心自己力所不能及，这才发出了那一声被张飞误解了的叹息。

刘备到底该如何应答张飞？他的这一声叹息又到底意味着什么呢？

心理感悟：误解其实是这个世界运转的重要动力。

2 一介草民的皇帝梦

为什么刘备看了榜文后，要一声长叹呢？

一个人叹息往往是因为"心有余而力不足"。那么，这一纸榜文是如何激发出了刘备的"心有余"，又是如何让他感到"力不足"了呢？

人类的认知通病就是惯于从自我的角度看待问题、解决问题。各州郡县根据皇帝旨意所发的"扫黄令"，也是如此。

这榜文只顾一味痛斥张角如何大逆不道、妖言惑众，却不知无形中为黄巾军做了最有力的宣传。本来不知道黄巾起义的人，由此知道了黄巾起义；本来不知道黄巾蔓延的人，由此知道了黄巾已席卷天下；而更为可怕的是，本来不知道用这一办法来摆脱统治桎梏的人，由此也看到了取代汉室而自拥天下的可能性。

刘备这一年二十四岁，正是青春激扬，无事也想生非的年纪。涿县城上的一纸榜文就如火星激溅，惊醒了刘备秘藏于心，却又不敢言说的远大梦想。

刘备的这一心态变换，可以用心理学上的"启动效应"来加以解释。

纽约大学的心理学家约翰·巴奇因为率先发现了"启动效应"而名扬学界，但这一潜意识效应也因为太过神奇而让他饱受非议。

巴奇设计的实验是这样的：他找来一些大学生，假称检测他们的语言能力，要求他们将一组散乱的单词排列成一个有意义的句子。他分配给不同学生的单词看似随机，实际上是精心安排的。当学生们完成任务离开实验室时，真正的实验才正式开始——一名等待在走廊上的研究助理，偷偷地用秒表分别记录了不同学生走过走廊的时间。

结果发现，那组被分配了"佛罗里达州""针织品""皱纹""痛苦"和"单独"等单词的学生明显要比另外一组被分配了其他中性单词的学生步伐缓慢，耗时更多。

为什么几个微不足道的单词，竟能发挥如此之大的效力呢？

巴奇的解释是，上述单词在实验参与者的潜意识中激发出一个老态龙钟、行动迟缓的老年人形象，从而让生龙活虎的年轻学生在随后的举止中不知不觉地"模仿"老年人。

这个神奇的潜意识效应让巴奇深感惊讶，因为担心引发心理学界的轩然大波，他将这项研究结果整整推迟了五年才予以发表。但发表后，质疑声还是如巴奇先前所料，纷至沓来。

从心理学界对于启动效应的质疑与纷争足以看出，这一心理效应十分微妙，也十分神奇。

榜文上关于张角和黄巾起义的诸多措辞，正如上述实验中的那些单词，在刘备的潜意识中激发出了一个"心雄天下，敢冒天下之大不韪，自立门户"的豪杰形象。

在刘备生活的时代，一介平民要想出人头地，成为人中龙凤，只有一条途径——这就是当时的"察举孝廉制"。

一个人若是因品行出众、声名远扬而被所在郡国的首相或社会贤达看重，举为"孝廉"，就算是有了出仕从政的资格。举荐孝廉的名额非常有限，按照规定，郡国每满二十万户人口才能推荐一名孝廉。这一制度的本意是好的，但到了东汉末年，积弊丛生。因为孝廉并无客观量化的标准，于是渐渐沦为世家大族相互举荐子弟、私相授受的工具。与刘备纠缠一生的对手曹操，就因出身官宦世家，很早就被"举为孝廉"，顺利走上仕途，刚刚二十岁就担任了京城洛阳北部尉的要职。但身为普通百姓者要想挤进这独木桥，无异于异想天开。所以，这条路刘备走不通。

后来，汉灵帝为了敛财享乐，公开卖官鬻爵。曹操的父亲曹嵩就曾出钱一亿，买到了太尉的高官。这等于在限制严格的察举制之外新开了一条绿色通道。但刘备家徒四壁，根本拿不出买官的款项。所以，这条路刘备还是走不通。

而刘备的志向远不只担当一官半吏，在他的心中激荡着的竟是一个和张角一模一样的"皇帝梦"！

这可是一个会给整个家族带来灭顶之灾的惊人梦想！

一介草民能够成为皇帝的唯一可能性就是起而造反，推翻汉室的统治。但要想这样做，始终绕不过去的就是统治的合法性问题。

在当时的观念中，朝廷实施统治的合法性来自天授，故而皇帝也称"天子"。汉朝自刘邦初创，到刘秀中兴，一直宣传自己是真命天子。凡逆天而行者，必遭天谴，必被天厌，必败无疑。

但张角巧借天意，以天反天，采用了一个非常高明的政治宣传策略。

汉室王朝并不是从一开始就拥有天下的，为了证明自己的统治合法性，大力借助了战国名士邹衍提出的关于天命更替的"五德终始论"，经过数次改动，最终将汉定为火德。

所谓"五德"，就是木、火、土、金、水五行。这五行又与五色相匹配，分别是青木、赤火、黄土、白金、黑水。根据五行生克的原理，汉为火德，要取汉而代之，则属由火生土。土对应黄色，故而张角要求部众均以黄巾裹头，号为"黄巾军"，并喊出了"苍天当死，黄天当立"的口号。

张角这样做是为了大肆宣扬自己是土德之黄，代汉而立，完全符合天命。

此后一百年左右，曹魏代汉，曹操的儿子曹丕称帝，年号定为"黄初"。孙权自立为帝，也先后采用了"黄武"和"黄龙"两个年号。其用意都是要借助这个"黄"字来昭示统治的合法性，因为非"黄"不符天命，非"黄"不能腾达。

曹孙两家苦心经营数十年，根基极深，但真正到了代汉而立的时刻，还是不得不借助"黄"的力量。

张角就像一个高明的启蒙者，毫不费力地解开了刘备内心纠结已久的关于"统治合法性"的问题。刘备不由心为之一雄，气为之一壮。

这是刘备在看到榜文后短短一瞬间内发生在潜意识中的思绪震荡。但是残酷的现实很快让刘备的思维从不由自主的潜意识层面回归到理性思考的意识层面。

刘备和张角虽然都是草根百姓，但他们俩最大的不同之处在于一个姓刘，一个姓张。刘备虽然身份微贱，但他的姓氏却是沾了皇家血脉的。刘备的"刘"和当朝天子汉灵帝刘宏的"刘"是同一个刘，都是大汉开国雄主刘邦的后裔。刘备的出身限制决定了他决不能像张角那样反汉而立，而且只能站到黄巾军的对立面上。

刘备顿时感到了"心有余而力不足"的深深无奈，这才有下意识的一声长叹。

但问题是，一个卖草鞋的草民，好端端地怎么会冒出一个异想天开的"皇帝梦"呢？

心理感悟：潜意识是开启灵魂之门的唯一密钥。

3

一只很"贵"的小白鼠

这还要从刘备少年时的奇特经历说起。

刘备家东南角的篱笆边上,有一株桑树生得异常高大,五丈有余,而且形状也与众不同,树冠犹如大伞,远远望去,就像车盖一样。

涿县知名的风水先生李定看到这株桑树,说了一句:"此家必出贵人。"李定的话影响力当然是很大的,但左邻右舍见刘备家中一贫如洗,除了维持生计很"贵"以外,再也找不到别的什么贵的,渐渐也就不怎么把李定的话当回事了。

后来有一天,十几岁的刘备在桑树下和一群小伙伴玩耍争闹时,突然说了一句:"等我长大了,一定要乘坐像这桑树般的羽葆盖车!"

所谓"羽葆盖车",是指用鸟羽装饰的天子专用车。刘备此时不过是一个乡野小儿,连普通马车都很少见到,怎么可能知道羽葆盖车呢?很多人据此判定这是后人在刘备发迹后,出于为尊者贴金而捏造的先验美谈。

但其实不然。

刘备虽然不可能知道什么是羽葆盖车,但他的父亲却是有可能知道的。

刘备的祖父刘雄是个有学识的人,年轻时,政治尚还清明,所以被推举为"孝廉",担任过东郡范县的县令。刘备的父亲刘弘虽落魄得多,但也担任过官府的小吏。

知识越多越烦恼。刘弘看看自己家境寥落,想想当年刘氏先祖刘邦开天辟地,创立大汉的丰功伟业,不免经常心生感慨:"想我先祖,贵为天子,富有天下,乘羽葆盖车,巡视四方,是何等雄姿英发,豪迈无双!"

懵懂少年刘备虽然听得不甚明白,但父亲无限景仰的神情语态自然是能深切体味的。由此,在他幼小的心灵中,"天子""羽葆盖车"这几个字眼就成了无上尊荣的代名词而留下深刻的印记。

那么,刘备又为什么会在与众小儿嬉闹时突然冒出这句话呢?

这其实是刘备的心理防御机制在受到外界刺激时的一种无意识呈现。

心理防御机制是指个体在面临挫折或冲突的紧张情境时，在其内部心理活动中具有的自觉或不自觉地解脱烦恼，减轻内心不安，以恢复心理平衡的一种适应性倾向。

父亲刘弘早逝后，刘备难免在与同伴嬉戏逐斗时受气而自尊受损，心理失衡。这种孤儿心态后来一直伴随着刘备的一生，这也是他日后东奔西走，不断投靠各路豪强，又不断弃离而去以寻求自立的矛盾行为的重要心理动因之一。

受气之后，刘备为了减轻自己的精神压力，恢复心理平衡，自然而然地把自己所知道的最高等级的尊荣成就搬出来了。这种心理防御机制叫作"幻想替代"，即个体通过暂时脱离现实，用幻想中的成功或成就来弥补、修复在现实生活中遭受的挫折与痛苦，以缓和情绪困扰，达到心理平衡。

刘备在想象中模拟出自己在未来成为皇帝，乘着羽葆盖车，君临天下，巡视四方的情形，这是凌驾于万人之上的伟大成就。这样巨大的成功，当然足以抵消当下一切蔑视与凌辱。

刘备这句话本来是说过就算了，一众小伙伴也不可能来深究"羽葆盖车"到底是怎么回事。

眼看这句话就此烟消云散，但无巧不巧，这句话正好被边上的一个大人听见了，顿时把他吓出了一身冷汗！

这个人就是刘备的叔父刘子敬。刘子敬听懂了刘备的潜台词，知道这可是大逆不道、株连九族的第一死罪。惊惧之下，刘子敬本能地将刘备叫到屋内，厉声呵斥道："你这个小王八蛋，胡扯什么！难道想让我们姓刘的遭受灭门之灾吗？"

刘子敬本想通过斥骂吓住刘备，让他以后不要再口出狂言。但他的过激反应对刘备反而是一种强化。

冷静之后，刘子敬随即想起了风水大师李定当年所说的"贵人论"，顿时又是一喜。他将刘备的无心之语与大师的神奇风水预言一联系，两者互为印证，效力倍增。刘备也因此从他眼中一个平平无奇的小儿摇身一变而成为命中注定的"贵人"。从此，刘子敬开始对刘备高看一眼，关爱有加。

预期可以在很大程度上改变一个人的发展历程。

心理学家罗伯特·罗森塔尔在20世纪60年代做了一个著名的实验。他给两组学生分别发放了小白鼠和迷宫，让他们训练小白鼠走迷宫。在实验之前，他告诉第一组学生,他们拿到的是比较聪明的小白鼠。同时,他也告诉第二组学生,他们拿到的是比较笨的小白鼠。一段时间后,第一组学生训练出的小白鼠在走迷宫上的表现果然要比第二组好得多。

但事实上,这些小白鼠是随机分配的,并无明显的优劣之别。让小白鼠表现大相径庭的正是学生们所投射的不同预期。

罗森塔尔随后推鼠及人,又做了一个类似的实验。

他和助手来到旧金山的一所小学,声称对所有的学生进行智商测试。随后,他们交给老师一份名单,告诉老师名单上的学生的智商极高,将来定会在学术上取得巨大成就。事实上,正如他们在小白鼠实验中所做的一样,这份名单也是随机选取的。八个月后,他们重返学校,再一次测试了学生们的智商。结果,那些被描述为天才的学生在智商测试中的得分有了显著提高!

这些学生并未被事先告知自己的智商出众。但是知情的老师在这八个月中对他们的预期却大为不同了。老师态度上的积极变化,无形中助长了这些学生的能力。这就是预期的巨大作用。

罗森塔尔的这一惊人发现,被称为"自我实现预言",即预言对相关者形成的社会预期和社会压力最终导致预言的实现。

刘子敬态度上的剧烈变化,给了刘备一个巨大的预期强化,那句本该随风消逝的话语随之变成了"羽葆盖车之梦"(亦即皇帝梦),牢牢钉入了刘备的潜意识中,永不磨灭。朦朦胧胧中,刘备似乎窥见了命运指派给他的角色和使命,这也成了他日后屡遭磨难却不轻言放弃的坚强动力。

刘备的另一位叔父刘元起了解原委后,在刘备成为"贵人"之前,先成了刘备的"贵人"。

刘元起家底殷实,于是经常接济此前不甚关注的刘备。一来二去,刘元起的老婆就有意见了,对刘元起抱怨说:"大家各过各的日子,你怎么能经常这样做呢?"刘元起说:"你知道什么?这个孩子可不是一般人,将来光大我刘氏宗族,就靠他了。"

此时的刘备,虽仍懵懂无知,但在刘子敬、刘元起眼中,已经是一只很"贵"的小白鼠了。对于父亲早逝的刘备来说,这两位叔父的关爱仿若天之馈赠,在某种程度上部分补偿了刘备父亲"缺位"带来的不良影响。刘子敬成为刘备精神上的依靠,刘元起则成为刘备物质上的依靠。两位叔父联手,促进了少年刘备的健康成长,也让他逐渐强化了自己"身为贵人,必得天佑"的潜意识。

刘备十五岁的时候,两位叔父一致认为,应该让他上学了,否则就会耽误他必然光明的前程。

正在此时,出身涿县的当世大儒卢植因病从九江太守的任上退归,回到老家养病。卢植闲来无事,开馆授徒。刘元起出资将刘备和自己的儿子刘德然一起送到卢植门下修学。

刘备因父亲早逝,无人管教,野散惯了,并不十分喜欢读书,但投在卢植门下,却也让他走出了乡野的狭小视界,看到了更为广阔的外部世界。正是在卢植门下,刘备表现出了对声色犬马、衣冠锦绣的喜好,但不幸的是,他的家庭根本没办法支撑起他的这一喜好。

求学期间,刘备与来自辽西郡的同学公孙瓒结为至交。刘备的这段求学经历只维持了一年左右。卢植病愈后,又被朝廷起用为庐江太守。

学业半途而废,刘备只能告别师友,回到家中。在此后长达十年的时间内,尽管他的梦想十分炽热,但现实始终十分冰冷。刘备只能与母亲靠织席贩履维持生计。现实与梦想之间巨大的差距,让刘备无比惆怅,也让他渐渐泯灭了对未来的期望。

直到黄巾军起,一纸扫黄令重新开启了刘备的雄心。但多年的压抑和贫瘠的现实还是让刘备发出了浩然长叹。

心理感悟:预期可以让"雁过无声"变为"踏雪有痕"。

❹ 谁有资格当老大

刘备的叹息开启了与张飞的交往,却让刘备陷入了自惭形秽的困境。刘备定了定神,沉稳冷静地说道:"我本汉室宗亲,姓刘,名备,字玄德。今闻黄巾贼起,劫掠州县,我有心扫荡中原,匡扶社稷,恨力不能耳!"

好一个"汉室宗亲"!这四个字,一下子将刘备的身份地位拉升到与当朝天子相亲相近的位置,无形中将王室的光环罩在自己的头上。

自刘邦开创大汉王朝,至今已近四百年,刘氏子孙,繁衍生息,遍布天下,其中绝大多数都已沦为平头百姓,只有极少数者保住了贵族地位。像刘备这样的姓"刘"的,全天下没有一百万,也有五十万。这一个落寞群体,其实已经没有人(包括他们自己)将他们视为天潢贵胄了。而那些依然幸运地占据高位的刘氏子孙,比如荆州牧刘表、益州牧刘焉(刘璋之父)等,根本没必要将"汉室宗亲"这四个字挂在嘴上。

刘备在应答张飞时,打出了"汉室宗亲"这张牌,却成就了一个神奇的"占位效应"。

所谓"占位效应",就是通过率先将自己与某一群体普遍拥有或共有的资源链接定位,造成一种唯我独占的认知错觉。这一心理规律在现代广告营销中被广泛运用,屡屡收到奇效。第一个运用的人是开创了现代广告业的天才人物克劳德·霍普金斯。

20世纪初,霍普金斯为喜立滋啤酒提出了"我们用高温蒸汽来消毒酒瓶",迅速让喜立滋的销量从第五跃居第一。但事实上,每个啤酒厂都是这么做的。

这就是"占位效应"简单而又神奇的效力。而刘备运用这一法则要比霍普金斯早了一千八百多年!

占位效应之所以能发挥效力,是因为人类在进化中发展出了不假思索的快捷认知模式。人们往往倾向于快速做出判断，而不是深思熟虑后再下结论。

刘备并没有撒谎，他的血管里流的确实是刘氏的血。他的措辞中早已给自己预留了退路。他说的是"我本汉室宗亲"，而不是"我是汉室宗亲"。虽然只是一字之差，但万一张飞提出质疑，刘备犹有回旋余地。因为"我本汉室宗亲"既可以理解为"我是汉室宗亲"，也可以理解为"我本来是汉室宗亲，现在不是了"。

虽然像刘备这样沦落凡尘的汉室宗亲人数众多，根本不算什么，但唯有他第一个公开为自己贴上这个鲜明的贵族标签，起到了极为显著的自我提升作用，无形中诱使张飞高估他的价值。

刘备的这一灵机应变，也让我们窥见了他个性中那种强烈的不甘屈居人下的自傲因子。这才是草根刘备最宝贵的先天资源。

刘备后半段话语则不但有效应和了他刚刚为自己创设的新身份，也恰到好处地回答了张飞的问询。

张飞闻言大喜，完全被"占位效应"击倒，情不自禁地发出了最诚挚的邀请："正合我意。我有庄客数人，可以共举大事，如何？"

刘备与张飞携手而行，到路边的一个小酒店里阔饮畅聊。

绝对不要以为张飞是个二百五，被刘备空手套了白狼。要知道，张飞虽富但不贵，而贵族的社会阶层显然高过一般富豪。而更重要的是，张飞姓张而不姓刘，对于国姓刘氏颇有羡慕之心。刘备在外姓面前说自己是汉室宗亲，效果良好，但如果刘备是在自家村中宣扬自己是汉室宗亲，宗族长辈们十有八九会认为刘备得了失心疯，一个耳刮子就扇过去了。

刘备成功过了张飞这一关。这张"汉室宗亲"的空头支票也成了刘备日后唯一依凭却屡试不爽的重要资源。

刘备与张飞在路边的酒店言谈欢畅，店外又来了一位推车大汉。大汉停好车子，入店对酒保说："赶快拿酒来，我要赶去投军，不要误了我的大事。"

刘备、张飞正在谈论从军话题，自然对此十分敏感，听到这个大汉的话语，立即转头望去。只见这位大汉身材竟然比张飞还要高大，面如重枣，唇若抹朱，丹凤眼，卧蚕眉，颌下一部长须，相貌堂堂，威风凛凛。刘备顿时起了结交之意，邀请大汉过来同坐共饮。

刘备的用意无非也是结伴需求所致，在得知了关羽的投军意向后，自然想多拉一个人入伙，以壮胆气。

刘备问他姓名，大汉回答道："我姓关名羽，字云长。河东解良人。因本地有一豪强恶霸仗势欺人，我将他杀了，逃难江湖已有五六年。刚刚听说官府在招募义士破黄巾贼，我想去应募从军。"

刘备今天"运气不错"，遇到的都是实诚人，无话不说。那么，为什么关羽在两个陌生人面前，连自己杀人放火、流落江湖的往事都毫不隐瞒呢？

实际上这和此前张飞一样，还是要在人际交往的第一瞬间，争取对自己有利的地位评判。只不过，张飞是炫富，而关羽是炫威，希望以此来宣示自己勇猛过人，不容欺凌。

关羽回问刘备。刘备还没回答，急脾气的张飞早已抢着代他回答了："这位是汉室宗亲，姓刘名备，字玄德。我是张飞张翼德。我们也要去从军破贼，你不如和我们结伴同行吧。"

"汉室宗亲"这四个字再一次帮了刘备的大忙，关羽欣然同意入伙。三人情投意合，当即同去张飞庄上，共论大事。

至此，刘、关、张三个人结成了一个小团队，那么，谁来当老大呢？

很多人以为理所当然应是刘备当老大了，理由是刘备在三个人中年纪最大，但年龄虽然是一个重要因素，却不是唯一因素。

一个自发形成的团队的领导者往往是资源与实力综合博弈后的结果。我们不妨来仔细比对一下刘、关、张三个人的综合排名。

首先看家底。刘备家徒四壁，关羽流亡江湖，张飞却颇有田庄。刘备好歹还算有个家，比关羽无家可归略微强一些。总体而言，显然是张飞排第一，刘备第二，关羽第三。

其次看文化素养。刘备只上了一年多学，并不怎么喜欢读书。关羽虽然流离浪荡，但平时喜欢翻看《春秋左氏传》。张飞家底殷实，当然有条件读书。而且张飞还颇有艺术天赋，他的草书与仕女图都有相当造诣。总体而言，张飞排第一，关羽第二，刘备第三。

再次看武功高下。关羽、张飞不相上下，可并列第一，刘备最弱，排最后。

最后再来比比身高。这可不是开玩笑。进化心理学的大量研究表明，在工作领域，个子高的男性和女性更具优势，更容易成为组织的领导者。比如，在美国的总统选举中，根据候选人的身高来预判最后的胜利者，准确率相当之高。在1928年到2008年间，一共举行了二十一次总统选举，其中个子高的赢了十七次，占百分之八十一。

  刘、关、张三人的身高依次是七尺五寸、九尺五寸、八尺。东汉时一尺约合现在的24厘米，那么，刘、关、张的身高依次是一百八十厘米、二百二十八厘米、一百九十厘米。三个人都是大高个子，但排名显然是关羽第一、张飞第二、刘备第三。

  综合来看，最有资格当老大的不是刘备，而是张飞。但为什么最终是刘备成了无可争议的老大呢？这还是要归结于"汉室宗亲"这四个字的"占位效应"的神奇威力。

  关羽、张飞没有细究刘备的家族传承史，就无条件地全盘接受了刘备的说法。这一方面是"占位效应"所造成的必然性的认知错觉。关羽、张飞勇烈过人，并不是甘为人下的人，这一点从他们日后对待他人的表现就可以看出来。如果刘备不是靠着"汉室宗亲"，捡了一个天大的便宜，是很难收服这两个人的。另一方面，这也与当时时代的社会平均信用水平较高有关，大部分人还没有做好时刻提防他人说假话的思想准备。"说即为真"，你刘备既然这样说了，关羽、张飞也就信了，并不会找到刘备家里去翻族谱查老账。（世风日下后，占位效应极有可能成为骗子最得力的工具，不可不防。）

  对于饱受阶层歧视的张飞、关羽来说，跟着刘备一起闯荡天下，沾上"汉室宗亲"的光，显然更容易出人头地。为了让沾光更加名正言顺，张飞提议说："我庄后有一个小桃园，我们不如宰马祭天，宰牛祭地，三个人结为生死之交，如何？"

  谁要是再说张飞是个有勇无谋的莽夫，那可真是有眼无珠了。

  这个提议简直说到刘备和关羽的心坎上去了。在未来数十年的岁月中，张飞的这个提议一直发挥着极其深远的影响，不但界定了刘、关、张三人的基本行为框架，也经由刘、关、张三人在这一框架下的努力与奋斗而极大地改变了历史的进程。

心理感悟：与其哀叹自己缺乏资源，不如在身边熟视无睹的事物中发掘资源。

5
主见就是领导力

张飞吩咐庄客准备好了一应祭拜之物。刘、关、张三人来到桃园中，对天地祈祷，焚香结拜。三人异口同声，宣读誓词："刘备、关羽、张飞，虽是异姓，今日结为兄弟，此后同心协力、救困扶危，上报国家，下安黎庶，不求同年同月同日生，只愿同年同月同日死。皇天后土，永鉴此心。背义忘恩，天人共戮！"

这次结拜成就了一段流芳后世的契约式亲缘关系，从此，三人以兄弟相称，也以兄弟的行为准则自我约束，相互约束。这就是广为流传、广为人知的"桃园三结义"。刘、关、张结义誓词中的这句"不求同年同月同日生，只愿同年同月同日死"更是成为日后中国人结拜兄弟的标准模板。

善于社会交往的人，往往以兄弟姐妹等来称呼那些和自己没有血缘、亲缘关系的人。这不是没有道理的。从进化心理学的观点来看，兄弟姐妹等有着血缘、亲缘关系的人，因为拥有相同（或部分相同）的基因而形成了互亲互助的本能。这种本能的典型体现就是对相互间称呼的敏感反应。一声"大哥"或"兄弟"，顿时会唤醒潜意识中的亲缘意识而迅速拉近彼此的距离，并促进亲密关系的形成。这就是"亲缘称呼效应"。即便是对于没有血缘关系的他人，冠以亲缘称呼，也能激起对方的这种本能反应。

即便刘、关、张不举行这样一个隆重的结拜仪式，也可以依年齿以兄弟相称，并生发亲缘称呼效应。那么，这个结拜的仪式是不是毫无必要呢？

并非如此。

首先，仪式并不都是花架子，仪式感会大大强化承诺的约束力。在这个结拜仪式上，参与者不仅仅是刘、关、张三人，还有天与地。祭天祭地，就是邀请最高等级的权威（天与地）来做一个见证。

其次，誓词就是一纸契约，明确了承诺者的责任义务关系。泛泛而论的兄弟之交，一旦面临危险境地或利益纠葛，往往会各人自扫门前雪。而刘、关、张的誓词明确提出"同心协力，救困扶危""背义忘恩，天人共戮"。这就使得他们之间的亲密纽带更为紧密。誓词还约定了三人团队日后的终极使命。三个志同道合的人，显然更能长久地维持亲密关系。

刘、关、张三人因偶遇而形成团队，又因隆重而公开的结拜仪式而让团队的凝聚力倍增，从此三人密不可分，亲如一人。

结拜之后，关羽、张飞的"大哥"叫得十分亲热，仿佛自己也成了"汉室宗亲"一般，但刘备的心却悬了起来。他自己很清楚，"汉室宗亲"这块招牌的含金量并不高，如果关羽和张飞事后得知真相，会不会恼羞成怒，反目成仇呢？

刘备喜忧参半，关、张二人却热情高涨。

关羽、张飞的热情缘自相互间意气相投的激发作用。当几个持有相同观点的个体聚集成群后，就会将原先的观点推向扩大化、极端化。这就是群体极化。张飞、关羽原本只是想各自投军，现在却想拢聚更多的人共举大计。

张飞在桃园里大摆宴席，派出自己的庄客四处联系乡里的豪杰人士，拉他们入伙。很多好事少年得知后，主动来投。一连几天，总计人数竟有三百之多。

这个数字让刘、关、张大为讶异。但如果懂得人类群体根深蒂固的从众性，就会知道，啸聚三百人并不是什么太难的事情。

生物学家詹斯·克劳斯花了二十年时间去破解各种动物和群体的集体行为。后来，德国的一家电视台邀请他对人的群体性行为进行破解。克劳斯带着研究团队，前往德国科隆，募集了二百名被试参与实验。

被试被带入一间八千四百平方米的大厅。他们被要求不得相互交流，但可以在大厅内向着任何方向走动。被试行走时，需要遵循两个简单规则。第一，按照各自平常的速度，不快不慢地行走。第二，与其他人保持不远不近的距离（一个臂长）。

克劳斯对人群的行走情况进行了拍摄。经过研究，他发现了其中的规律。当所有人各自行走一段时间后，渐渐地会形成两个同心圆。组成同心圆的被试会沿着一个方向行走，而不是随意在空间中乱走。这一规律在多次测试中都得到了验证。

随后，克劳斯在地板上画上了一些符号，并私下对部分被试提出特别要求，让他们往标有符号的特定方向行走。当然，他们依然要遵循前述两个简单的行走规则。这些被赋予特殊要求的被试并不知道群体中也有其他人被赋予了同样的要求。

结果发现，当拥有明确的具体行走目标的人数占到了总人数的百分之五时，整个群体在不知不觉中就会跟着他们的方向行走。也就是说，在这个实验中，克劳斯发现了"多数服从少数"的"百分之五领导法则"——只要少数派有着明确的目标，即便不公开宣示，也能在不知不觉中影响那些没有明确目标的多数派而成为领导者。

虽然刘、关、张三人只占三百人的百分之一，但刘备打出了"汉室宗亲"的牌子，公开喊出了"扫除黄巾，报效国家"的口号，影响力自然更大。要特别说明的是真正起作用的并不是刘、关、张的奋斗目标，而主要是他们的行为。如果刘、关、张公开号召的不是"扫黄"，而是"从黄"，与朝廷作对，他们同样也能啸聚三百人。因为，社会群体的从众往往具有盲目性，绝大多数人终其一生，也找不到自己的方向。这也正是法国社会心理学家勒庞将普罗大众称为"乌合之众"的原因。

当然，先入为主的关羽、张飞不会这么看，他们自然而然地将这一成果归结为"汉室宗亲"这块招牌的号召力。由此，他们愈益觉得自己没有跟错人。而刘备也有效缓解了内心的忐忑不安，开始确信自己深得上天眷顾。

刘、关、张开始张罗军器、服装、马匹等从军必备之物。刘备、关羽都是穷光蛋，花的当然都是张飞的钱。尽管张飞家底殷实，也有些力不从心。正在此时，天上又掉下了一个大馅饼——庄客来报，两位客商赶着一群马，向张飞庄上而来。

刘备闻报，忍不住说了一句："这是天佑我等，当成大事！"好笑的是，此时他根本不知道对方的来意。显然，在一连串的幸运事件催化下，刘备的"天之骄子心态"已经开始恣意生发。

这两个客商，乃是冀州中山郡人士，一个叫作张世平，一个叫作苏双。这两人一向在幽州北面的鲜卑部落贩马，再卖回冀州。冀州在幽州之南，回冀州必须经过幽州。当他们赶着马匹走到涿县的时候，得知了朝廷征募义兵，扫除黄巾的消息。

那么，他们为什么要来拜访刘、关、张呢？

商人最擅长的就是计算利弊得失。苏、张二人知道，战事一起，生意就做不成了。不管是遇到黄巾还是遇到官军，这些良马都会被强行征用。既然蚀本是无可避免的了，为什么不在损失确实发生之前尽可能创造一点价值呢？正好这时候，刘、关、张的声势搞得很大，张、苏二人当即决定，把这些马匹当作一笔"风险投资"，投给刘、关、张，或许以后能有回报，不管多少，也是聊胜于无。

心理感悟：成为一个领导者其实很简单，那就是先学会领导你自己。

6 无数次亲密接触

刘备热情接待了张、苏二人,自信满怀地申明,自己身为"汉室宗亲",一定要与民除害,扶助汉室。就他此时的境况而言,这句话多少有些不自量力。但豪气干云的表白,总是能感染他人。张、苏二人的"投资热情"随之高涨,当场决定,除了五十匹良马外,另外再赠给刘备金银各五百两,镔铁一千斤。

刘、关、张大喜,立即请来良工巧匠,打造兵器和盔甲。刘备为自己打造了双股剑,关羽造了八十二斤重的青龙偃月刀,张飞造了丈八长矛。

一切准备停当后,刘备清点人数,发现又多了二百人。兴奋得意之余,刘备情不自禁地对两位兄弟吐露了自己暗藏心底多年的秘密。这让关羽、张飞更加坚信自己跟对了人,充满了奋斗的激情。于是刘备聚齐众人,浩浩荡荡,前去拜见校尉邹靖。自募兵榜文张贴后,陆续有零零星星的人前来投军,但像这样五百人装备齐整的队伍,极为罕见,而且领头的还是"汉室宗亲"。邹靖喜出望外,马上带着刘、关、张去面见幽州刺史刘虞。

刘备脸色一变,内心再度忐忑不安起来。

这是什么原因呢?

根子还是在"汉室宗亲"这四个字上。

刘虞也姓刘,而且是成色更足的"汉室宗亲"。

在别人面前,刘备尚可以强作镇静说自己本是"汉室宗亲"。但在刘虞面前,刘备就有点心虚了。

刘备是没有退路的,刘虞这一关必须要过。如果过不了这一关,刘备唯一拥有的资源顷刻间就会灰飞烟灭。

刘备只能带着关羽和张飞,硬着头皮来见刘虞。

没想到,刘虞在得知了刘备的身份后,根本没有深究他的宗室脉络,而是欣然接受了他，并且根据两人的年齿差别，模糊认亲，以子侄之礼来待刘备！

这对于刘备来说，简直就是一个天大的礼物！得到了刘虞的认可，等于为刘备的"汉室宗亲"身份镀了一层金。从此，刘备的"汉室宗亲"就可以打上"原装正品"的印记了。

不过，世间万事，从来没有只占便宜不吃亏的。当刘备频频从"汉室宗亲"获利时，实际也给自己套上了一条无形的枷锁。这将会在未来的重大抉择时刻牢牢束缚住他的手脚。

刘备为什么能够轻松过了刘虞这一关，并得到他的认证与加持呢？

是人际沟通中极为常见的"认知不对等"救了刘备。

在沟通中，每个人都会因应自己的需要而体现出选择性，相互间的认知关注点往往是不对等的，不但会"以小人之心度君子之腹"，也会"以君子之心度小人之腹"。

刘备最关注的是自己的身份是否会遭到质疑。而刘虞最关注的则是刘备聚拢五百人马这件事。这件事契合了刘虞的当前急需，令刘虞十分畅悦。而且，刘备忠心汉室的行为，正与他所宣称的身份吻合，刘虞自然不会生疑了。

在"不对等认知"的作用下，两个人的注意力擦肩而过，刘备幸运地再闯一关。

刘虞将刘备编入部属，对他说："只要你立了功，必当重用！"

刘备长长出了一口气，他的人生奋斗之路就此踏出了第一步。乍看起来，这第一步迈得还不错。刘备频频得天之助，信心日足，仿佛看到了未来之路一马平川。但生活其实是一个最高明的骗子，往往先用几个甘甜果子诱你上路，然后再让你尝遍千辛万苦，内心百转千折，却已没有回头路。

此时此刻可以说是刘备这一生中难得的快意时光。就让他好好享受这短暂的美好吧，太多的坎坷与辛酸，太多的挫折与磨难，早已在前方静伏守候着他了。

之后刘备率军打败围攻青州的黄巾军。这时他才获悉，恩师卢植正是朝廷委派主持冀州扫黄的主帅。刘备大为感慨，对关羽和张飞说："此来若不能建立尺寸之功，有何面目见吾师于疆场！"

刘备未能因发奋苦学而得到卢植的举荐，导致在家蹉跎多年。他知道，这一次再也不能错过机会了。

刘、关、张三人冲锋陷阵，奋不顾身，屡立大功。在同生共死的战斗中，刘、关、张三兄弟的感情日益深厚。

卢植得知刘备的表现后，十分欣慰，决定在扫平黄巾后大力保举刘备。刘备大喜，以为有了卢植这个后台，自己今后的仕途必将顺风顺水。就在刘备满怀憧憬之际，意外发生了。

卢植率军将张角围在了广宗孤城之内，双方僵持不下。汉灵帝派宦官左丰到前线犒军督查。当时，汉灵帝十分宠信张让、赵忠等十个大宦官（**号称"十常侍"**），宦官权倾朝野。这个左丰虽然不在十常侍之列，但奉皇帝之命出巡，自然是趾高气扬，不可一世。

卢植生性忠直，一向对宦官弄权不满。没想到，这左丰竟然公开对卢植索贿。卢植大怒，毫不客气地说："军费尚且紧张，哪有余钱奉承天使？"

左丰吃了这一记闭门羹，又气又急，怀恨在心，回去后立即在汉灵帝面前大进谗言，说什么"广宗小城，指日可破。只是卢中郎消极怠慢，拥兵不前，以致黄巾猖獗至今"。

汉灵帝被左丰蒙蔽，一怒下令，将卢植撤职，槛车押送回京问罪，另派他人督战。卢植这一倒台，刘备顿时失去了依靠，再一次沦为孤儿——官场上的孤儿。

此后不久，人数虽多但军事素养极差的黄巾军即被朝廷大军剿灭。张角三兄弟先后死于疆场，黄巾余部流散四处。朝廷论功行赏，刘备虽然功劳不小，但在官场上无人提携，是很难出头的。最后，刘备只是被派到中山郡安喜县担任县尉一职。

安喜是个小县，县尉是辅助县长管理治安的副手，只是一个很小的官儿。这与刘备的雄心相去甚远，但是刘备顾不上失望，因为比失望更紧迫的是担心。一个"汉室宗亲"，立了许多功劳，却只得了一个小小县尉的职务，显见这"汉室宗亲"的成色并不怎么样。刘备非常担心自己的失望会带给关羽、张飞更大的失望，从而导致他们弃离而去。他们抛家舍业（**尤其张飞是放弃了丰厚家产**）跟着刘备闯荡天下，显然是不会满足于给一个县尉当跟班儿的。

残酷的现实让刘备清醒地认识到，"汉室宗亲"只是一个虚无缥缈的名号，唯有关羽、张飞才是自己当下唯一的实打实的资源。关、张二人在扫黄大战中的勇猛表现，堪称梦寐难求的"万人敌"。黄巾虽然暂时偃旗息鼓，但张角已经成功地启蒙了无数豪杰的勃勃雄心。汉室倾颓之势积重难返，未见好转，更大的变乱或许正在酝酿之中。刘备觉得，关羽、张飞是老天爷对自己最大的恩赐，只要留住了他们，自己一定有机会一飞冲天。既然如此，那就必须善待、厚待这两个兄弟，让他们死心塌地地跟着自己。

话是这么说，但拿什么来善待、厚待关羽和张飞呢？

刘备虽然奋斗了好几年，却依然是一穷二白。好在真正的感情，并不是靠金银财帛堆砌出来的。刘备的办法很简单，只有八个字——食则同桌，寝则同床。奇怪的是，这个几乎不费什么本钱的办法竟然收到了奇效。关羽、张飞两个人深受感动之余，立即用实际行动表达了对刘备的回报——每当刘备在大庭广众下安座时，关羽、张飞就毕恭毕敬地侍立在他身后，终日不倦。

在我们现代人看来，几个大男人，一张桌子上吃饭，是很正常的事，而在一张床上睡觉，则有点难以接受。那么，为什么"食则同桌，寝则同床"能够在刘、关、张三兄弟之间营造出亲密无间、敬爱有加的深情厚谊呢？

这有两方面的原因。

首先，这是"肢体接触"在社会交往中之于营造亲密关系所特有的神奇功效。

人类是一种群体性动物，与他人开展社会交往是人的天性。但是你并不能确保每一个你想要交往的人都心怀善意。所以，人们在潜意识中逐渐形成了根据交往对象的不同而设定不同的社交距离的思想。美国西北大学的人类学教授霍尔对此展开研究后，提出了四类社交距离，即亲密距离（零至四十五厘米）、私人距离（四十五至一百二十厘米）、社交距离（一百二十至三百六十厘米）、公共距离（三百六十至七百六十厘米）。划分这四类距离的本质是基于对他人不同程度的信任，以给自己留出足够的防范距离。

刘、关、张"食则同桌，寝则同床"，三人间的社交距离显然属于第一类的亲密距离。在这样的距离中，难免经常出现"肢体接触"。

心理学的诸多研究表明，适宜的肢体接触会在人与人之间产生微妙的情感反应。比如，一项针对餐厅服务员展开的身体接触与小费之间关系的研究就很有说服力。

当一名顾客走进餐馆后，参与实验的服务员通过投掷硬币来决定是否在递送账单时触碰这名顾客的肩膀。

结果表明，在没有身体接触的情况下，服务员们得到的小费平均为账单总额的百分之十一点五，而只要服务员轻轻触碰了顾客的肩膀，他们所得的小费就能超过账单总额的百分之十五。

为什么貌似不起眼的肢体接触会有如此神奇的效果？

即使是小小的触碰，也可以消融被触碰者潜意识中的防范心理，激发出信任与喜爱。在上述实验中，这种信任与喜爱就通过小费的增加而体现了出来。

刘、关、张三人吃饭睡觉时相互之间无意的触碰显然更为频繁，效果自然也就更为明显。

很多人说刘备的江山是哭出来的。但从上述分析来看，毋宁说刘备的江山是睡出来的。因为，刘备的发家资本就是他这两个勇猛无敌、忠贞不贰的兄弟，而他们之间的深厚感情就是来自一次隆重的公开承诺和无数次的亲密接触。

亲密接触带来的是亲密无间。关羽、张飞又为什么会对刘备敬爱有加呢？

这就是第二个原因，即刘备和关羽、张飞之间除了是"兄弟关系"，还有一层"君臣关系"。

说到君臣关系，"食则同桌，寝则同床"的背后还有本朝广为流传的一段佳话。

东汉的开创者刘秀有一个幼年好友严子陵。刘秀从布衣发迹，成为皇帝后，有一天严子陵去看望他。刘秀"食则同桌"，盛情款待了严子陵，并留他在宫中歇息。为了表明自己不忘故旧，刘秀安排严子陵和他"寝则同床"，抵足而眠。既然睡到了一张床上，严子陵也就不见外了，呼呼大睡之际，竟把自己的臭脚丫子搁到了刘秀的肚子上。

第二天，负责观测天象的太史进奏道："昨夜客星犯帝座甚急。"客星，就是忽隐忽现的星。帝座，是北斗七星中的第二星，当时被视为帝王象征。刘秀哈哈大笑，顿时想起了昨晚严子陵睡觉时的肆无忌惮，说："朕与故人严子陵共卧耳。"

这个故事一经传播，刘秀情深义重的美好形象顿时树立起来，"食则同桌，寝则同床"也随之成为君上善待臣下的文化象征。

刘备的行为，不但完全汲取了这一文化象征的魅力，也在无形中强化了他日后必为帝王的心理暗示。既然未来的君主刘备如此看重关羽、张飞，知恩图报的关羽、张飞怎么能对他不敬爱有加，尽心竭力加以回报呢？

一般认为，开创三分基业的曹操、孙权、刘备三人中，曹操是得了"天时"，孙权依凭的是"地利"，而刘备靠的是"人和"。天时也好，地利也罢，都有某种幸运成分在内，唯有人和，是一穷二白的刘备靠着自己一丝不苟的努力编织而成的。

刘备的"创业之路"，就是一条"人和之路"，就是从他善待两位兄弟开始的。正是在安喜任上，波澜不惊的日子里，刘、关、张三人达到了忠贞不渝、颠扑不破的人际关系巅峰。

心理感悟：人们因为接触而变得亲密，而不是因为亲密才接触。

7 | 背景决定前景

刘备在安喜的闲居日子并未持续很久。

张角被剿灭后,以十常侍为首的宦官集团担心立功者势力坐大,就在汉灵帝面前说坏话。主将皇甫嵩、朱儁因此先后被免职。后来,汉灵帝又被撺弄下了一道旨意,对安置到各州郡县担任长吏的人进行清查,假冒军功者以及不称职者就地革职淘汰。

刘备正属于被清查的行列。消息传来,刘备仔细盘算了一下,自己从军以后,大小三十余战,当然不属于假冒军功。自己到任后,虽只短短数月,但已让安喜境内的治安大为好转,显然也不能说不称职。所以,刘备虽然与郡守、督邮等上司素无人情往来,但也不太担心自己会被革职淘汰。

这一天,中山郡负责监督考察本郡官员的督邮来到安喜县。刘备带着关羽、张飞出城前去迎接。

督邮骑着高头大马,趾高气扬而来。刘备见了,下马施礼。督邮的头仰得老高,眼睛斜视下方,也不说话,只是拿着马鞭指了指刘备,以作答礼。

关羽、张飞见督邮如此傲慢,怒气横生,但见刘备恭谨有礼,只好强压怒火。

督邮来到馆驿,刘备忙前跑后,将他安顿好。督邮故意拖拉了半天才高坐厅上,与立于阶下的刘备说话。

督邮开头的第一句话就是:"刘县尉是何根脚哪?"

所谓"根脚",就是靠山或后台。这个督邮,是官场上的一个老油子。这句话就是在投石问路了。

刘备自到任以来,从未到郡府拜码头,搞关系。在督邮看来,刘备这不符常规的行为释放出了两种可能的信号:一种可能是刘备的后台或靠山很硬,直通京都高层,所以他倨傲无礼,不把郡守和督邮放在眼里。如果刘备的后台或靠山很硬,今天的这一场督查考核就是走个形式，马上就过关了。另一种可能则是，刘备没有什么"根脚"，而是根本不懂官场规矩。如果是这样，这次就得好好给他上一堂课，看他上不上路。如果还是执迷不悟，那就借着皇帝的这道旨意将他革职。

督邮这个投石问路的问题对刘备来说却有点猝不及防。他天真地以为督邮的审查重点无非是看自己有没有冒领军功，以及是否称职，这两个问题刘备早已成竹在胸，却不想督邮的第一个问题竟然是问出身。

从刘备此前的表现来看，他是一个自我监控能力颇高的人，能够及时因应外部情境的变化而对自我言行加以针对性的调整。虽然督邮的问话在他意料之外，他还是立即听懂了督邮的言外之意。

可是，刘备又有什么后台呢？

他唯一的靠山卢植早已因得罪宦官倒台了。和卢植有袍泽之谊的皇甫嵩、朱儁也相继倒台了。如果他现在再说自己是卢植的门生，不但毫无用处，反而是睁着眼睛往枪口上撞了。

既然不能搬出卢植，那么，为什么不亮出此前一直屡试不爽的"汉室宗亲"呢？

这是刘备唯一的资源，但生性警觉的刘备敏锐地觉察到了今日情势的不同。这个督邮，一直在官场上厮混，如果只是简单地说"汉室宗亲"四个字，恐怕很难糊弄过去。

这时，刘备的急智又发挥作用了。

刘备略一定神，说："我是中山靖王之后，自从涿郡投军，剿除黄巾，身经大小三十余战。"

刘备没有直接说自己是"汉室宗亲"，而是说了"中山靖王之后"。中山靖王刘胜，是汉景帝刘启的儿子，汉高祖刘邦的曾孙。刘备说自己是中山靖王的后代，等于还是变相说自己是"汉室宗亲"。那么，这两者有什么微妙的不同呢？

这其实表露了刘备面对督邮的不怀好意、盛气凌人，内心隐隐浮现的不安心理。

当一个人内心发虚，急于证明自己的时候，往往会采用更为具体的描述，并提供更多的细节。显然，明确无误的"中山靖王之后"比笼统含糊的"汉室宗亲"听上去更像"汉室宗亲"。

仅仅从明确无误的角度，刘备并不一定非得说自己是"中山靖王"之后，他至少还有另外其他三种选择。

他既可以说自己是刘邦之后，也可以说自己是汉景帝之后，还可以说自己是中山靖王之子——被封为涿县陆城侯的刘贞之后（刘备出生于涿县，封地在涿县的刘贞最有可能是他的直系祖先）。但是刘备为什么偏偏说自己是"中山靖王"之后呢？

刘备并不是随口胡诌的，而是别有深意。

首先，他不能说是刘邦之后。因为刘邦是开国雄主，普天之下所有姓刘的，都可以说是刘邦之后，说了等于没说。

其次，他不宜说是汉景帝之后。因为景帝身为皇帝，与刘备现时的底层官吏身份差距太过遥远。说自己是景帝之后，攀龙附凤的意味太浓，反而容易让他人心生反感。

再次，他不屑说自己是刘贞之后。因为刘贞虽曾获封侯爵，但很快就被汉武帝剥夺，分量不足，说出来并不怎么光彩。

所以，综合权衡之下，说自己是中山靖王之后是最合适的选择。既可借其王爵之尊为自己撑腰，又不至于显得过分张扬。

更重要的是，中山靖王刘胜妻妾成群，光是儿子就有一百二十多人，其子孙后裔繁多，难以考证查据。刘备的家族传承记载早已湮没无存，说自己是中山靖王之后，更容易抵挡他人可能生发的针对刘备皇族后裔身份的质疑。

不得不佩服刘备在紧急时刻的应变能力。就在与这来者不善的督邮接触的短暂时间里，刘备为自己准备好了堪称最优解的对策。

刘备心想，这样的回答应该能过关了吧。

自刘备在张飞面前，急中生智，打出了"汉室宗亲"的招牌，一直顺风顺水，从未遭到质疑。但是今天，刘备一直担心的事情终于出现了。

督邮听了之后，并没有质疑，而是直接给予否定。督邮大喝一声，斥道："胡说八道！你这厮诈称皇亲，谎报军功！现在朝廷下了诏书，正是要淘汰你这等滥官污吏！"

督邮为什么会如此表现呢？

要怪也只能怪刘备的回答太过精妙了，让督邮根本找不到一个可以着力质疑的地方。而督邮本来就是来找麻烦的，你不给他质疑的机会，他就只能直接否定了。

刘备一下子被督邮拿住了七寸，顿时手脚发凉，脸颊通红，唯唯诺诺，说不出话来。这是刘备一生中极为罕见的被他人话语封嘴的情形。

督邮的否定，本身并不会让刘备如此失态。刘备最担心的就是关羽、张飞的反应。如果这两个兄弟因为督邮的驳斥而对自己产生怀疑，那么，刘、关、张团队就面临着散伙的可能。

刘备斜眼一看，关羽、张飞满脸除了强压着的愤怒，并无上当受骗后恍然大悟般的神情，心里的石头总算落了地。

为什么关羽、张飞没有因着刘备的哑口无言而产生怀疑呢？

这是因为，在关羽、张飞身上，一种叫作"信念固着"的心理机制早已生根发芽，从而帮助刘备渡过这个难关。

所谓"信念固着"，就是说当人们被灌输了一种信念，并基于这种信念而进行了后续的思考及行动后，这种信念就会变得牢不可破，很难被相反的证据说服而改变立场。

关羽、张飞受刘备的"汉室宗亲"吸引而选择追随他，此后"汉室宗亲"又得到了商人张世平、苏双和幽州刺史刘虞的有力加持，关羽、张飞二人自然对此深信不疑。从而，督邮对刘备的驳斥并不会引发关羽、张飞的质疑。相反，关羽、张飞把督邮的行为视为对自己的攻击而恼怒不已。毕竟，如果刘备真的是冒牌的"汉室宗亲"，那岂不是说明关羽、张飞从一开始就错了？！这世上，又有哪一个人乐于看到自己被别人指出错误呢？于是，刘备再次安然过关。

督邮"表演"了一通，挥手让刘备退下，自顾自回房休息，就等着看刘备到底上不上路了。

心理感悟：在人生之路上，往往是背景决定前景。

8

逼你上路的人

刘备心神不定,回到县衙,找来几个在官场浸淫多年的小吏商量应对之策。小吏们略一合计,立时心知肚明,对刘备说:"大人,你不知道,督邮作威为难你,无非是索要贿赂。"

刘备不由叹了一口气,连位高权重如卢植者,都无法幸免于索贿之灾,何况自己呢?这县尉虽只是个不入流的小官,但总算是摆脱了织席贩履的底层生活,如果丢了这个职位,一时间也不知何去何从。

可要想保住县尉这个职位,不贿赂督邮是不可能的。只是刘备素来贫寒,又不曾勒索百姓,哪里有钱去行贿送礼呢?

刘备闷闷不乐,束手无策。督邮借着圣旨,狐假虎威,不得手是绝不会罢休的。这等奸猾官吏,最惯于利用明面上的规则来暗地施行潜规则,令人防不胜防。

第二天,督邮看刘备没有任何动静,立即使出了另一招。他将县里的文书小吏唤去,索要一应文书,想要从中找出刘备不称职的铁证。

刘备赶去求见通融,却被拒之门外。

刘备怏怏而退。他的兄弟张飞却憋不住气了。在喝了一顿闷酒后,张飞怒气冲冲,闯入馆驿,一把揪住督邮,拖出门外,绑到一颗大柳树上。张飞扯下柳条,对准督邮一阵猛抽!督邮吓得魂飞魄散,痛得鬼哭狼嚎,连声大叫"饶命"!

旁观的人怕闹出人命,知道非刘备不能叫停张飞,急忙跑去报告刘备。刘备赶来一看,张飞打得正起劲,已经一连打断了十几把柳条了。督邮见刘备来了,顿时忘了自己曾经对他傲慢不敬,哭求道:"玄德公救命!"

刘备见张飞打得起劲,心中顿感万分畅快,此前所受的恶气立即一扫而空!刘备恨不得冲上前去,抢过张飞手中的柳条,亲手暴打一通。但他随即想到后果,急忙喝住了张飞。

正在此时，关羽也赶到了现场。关羽看了一眼，对刘备说："兄长立了这许多大功，只得了县尉之职，还被这厮如此无礼对待。枳棘丛中，非鸾凤之所。我们不如杀了这厮，弃官回乡，别图远大之计！"

关羽这是告诉刘备不要有侥幸心理，现在已经把督邮彻底得罪了，唯有斩草除根，否则后患无穷。而杀了督邮后，此地当然不能再留，只有一走了之。

督邮一听，吓得魂飞魄散，一迭声的"玄德公饶命"就像杀猪般，叫得分外急切响亮。

刘备该如何选择？是饶了督邮，求得谅解，然后继续在安喜厮混；还是杀了督邮，挂印而去，一走了之？

放过督邮，督邮记恨在心，日后一旦报复，难有宁日。而杀了督邮，则是公开与朝廷作对，这比放过督邮的后果更为严重。

刘备必须立即做出选择。

关羽所说的"远大之计"这四个字深深触动了刘备。这是刘、关、张三兄弟不敢告人的最大梦想。关羽这么说，显然是在暗示对安喜岁月的不满。毕竟，屈身于这样一个贫瘠小县，与期望中的王霸雄图相差甚远。刘备最担心的就是关羽、张飞对自己失去信心，如果刘备选择放过督邮，继续苟且于安喜，就算督邮答应绝不报复，恐怕也会失去关羽的拥护。

急切之间，刘备拿定主意，做出了第三个选择。他解下腰间的县尉印绶，挂在督邮的脖子上，说："你一贯为非作歹，就算杀了你也是罪有应得。但我今天还是留你一条活路，希望你好自为之。现在，这印绶就交给你，老子不干了！"

说完，刘备招呼关羽、张飞二人，飞身上马，绝尘远去。

刘备看似给督邮留了一条活路，其实是给自己留了一条活路。如果真的像关羽说的那样，将督邮一刀两断，那就犯下了杀害朝廷命官的重罪，恐怕四海再大，也难有刘、关、张三人的容身之地了。这一应对，再次展露了刘备急中生智的能力，也让关羽、张飞更添敬意。

督邮大人捡回一条命后，却不想放过刘备了。他立即上报郡守，差人追捕刘、关、张三人。

刘备从军扫贼，浴血奋战好几年，好不容易混了个小官，却不幸遭遇督邮，竟成了国家的逃犯，连原来的一介草民都不如。这是刘备遭受的第一次重大挫折，刘记创业团队好不容易开创的一个小小局面，非但清算归零，甚至可以说是连本带利，蚀个精光！

很多人因此将督邮视为刘备命途中的大灾星。但从另一个角度来看，督邮其实更是刘备的大贵人。刘备虽然志向远大，不甘心在安喜埋没一生，但每个人都有得过且过的惰性。如果不是督邮苦苦催逼，刘备也许很难下定决心放弃县尉的职位，而再一次踏上奋斗的旅程。

安逸会扼杀一切雄心壮志，痛苦才是思想的原动力。在狼狈不堪的逃亡日子里，刘备开始了对天下大势和自身命运的思考。

刘备从卢植和自身的遭遇出发，判断如今的形势是奸佞当道，小人横行，贪腐肆虐，正人君子难有出头之日，大汉朝恐怕已是积重难返。

基于这样的一个认知前提，他更加深刻地认识到黄巾起义的必然性。张角虽然很快就被剿灭了，但黄巾余部依然此起彼伏，想要代汉而立的雄杰人物不断涌现。

这个判断给了四处逃亡的刘备莫大的安慰。只要天下大乱，自己就不会缺乏出头的机会；只要天下大乱，自己的远大梦想就有可能实现。

人们倾向于把自己的思维方式投射向他人，认为所有人都像自己一样以同一方式思考。这就是虚假共识效应。当刘备认定贪腐横行，汉室将倾后，他认为别人一定也和自己持同样观点。但事实上，百足之虫，死而不僵。汉室真正的衰亡至少还需要几十年的时间。

不过，虚假共识效应带给刘备的过度乐观，也为他的持续奋斗提供了足够的勇气。当然，凡事有利必有弊，过度乐观带来的美好预期在残酷的现实面前一再碰壁也让刘备备尝艰辛，倍感无助。

尽管刘备对未来预期良好，但流亡的日子总是要一天天切实度过的。在机会尚未露脸之前，闲淡似水的日子无异于一种折磨。

督邮不但在行动上逼着刘备上了路，也在思想上逼着刘备上了路。夜深人静之时，刘备一再反思了自己在"鞭打督邮"事件中的应对处置。尽管已经有所克制，但这依然是刘备这一生中第一次冲动行事。

冲动看似潇洒，但其实代价巨大。对于一无所有的刘备来说，要重新找到一条晋升之路，并不那么容易。刘备觉得，如果再给自己一次机会，他应该把自己的名声经营得更好才对。名声是最好的护身符。只有未雨绸缪，让自己美好的声誉配得上"汉室宗亲"的称号并广为传播，才是应对督邮之流"根脚之问"的最好方式。

要获得美誉，其实是有捷径可走的，那就是获得当世名士的评价。比如，汝南名士许劭常在每个月的初一发表对他人的评论,时人称之为"月旦评"。无论是谁,一旦获得好评,立即身价百倍,名扬天下。枭雄曹操在没有发迹时,一直死缠着许劭给自己来一次点评。许劭被逼得没办法,只好给了他"治世之能臣,乱世之奸雄"的评价。曹操由此名动天下。

但这条快捷方式对刘备来说却是一条死胡同。因为,他的出身实在太过寒微,连名士的门都走不进去。

刘备只能依靠自己,从点滴的细节做起。善积跬步,亦可至千里;善积小流,亦可成江海。就在这深刻的反思中,刘备"勿以恶小而为之"的思想萌芽,渐渐生发。此后,在他漫长的奋斗生涯中,几乎再也没有出现貌似酣畅淋漓,徒逞一时之快的事情。取而代之的是坚忍苦守,坚韧不拔,以至于人们忘记了刘备性格中也有坚硬暴戾的一面。直到刘备功成名就,在生命的暮年,为了给关羽、张飞复仇,他才再次冲冠一怒,倾蜀汉举国之力,大举讨伐东吴。

心理感悟:人生中最值得感谢的就是那些逼你上路的人。

徐州恩怨

痛苦来自比较 / 给自己争个座位 / 且让小僧伸伸脚 / 不像英雄的英雄 /
孔子门前掉书袋 / 无法坚持的马拉松 / 馅饼太大不敢吃 / 道德不是糊涂账 /
空手套了白眼狼 / 一把不想杀人的刀 / 世上只有兄弟好 /
从将军到奴隶 / 第三种可能性

9 痛苦来自比较

刘备的判断是对的,天下果然又乱了,而他的新机会也随之而来。

渔阳郡张举、张纯继张角之后,起兵造反。张角只是自称"天公将军",而张举则更进一步,直接自称"天子"。

逃亡中的刘备再一次得到了从军讨贼的机会。扫平张举、张纯后,刘备因再立军功而被赦免了鞭打督邮之罪,并被任命为青州下密县的县丞。县丞是县令的助手,主管文职。后来刘备又被提升为高唐县的县令。至此,刘备的仕途成就已经追平了他的祖父刘雄。

刘备在高唐县县令的位置上坐了没多久,黄巾余党攻破了高唐县,刘备再次带着关羽、张飞浪迹天涯,他的创业成果又一次清算归零。

这个时候,天下更加乱了。

荒淫无度的汉灵帝在御宇二十二年后,在三十四岁的盛年驾崩。何皇后之子刘辩在灵帝驾崩后继位为帝。何皇后之兄何进虽无能耐,却因裙带关系而担任大将军之职。灵帝死后,掌控权柄的十常侍为维护自身利益,有意改立灵帝另一子刘协为帝。而这必须先杀了大将军何进。何进预知了宦官的阴谋,决心将宦官赶尽杀绝,却被妹妹何太后阻止。

何进暗自决定,宣召并州牧董卓入京,彻底铲除宦官势力。不料,宦官探知消息后,先下手为强,将何进杀死。何进部将袁绍又将宦官两千余人尽数诛杀。随后董卓进京,凭借武力把持了朝政,废了少帝刘辩,改立刘协为帝。这就是汉献帝。

董卓倒行逆施,滥杀百官,奸淫宫女,为所欲为,激得天怒人怨,但汉室众臣一时慑于董卓的兵威,敢怒而不敢言。

形势乱到了这般地步,天下许多雄杰之士,趁乱起事。一些州郡的实权人物,如渤海太守袁绍、南阳太守袁术、冀州刺史韩馥、兖州刺史刘岱、徐州刺史陶谦、西凉太守马腾等拥兵自重，成了割据一方的军阀。也有少数像刘备一样出身草根的人，成了叱咤一方的英雄，比如孙坚，已被朝廷封为乌程候，独霸一方。

唯有刘备，奋斗了五六年，已迈入而立之年却一无所成。刘备越来越焦灼，内心的不安全感也越来越严重。

人类的烦恼主要来自比较。比较有两种，一种是纵向的自我比较，另一种是横向的社会比较。

纵向的自我比较往往和自我预期相关。刘备自小深受"羽葆盖车之梦"的影响，对自己的预期极高。预期越高，与不尽人意的现实的落差就越大，烦恼也就越盛。这就注定了刘备这一生永远也不可能像曹操那样快乐。

曹操最初的梦想就是死后能够在墓碑上刻上"汉故征西将军曹候之墓"的字样。也就是说，能够拜将封侯，曹操就心满意足了。所以，当汝南名士许劭给了他"治世之能臣，乱世之奸雄"的评语后，曹操立即欢欣鼓舞。曹操没有做过"皇帝梦"，只是随着事业的一步步做大，他的野心才逐渐膨胀起来，一步步走向僭越。这种自我预期的渐进式提高，带来的是渐进式的快乐。而刘备一开始就心怀远大梦想，而现实遭遇却令他不可能一步到位，这就注定了现实与预期的每一次比较都会给刘备带来无尽的痛苦。

横向的社会比较则与参照物有关。在社会坐标系中，每个人都能找到"比上不足，比下有余"的参照对象。刘备的雄心决定了他更愿意进行向上社会比较。这一比较，差距就出来了。比不上袁绍、袁术这样的世家子弟，刘备自觉情有可原，但是和孙坚一比，刘备的心态就失衡了。孙坚也没有什么背景，但却一飞冲天。孙坚就像是一面镜子，照出了刘备的庸碌无能。

无论是纵向比较还是横向比较，带给刘备的都是打击。刘备的自信心严重受损。在残酷的现实面前，他的孤儿心态前所未有地猛烈发作了，独立奋斗的勇气一下子降到了冰点，找寻靠山的欲念变得异常强烈。

可是，环顾天下，谁又能成为刘备的靠山呢？

天无绝人之路。就在刘备彷徨无措之际，他得知了当年的同窗好友公孙瓒的消息。

公孙瓒已经大大发迹了！

与刘备屡遭坎坷完全不同，公孙瓒的仕途一路绿灯，畅通无比。结束了在卢植处的学业后，公孙瓒很快被举为孝廉，顺利踏入仕途，然后一路跑步前进，现已官拜奋威将军，任北平太守，拥兵上万，是雄踞一方的豪强。

公孙瓒是刘备当前唯一有用的社会关系。刘备顾不上慨叹命运的不公，急急带着关羽和张飞，前去投奔。这是刘备一生中第一次依附他人。

公孙瓒见相别多年的同窗好友来投，十分高兴，立即让刘备担任了别部司马。这别部司马等于是将军的副手，是个级别相当高的参谋职位，同时又有一定的独立处置权。

公孙瓒为何如此厚待刘备呢？

这固然是考虑到了同学情谊，但更重要的是出于公孙瓒的炫耀心理。任何一个正常的人都十分在意自己在他人眼中的形象。十几年前，当公孙瓒与刘备握手道别时，他不过是一介白衣。如今，公孙瓒已经是奋斗有成的成功人士。

在现实生活中，越是成功的人，越是愿意出席同学会。公孙瓒也是同样的心理，希望好好地在老同学面前炫示自己的成功。而最好的炫示，莫过于显摆手中的权力。所以，公孙瓒毫不犹豫地让刘备担任了自己的副手。

刘备十分高兴，一颗飘荡无依的心终于安定下来。但随后公孙瓒的做法却让他有点哭笑不得。

公孙瓒转而让刘备"试守平原令"，也就是临时代理平原县令之职。这个新的任命，与别部司马相比，更具独立性，但职级却降低了不少。这几年来，刘备一直在县级职务上打转，从安喜县尉、下密县丞，到高唐县令，再到如今的代理平原县令。这一连串的县官经历，不由让刘备觉得自己也许天生就是当县官的命，所谓的"羽葆盖车之梦"也许只是自己想多了。

尽管有些心灰意冷，刘备还是没有展露在外，而是兴高采烈地去平原上任。这是因为刘备并不是一个人在奋斗，还有两个兄弟跟着他呢。关羽、张飞两人毫无怨言，跟着刘备来到平原县。既然老大只是个县官，关羽、张飞也就只能屈就马弓手、步弓手之职了。

当刘备在平原县苦熬岁月之际，天下的形势再一次发生了重大的变化。

董卓的残暴不仁，激怒了曹操。曹操计划行刺董卓，却因临阵怯场而告失败，只能弃官逃回故乡。随后，曹操招兵买马，号召天下义士，共同讨伐董卓。

曹操的这一举动，把准了时代的脉搏，一时间应者云从，很快就聚拢了十八路豪强。除曹操外，还有渤海太守袁绍、南阳太守袁术、冀州刺史韩馥、豫州刺史孔伷、兖州刺史刘岱、河内郡太守王匡、陈留太守张邈、东郡太守乔瑁、山阳太守袁遗、济北相鲍信、北海太守孔融、广陵太守张超、徐州刺史陶谦、西凉太守马腾、上党太守张扬、长沙太守孙坚等。

讨伐董卓虽然是曹操发起的，但曹操知道自己的声望还不足以服众，因此推举四世三公、门生故吏满天下的袁绍担任盟主。除了袁绍的兄弟袁术对此不甚服气之外，其他豪强都没有意见。

刘备的恩主公孙瓒作为北平太守，也参与其中。蛰伏已久的刘备凭直觉就知道这是一个大好的施展机会。他和两位兄弟热血沸腾，怀着急迫的心情，跟着公孙瓒投入到这一场伐董的大战中。

心理感悟：比较是痛苦之母。

给自己争个座位

十八路联军浩浩荡荡，杀奔汜水关前。董卓闻报，急派帐下骁将华雄领兵增援汜水关。

联军这边的济北相鲍信为了抢功，派兄弟鲍忠迎战，却被华雄一刀斩为两段。袁绍再派联军第一猛将孙坚出战，也被华雄轻松击败。

华雄挟连战告捷之威，大骂搦战。袁绍急忙召集联军各首脑开会商议应对之策。刘备不想错过与这些天下风云人物面对面的机会，鼓起勇气，示意关羽、张飞，一起跟着公孙瓒走入大帐。在这大佬云集的军帐中，他们连落座的资格都没有，只能以亲随的身份，干巴巴地站在公孙瓒的身后。

袁绍发问："谁能迎战华雄？"骁勇无敌的孙坚受挫大败一事极大地打击了这些曾经豪气干云的联军首脑，一时间大帐内寂静无声。

袁绍举目环视，忽听到公孙瓒背后传来一阵冷笑之声。发出这冷笑声的当然就是刘、关、张三兄弟了。

他们为什么要冷笑呢？

有两个原因。

第一，这是一个等级森严的强情境，对于身处其中的人约束力极大。按照不言自明的情境规则，面对盟主袁绍的发问，刘、关、张三人作为公孙瓒的亲随，地位卑下，是没有发言权的。尤其是在其他大佬都还没有开口的前提下，刘、关、张率先开口，就是不懂规矩的大不敬行为。

第二，这是刘、关、张三兄弟在自我提升意识推动下，不由自主地想要展示自我的一种表现。堂堂十八家豪强，竟受困于一个华雄，自然令顾盼自雄的刘、关、张三兄弟暗生轻蔑之意。

总之，刘、关、张的冷笑无非是要引起大佬们的注意，为自己争取一个扬名立万的机会。

果然，袁绍抬眼望了过来，见这三个人状貌雄伟，却一个也不认识，好奇心一下子就上来了，问公孙瓒道："公孙太守背后站的是什么人啊？"

公孙瓒伸手把刘备叫到身侧，对着众人说："这位是我幼年时的同窗好友，现任平原令，姓刘名备，字玄德，乃是汉室宗亲。"

公孙瓒一下子推出了刘备的三个身份标签：老同学、平原县令、汉室宗亲。这个次序正符合公孙瓒潜意识中对刘备的认知深刻程度。公孙瓒此前从未听刘备自称"汉室宗亲"，只是新近不时听关羽和张飞提起。公孙瓒替刘备打出"汉室宗亲"这张牌，也是多少觉得在这一群官高爵厚的大佬面前，县令一职太过卑微，必须用"汉室宗亲"来抬抬色。

公孙瓒这样的介绍，虽是好意，却把刘备推到了颇为尴尬的境地。一个汉室宗亲，竟然只能给人当亲随，连座席都没有，岂不是很丢人？刘备刚刚因冷笑而奋发的自信一下子就蔫了半截。如果是他做自我介绍，在这样的情境下，一定是羞于说出"汉室宗亲"这四个字的。

一旁的曹操插嘴道："莫不是大破黄巾，多立功勋的刘玄德？"

公孙瓒回答道："正是！"

刘备虽感尴尬，但盟主袁绍却把"汉室宗亲"四个字听进去了，马上说："既然玄德是汉室宗亲，左右，取座席来。"

刘备看看身旁不是侯爷，就是将军，不是刺史，就是太守，而自己不过是一个最末流的县令，自信心更加不足，连忙道："我一个小小县令，怎敢安坐？"刘备选择淡化汉室宗亲的身份，只以县令的身份示人，正说明了他自信心的不足。

袁绍却道："我不是敬重你的职位，而是敬重你是帝室之胄，又曾立过大功。不要再推辞了。"

刘备毕竟还是沾了"汉室宗亲"的光！而袁绍的认可，再一次在公众面前强化了刘备的这个标签。

东汉末年，椅子尚未从西域胡地传入，人们都是席地而坐。左右侍从拿来一张席子，铺在阶下最末处。刘备坐定后，关羽、张飞就像往常一样，两手叉腰，站在他身后。

刘备虽然敬添末座，但这一张座席对于他的意义却十分重大。这一个军帐中的十八张座席上，囊括了东汉末年的一大半精英。未来几十年的风云激荡，几乎均由在座者掀发主宰。刘备经由这一座，获得了和这些风云人物勉强平起平坐的资格。尽管在座者还是有人看不起刘备，但刘备毕竟也算是正式踏上了第一等级的政治舞台。此后，在机缘垂顾和苦苦奋斗后，刘备最终得以与大帐中的曹操、孙坚之子孙权一起笑到了最后，成为三分天下的缔造者。

这时帐外的华雄催战甚急，帐内的群雄只能打点精神应对。

袁绍叹息道："可惜我的上将颜良、文丑尚未赶到，只要有一个在此，哪里容得华雄如此猖狂？难道我们十八路大军，竟然没有一个人能敌华雄吗？"

众人默然，却听阶下一人大叫道："小将愿往，斩华雄之头，献于帐下！"这人正是关羽。

刚才刘、关、张三人站着的时候，只能发声冷笑。刘备有了座席，关羽的胆气也壮了不少，因此敢大声求战。

袁绍一喜，问道："此人是谁？"公孙瓒答道："正是玄德的兄弟关羽。"袁绍又问："现居何职？"袁绍果真是个没脑子的人，这个问题其实根本不用问。关羽的大哥刘备不过是个县令，关羽还能有什么像样的职位呢？

公孙瓒只能如实回答道："现跟着刘备充任马弓手。"

袁绍尚未回话，旁边的袁术却实在憋不住了，大声呵斥道："你一个小小的弓手，竟敢胡言乱语！难道是欺负我们军中没有大将吗？来人，给我乱棒打出大帐！"

袁术为什么会如此发作呢？

原来，袁术是个特别注重门第出身的人。别说是关羽这个不入流的马弓手了，就连他同父异母的兄长，此刻正担任盟主的袁绍，袁术都很看不起。

袁绍与袁术都是袁逢的儿子，但袁绍的母亲是袁家的一个婢女，而袁术的母亲则是袁逢的正妻。袁逢的大哥袁成没有儿子，袁逢就将袁绍过继给袁成。袁绍因为成了袁成的嫡子而摆脱了庶出的卑贱身份。但袁术却一直觉得自己比袁绍更为高贵。

在袁术看来，像关羽这样的身份，根本没资格站到大帐中，又怎么能代表联军前去迎战华雄呢？

正在尴尬之际，曹操出来打圆场了。曹操说："公路兄息怒，此人既然敢口出大言，想必有真才实学。不如让他出马一试。如果他打不赢华雄，再问罪不迟。"

袁绍一听兄弟发怒，也觉得有几分道理，说："派一个弓手出战，确实有失体面，必被华雄耻笑。"

曹操却说："此人仪表堂堂，气势凛然。华雄怎么可能看出他是个弓手？"曹操的这句话很有意思，透露了他是一个对于外表拒绝敏感度很高的人。这样的人，非常担心自己的外表不够出众而遭到冷遇，同时也对外表出众的他人十分景仰。曹操本人身材矮小，相貌平平，关羽的高大威猛，一下子就折服了曹操。曹操对关羽的喜爱与钦佩，从这一刻就深深地扎下了根。所以，曹操才会不遗余力地为素不相识的关羽撑腰。

二袁见曹操力挺关羽，只好卖个面子，不再阻挠关羽出战。曹操随即给关羽倒了一杯酒壮行。关羽因受了袁术的恶气刺激，立时进入了勇猛无敌的唤醒状态，连这一杯酒也赶不及喝下，就飞身出帐，上马直奔华雄而去。

只听帐外鼓声大震，喊声冲天。过不多时，銮铃响处，关羽纵马回到中军大帐，不及下马，就将华雄的首级掷于帐前！而这个时候，曹操给关羽温的那杯酒依然未冷。这就是"温酒斩华雄"！

关羽就此一战成名。他的兄长刘备凭着"汉室宗亲"的名头在中军帐内给自己争来了一席之地，而关羽则是凭着自己的出色武功在诸位豪强的心中给自己抢来了一席之地！

刘备见兄弟如此争气，不禁又惊又喜。他坐在帐中，原本内心发虚，垂首低眉，现在关羽给他挣足了面子，不由胆气豪壮，挺胸收腹，坐得又正又直。

心理感悟：争夺人心里的位置比争夺厅堂上的位置更重要。

且让小僧伸伸脚

关羽赚足了面子,袁术可就丢大脸了。袁术正在懊恼之际,张飞受了关羽壮举的感染,不甘示弱,大声喝道:"俺哥哥斩了华雄,咱们不趁此杀入关中,活捉董卓,更待何时!"

袁术听到张飞在大帐中又是一番大呼小叫,不由气上加气,大声呵斥道:"我们大臣尚且谦让,你一个小小县令手下的小卒,怎么敢在这里无礼?统统给我赶出帐去!"

自视极高的袁术先是侮辱关羽,现又侮辱张飞,夹带着把已成座上之宾的刘备也侮辱了一番。一个人只有内心足够强大,才不会轻易为外界的负面评判所动。而人在微贱时,自尊往往不稳定,很容易受伤害。袁术的言行,深深刺痛了刘备。此后,刘备终其一生,都把袁术当成绝不宽恕的敌人。但此时此刻,刘备初入帷幕,并没有多大的话语权,他既不能为自己分辩,也没有能力维护兄弟。

就在这个时候,救星再一次出现了。这个人依然还是曹操。

曹操为关羽撑腰,是被关羽非凡的外表所吸引,而他这一次为张飞说话,则是因为袁术那种因门第高贵而目无余子的傲慢也伤到了曹操。曹操虽是汉相曹参的后裔,但他的祖父却是一个宦官,而宦官素来被士大夫阶层看不起,与袁术家的"四世三公"无法相提并论。

曹操说:"行军打仗,立功者赏,何必计较什么贵贱呢?"

袁术见曹操又来多事,更是暴怒,大声道:"既然你们重用一个县令,那我告退就是了。"世家子弟骨子里的那种傲慢与偏见溢于言表。大帐中的很多人不禁暗暗摇了摇头,在心里给袁术画上了一个大大的叉。

众人不欢而散。曹操却暗中给刘、关、张送去酒肉。酒肉是送给三兄弟的,但曹操真正想结识的只有关羽。

再说董卓得知华雄被斩，立即兵分两路，派李傕、郭汜增援汜水关，自己则带着王牌大将吕布，赶往虎牢关镇守。袁绍闻报，也分兵两路，派公孙瓒、孔融、张扬、陶谦等八路豪强去攻打虎牢关。刘、关、张自然也是在这一路。

这吕布手持方天画戟，胯下赤兔马，锐不可当。民间对于三国武将的功力有一个排名，说是"一吕二赵三典韦，四关五马六张飞"，这"一吕"指的就是吕布。

吕布出马，无人可挡，一连斩杀了联军三四员大将，惊得八路豪强面面相觑。吕布得意扬扬，蔑视群雄。这时，张飞按捺不住，挺起丈八长矛，纵马直奔吕布，口中大喊道："三姓家奴休走，燕人张飞在此！"

两人大战十数合，张飞渐渐不支。关羽见状，担心兄弟有失，立即拍马上前，与张飞合战吕布。吕布从未遇到如此强大的对手，只好奋力迎战。

正是这一仗奠定了吕布三国第一勇将的地位。虽然他的武功比关羽、张飞稍强，但打不过关羽和张飞联手。然而在情境催逼之下，他的潜能被极大地激发出来，竟与关羽、张飞打了个不相上下。关羽此前"温酒斩华雄"的神迹犹在眼前，而吕布竟然可以独立对抗关、张二将却不落下风！

实际上，关羽斩华雄，是受激后处于"高度唤醒"状态下的超常发挥。当关羽处于这一状态时，是天下无敌的。但一个人不可能持续保持高度唤醒状态，关羽今天的武力处于正常状态，所以吕布才能抵得住关羽和张飞联手。

旁观者是不知内情的，只会以一个业已建立起来的固化认知来看待关羽。而当他们将关羽作为一杆秤来称量吕布时，吕布天下无敌的第一勇将的形象也就随之成型了。

刘备在一旁看得焦躁起来：一是兄弟本该"有难同当"。关羽已经冲上去帮张飞了，刘备显然不应该袖手旁观。二是如果关羽和张飞联手还拿不下吕布，那么此前关羽斩华雄所树立起来的品牌价值（这是刘记团队此刻最为宝贵的资产）就要大大贬值了。刘备再也忍不住了，挥舞双股剑，拍马冲上去，加入了战团。

其实，刘备还是急了点。要是他再耐心等上几个回合，吕布就该力绌不支了。刘备这一上去帮忙，其实是帮了倒忙。

大将马战并不简单等同于打群架，倚多为胜。刘备武功比战局中的其他三个人差得太远。他一加入，自然就成了最薄弱的环节。关羽、张飞反而得分心留神保护他，以免打赢了吕布，却丧失了老大。吕布眼看不支，瞅准刘备，急刺一戟，趁着刘备躲闪之际，飞马便走，急急退回虎牢关中。刘、关、张赶至关下，关上箭矢石块如雨骤落，刘、关、张只能收兵而退。

　　刘备虽然帮了倒忙，但勇猛无敌的吕布毕竟是被刘、关、张联手击退的。刘备自然和两位兄弟一起被视为英雄。这一段故事，也因此被称为"三英战吕布"。

　　吕布这一败退，极大地影响了董卓的信心。董卓随后派人去策反正在攻打汜水关的孙坚，被孙坚严词拒绝。董卓本来只要铁心死守汜水关和虎牢关，联军未必能轻易破关而入，但董卓慑于联军的威势，听从了谋士李儒的建议，主动弃守，并烧毁了都城洛阳，挟带着汉献帝迁往长安。

　　但这对联军来说，并非全是好事，因为世上很少有靠得住的联盟。大功告成之日，往往是联盟分崩离析之时。

　　果然，曹操主张乘胜追击，永绝后患。但盟主袁绍却沉浸在胜利的喜悦中，对曹操的提议置之不理。十八路豪强中支持袁绍的不在少数。曹操痛恨这些人小成即安，缺乏长远打算。气愤之下，他带着本部人马追赶董卓，但却被打得大败，几乎全军覆没，差点连命也丢了。曹操无颜回见各路诸侯，只好收拾残兵，自投扬州去了。

　　孙坚则抢先在后宫的熊熊火光中抢到了汉室的传国玉玺。他如获至宝，立即私自藏匿，不料却被袁绍探知。袁绍强行向孙坚索要玉玺，孙坚矢口否认，两人不欢而散，孙坚自顾自领兵回程。传国玉玺流落民间，意味着汉室已倾，一个群雄逐鹿的时代开始了。

　　袁绍随即写了一封信给荆州刺史刘表，让他半路截住孙坚。刘表依言行事，从此与孙氏结下世仇。

　　联军里的兖州刺史刘岱，向东郡太守乔瑁借粮。乔瑁不给，刘岱就翻了脸，连夜引兵袭击乔瑁，将乔瑁杀了，接管了乔瑁的部属。

　　袁绍眼看无力节制，引兵自去往关东。盟主一走，各路豪强纷纷作鸟兽散。至此，东汉末年豪强割据的局面正式形成，各路大佬为了争夺地盘，不念旧情，大打出手，不知掀起了多少腥风血雨。

　　对刘备来说，这一次的伐董之行，收获颇丰。他不但在时代的风云人物面前亮了相，露了脸，而且让自己汉室宗亲的身份获得了公认。更重要的是，这对刘备来说，还是一堂意味深长、意义深远的心灵励志课。

　　此前，他屈居底层微贱职位，很少有与高层精英打交道的机会，难免有些自信不足。当他面对面与这些巨头大佬亲密接触后，也就有机会撩开他们的神秘面纱。这些所谓的精英人物，并非个个格局宏阔，也未必人人谋略远迈，好多人只不过是机缘巧合，窃据高位罢了。而其中有些人的拙劣表现，甚至让刘备觉得还远不如自己。由此，刘备的自信心得到了大幅提升。

明代张岱所著的《夜航船》一书中曾经记载：一个僧人搭夜航船出行。船舱拥挤，大家挤在一起睡觉。其中有一个书生高谈阔论。僧人知道自己水平低，蜷缩着脚，躺在那里不敢吱声。有人问书生：请问澹台灭明是一个人还是两个人？书生道：当然是两个人。这人再问：请教尧舜是一个人还是两个人？书生道：当然是一个人。僧人听了后，说道：既然如此，且容小僧伸伸脚。

刘备就像这个故事中的僧人一样，在见识了各路豪强的"真我风采"后，不但敢于伸脚，也敢于伸手，染指天下了。

这是刘备人生中极具里程碑意义的一次经历。

刘备跟着公孙瓒，回到了北平。公孙瓒为了表彰刘备的功劳，提升他担任平原国的国相。这平原国统辖包括平原县在内的六个县。

刘备在职位上再进一步，心情自然舒畅无比，决心要在平原相的位置上好好干出一番事业来。

心理感悟：不识庐山真面目，只缘身在此山外。

12

不像英雄的英雄

就在刘备担任平原相的时候，天下的形势再次发生了巨变。

司徒王允巧用美人计，离间诱引吕布刺杀了暴虐横行的董卓。董卓的部将李榷、郭汜等人兴兵作乱，杀了王允，控制了汉献帝。颠沛流离的汉献帝刚脱虎口，又落狼吻。这时，青州黄巾，聚众百万，再度发难。李榷听了朱隽建议，宣召曹操去青州扫黄。曹操借势而起，大破黄巾，将其精锐收编为三十万"青州兵"，从此有了起家之本。他占据了兖州，大肆招揽文武人才，雄霸一方。

曹操发迹后，派人去接父亲曹嵩及一家老小，到兖州安住。路过徐州时，徐州刺史陶谦有意示好曹操，专派校尉张闿护送。不料张闿见财起意，将曹嵩全家四十余口尽数杀了，卷财而遁。

曹操闻讯后，痛彻心扉，将账记在陶谦头上，立即发动大军，横扫徐州。陶谦不敌，属下别驾从事糜竺建议向北海太守孔融求救。

孔融与陶谦一向交好，正想出兵，不料管亥率黄巾十余万前来，将北海团团围住。孔融派将出战，却被管亥斩了。孔融坐困愁城，一筹莫展。

正在危急之际，壮士太史慈杀入重围，主动入城来见孔融。原来，他在外避难之时，家中独居老母曾得孔融接济照顾。太史慈刚刚归家探母，得知孔融被围，太史慈之母就让儿子去为孔融效力，以作回报。

太史慈勇武过人，主动提出愿意带兵一千，出城厮杀。但孔融不知他虚实，不敢贸然行事。太史慈一再请求说："如果不能帮助太守解围，我也无颜回去见家中老母。"

孔融想了想，对他说："我听说刘备就在离此不远的平原县，此人是当世英雄，如果能请他前来援助，内外夹攻，就可以解围了。"

孔融将刘备称为当世英雄，话虽是这么说，其实他并不怎么看得起刘备。孔融是一个非常骄傲的人，但很多人，尤其是现代的人们，受制于"孔融让梨"这一广为流传的故事所蕴含的刻板印象，而误将他当作一个谦恭礼让的人。

孔融十岁的时候，去拜谒当时的名士李膺。可是，李膺的架子很大，如果不是名士，根本不予接见。孔融对看门人说："我是李家的世交。"看门人一听，不敢怠慢，立即通报。李膺见了他，却根本不认识。李膺问他："请问你和我有什么交情呢？"孔融回答道："从前我的祖先孔子和你家的祖先老子有师友之谊，所以，我和你是累世之交呀！"李膺见这个小小孩童如此聪明伶俐，大为惊奇。旁边正好还有一位名士——太中大夫陈炜在场，李膺夸赞孔融，陈炜就开玩笑说："小时了了，大未必佳。"意思是你小的时候聪明，大了就未必聪明了。孔融应声答道："如君所言，您小时候一定很聪明吧。"顿时噎得陈炜说不出话来。

这个故事固然展露了孔融的聪明劲儿，但也透露了他绝非谦逊之辈。孔融出身名门，幼得大名，一路光辉灿烂地成长，自然就养成了他放言无忌，目无余子的性格（孔融最终也因为自己的狂放言行而被曹操所杀）。这样的一个孔融，怎么可能看得起一事无成，仅靠一个虚头巴脑的"汉室宗亲"上位的刘备呢？

那么，孔融又为什么要说刘备是当世英雄呢？

刘备是沾了关羽的光。孔融心目中真正的当世英雄不是刘备，而是关羽。当初十八路联军讨伐董卓时，关羽温酒斩华雄的神奇一幕牢牢印刻在了孔融的脑海里。这也是他不想借太史慈杀贼，而是要他去向刘备求救的原因。孔融觉得，只要关羽一到，必然是"手到贼除"。

太史慈拿了孔融的亲笔书信，突围而出，去见刘备。

一路上，太史慈一直在犯嘀咕。他本人和刘备素不相识，也没有听说过他的英雄名声，而从孔融的话中也可以听出他和刘备并没有什么特别的交情。刘备肯不肯答应一个素昧平生的人的求救，拿出自己最宝贵的兵力资源来援助另一个不甚相干的人呢？

不过，太史慈一想到孔融说刘备是"当世英雄"，多少放了点心。太史慈一向以"英雄"自许，而一个英雄，必然应该像他本人那样，急人之难，毫不犹疑，拔刀相助，不求回报的。（虚假共识效应在太史慈身上发挥效力了。）

太史慈赶至平原，见到刘备，简单诉说缘由，并将孔融的亲笔书信呈上。刘备打开书信看毕，默然半晌，才淡淡地问道："你是何人？"

这四个字甫一出口，太史慈的心就凉了半截。刘备的做派和孔融口中的"当世英雄"可也差得太远了吧!

刘备也有他的苦衷。

首先,他和孔融并无深交,从未与孔融有过书信来往。几年前共伐董卓时,孔融并不曾拿正眼看过他。此刻太史慈送来的这封信,焉知不是伪赝之作?

其次,他和太史慈并不相识,焉知太史慈不是故意前来行诈?

最后,刘备的这点家当并不是他自己的,而是公孙瓒的,贸然出兵援助他人,一旦失败,怎么向公孙瓒交代呢?

最后刘备的这一迟疑,却给太史慈留下了非常不好的第一印象。有孔融的"英雄"定论在先,太史慈对刘备的预期是很高的。预期越高,失望就越大。太史慈眼看大事要黄,急中生智,借着刘备的问话,说:"我是东海的一个平头百姓,与孔融非亲非故,也不是他的乡党。只是不忍看到孔北海被黄巾祸害,激于义愤,这才替他到您这里求救。孔太守和我,虽然与您素不相识,但早就听说您的仁义之名,一定能够救人于危难之中,所以我才甘冒奇险,突围前来,冒昧向您求救,请您明察!"

太史慈的这番话,隐藏着一个极为巧妙的说服策略。这就是"中间立场策略"。

我们知道,一个人的立场与他的利益是密切相关的。太史慈作为孔融的使者,其立场应该和孔融完全一致。但太史慈却将自己与孔融巧妙地分割开来,把自己包装成一个不相干的第三者,即"中间立场"。这样,太史慈就不是出于自身的利益考量来向刘备求救的,太史慈的行为就是见义勇为之举。一个和孔融没有利益关联的第三者,都能够以道义之名,冒死突围前来向刘备求救,那么,有着"仁义"名声的刘备又该怎么做呢?

答案不言自明。

刘备自己都不知道什么时候有了"仁义"之名,并且还名闻天下。但没有一个人愿意拒绝这样的名声。这正是刘备一向来最希望拥有的名声,而且这还是名闻四海的孔融所说的(太史慈所说的话都被刘备理解为孔融之语)。刘备听了,顿时觉得热血沸腾,正容答道:"孔北海也知道这世上有个刘备吗?"立即吩咐关羽、张飞,点起三千人马,赶往北海救援。

事实上,孔融对太史慈之母有恩,太史慈必须要回报孔融。两者之间是有利益关联的。太史慈虽然没说假话,但他巧妙隐藏了他和孔融之间的恩惠回报关系,将自己包装成不折不扣的"中间立场"。如果太史慈将这些背景如实说出,势必会影响说服的效果。

太史慈就这样利用"中间立场策略",成功地取信于刘备,完成了求援的重任。但刘备最后所说的这句话,一下子暴露了刘备的"非英雄""不自信"的心态,从而影响了太史慈对刘备的观感。

在太史慈看来,一个真正的英雄,是不会为任何强权、重誉所折腰的。如果前来求救的不是孔融,如果孔融不是享誉四海的名流,你刘备是不是就不会拔刀相助了呢?这样的刘备,显然不符合太史慈对"英雄"的定义。

刘备是个非常擅长延揽人才的人,大多和他有过接触的人,往往被他的魅力吸引而心甘情愿地追随于他。比如他的兄弟关羽和张飞,还有公孙瓒手下的骁将赵云,无不如此。这太史慈也是一员猛将,却因在特殊的情境下与刘备交往而形成了不良的第一印象。这也导致刘备错过了太史慈这个难得的人才。太史慈最终和英武过人的孙策惺惺相惜,一见倾心,成了东吴的悍将。

刘、关、张与太史慈率兵赶至北海。果然如孔融事前所料,关羽轻松斩了管亥,北海之围轻松而解。

心理感悟:英雄的成色中容不得任何一点犹豫的杂质。

孔子门前掉书袋

　　刘备解了北海之围,孔融将他迎入城中,大摆筵席,盛情款待。刘备做的这件事,为他的仁义名声大厦奠定了坚实的基础。从此以后,在天下人的认知中,"仁义"成了刘备最炫目的社会标签。

　　席间,孔融想起北海虽安,但徐州犹遭涂炭,而单凭自己的实力,恐怕是奈何不了曹操的。既然关羽如此神勇,为什么不借助他的神威去解徐州之围呢?

　　孔融当即对刘备述说了陶谦好心办了坏事,遭到曹操疯狂报复的事情。刘备说:"我知道陶恭祖是个实诚君子,没想到竟然遭受如此无辜之冤。"

　　孔融见刘备只是表示同情,没有主动赴援之意,便毫不客气地对刘备提出了新的请求:"玄德公您是汉室宗亲。今曹操不仁,倚强凌弱,把陶谦逼得没办法了。圣人曾经说过:见义不为,无勇也。您何不和我一起去救徐州之难呢?"(刘备的汉室宗亲身份在经过了多次的传播强化后,至此已成公论。)

　　孔融又给刘备出了一个难题。

　　这个难题和当初太史慈请求刘备出兵北海是一样的。要知道,刘备的兵马并不是他自己的,而是公孙瓒拨给的。刘备未经请示公孙瓒,擅自发兵北海已经是违规僭越了。现在,孔融还想要他"一错再错",刘备不免有些踟蹰。但是,孔融说话的水平很高,动不动引经据典,搬出圣人的话来压人,让人很难拒绝。这个圣人其实就是孔融的老祖宗孔子。他引用的这句"见义不为,无勇也",出自《论语·为政篇》。

　　刘备犹豫了一下,鼓起勇气拒绝道:"不是我想推辞,只是我兵微将寡,不敢轻举妄动。"

　　刘备的口才也算是不错的了,但可惜他遇到的是孔融。孔融十岁的时候,就能将一个天下名士说得哑口无言,更何况他现已饱经世故,久历风霜,词锋更为老辣辛刻。

孔融咄咄逼人地说："我和陶恭祖不过是一面之交，尚且要倾尽北海之钱粮，前去救援。玄德公，您是当世英雄，怎么能没有仗义之心呢？"

孔融的套路和太史慈大致相仿，都是采用"中间立场策略"。事实上孔融和陶谦关系非常不错，但孔融却说"不过是一面之交"。而孔融的言辞比太史慈更为直接尖锐，因此威迫力也就更大。再加上孔融是当时天下名气极大的人，本身的权威度非常高。这几个因素一综合，刘备的拒绝之词再也无法说出口。

刘备只能说："刘备当然愿意前往徐州救援。不过要请文举公先行前往，容我去公孙瓒处，再请三五千人马，随后便去。"

孔融担心刘备是以缓兵之计来推脱，直言不讳地说道："玄德公切勿失信！"这句话明显透出了对刘备的不信任，话很难听，但道德绑架的力度极大，强悍地封死了刘备所有的侥幸心理。

刘备受激不过，回击道："您以为我刘备是什么人啊？圣人云：自古皆有死，人无信不立。刘备无论借不借得到兵马，都会赶到徐州和您会合！"

刘备见孔融颇有轻视自己的意思，十分气恼，气急之下，刘备也想起了一句"圣人云"。这句话也是出自《论语》，是《颜渊篇》中的一句。但刘备记错了一个字。原文应该是：自古皆有死，民无信不立。而更可笑的是，刘备学艺不精，这个引用属于典型的牛头不对马嘴。

原文是这样的：

> 子贡问政。子曰："足食，足兵，民信之矣。"子贡曰："必不得已而去，于斯三者何先？"曰："去兵。"子贡曰："必不得已而去，于斯二者何先？"曰："去食。自古皆有死，民无信不立。"

翻成白话文就是：子贡向孔子请教治理国家的办法。孔子说："备足粮食，充足军备，取得百姓对政府的信任就可以。"子贡问："如果迫不得已要去掉一项，三项中先去掉哪一项？"孔子说："去掉军备。"子贡又问："如果迫不得已还要去掉一项，在剩下的两项中先去掉哪一项？"孔子说："去掉充足的食物。自古以来谁都会死，但（统治者）如果失去百姓的信任，就无法立足了。"

虽然今天我们都把"民无信不立"理解为一个人不讲信用就无法立足，但这与孔夫子的原意大相径庭。在东汉末年，尤其是在孔子的嫡派子孙、当代大儒孔融面前，刘备这样的引用纯属孔子门前掉书袋，鲁班门前抡斧子，出了一个洋相。

孔融听了，忍住没有戳穿刘备的谬误。毕竟刘备已经赌咒发誓，孔融的目的已经完全达到，没必要让人家太过难堪。但孔融的表情中所包含的蔑视之意，却让刘备在此后很长一段时间内如芒刺在背，很不自在。

刘备素来不爱读书，当年跟着卢植学的东西，多半早就还给卢植了。在和孔融的这一次口舌较量中吃了大亏之后，刘备领悟到，引用圣人权威语录是混入上流社会必不可少的一个要件，也是加强说服力的妙招。但前提是一定要娴熟准确。此后，刘备痛定思痛，戎马倥偬之余，不时拿出《论语》来翻上一翻。他下的这番功夫倒是没有白费，后来在一个极为危急的情境下派上了大用场，救了自己的命。这是后话，暂且不提。

再说刘备，去见公孙瓒述说救徐州之事。

公孙瓒微微皱了一下眉头，说："曹操与你无冤无仇，陶谦与你非亲非故，你何必要去蹚浑水呢？"

公孙瓒这是在委婉地表示不满。他举荐（起用）刘备任平原相，主要目的是为了对付袁绍。现在，袁绍占据了冀州，和公孙瓒控制下的幽州相邻，当年的两位老战友，如今已经成了死对头。如果刘备带着人马去解徐州之围，袁绍就可能乘虚而入。而且，帮着陶谦对付曹操，难免会损失兵力。这对公孙瓒的大局来说，是很不利的。

刘备听懂了公孙瓒的意思，但他已经答应孔融，不敢食言。孔融是当世大儒，名播四海，如果遭到他的恶评，刘备好不容易建立起来的名声就会毁于一旦。刘备想了想，说："我去之后，善言相劝，用不着动兵。"刘备的意思是，我去了不动武，只做和事佬，就不会损伤兵力了。

公孙瓒忍不住笑了起来，心想："玄德贤弟，你想得也太天真了。你和曹操是什么关系？人家是要报杀父之仇的，凭你几句话，就退兵不打了？"说："曹操自恃豪强，怎么肯听你良言相劝呢？"

刘备看公孙瓒还是不同意，终于把"撒手锏"使出来了："我已经答应了孔北海，怎么能失信于人呢？"

这句话击中了公孙瓒。因为他是一个心肠很软，不善于拒绝的人。人在本能上，是希望取悦身边的每一个人的。而拒绝，会消耗大量的心理能量。公孙瓒明明知道同意刘备出援徐州，不利于自己的战略大局，但他始终做不到硬邦邦地拒绝刘备。当刘备说自己不能违背承诺后，公孙瓒最终同意了。

他说："玄德，你去吧。我借给你两千马步军。"

刘备听了大喜，不客气地又提了一个要求："我还想借赵子龙一起去。"公孙瓒不便拒绝，只能同意。

像公孙瓒这样的人，也许是最好的朋友，但却一定不是最好的领导者。他宁愿让自己受伤害，也不忍心拒绝朋友的请求。这样的性格，注定是无法在残酷的政治角斗场上生存的。后来，公孙瓒果然被袁绍攻破，自焚而死。

刘备立即清点人马，带着关羽、张飞和赵云，向着徐州进发。

> **心理感悟：不懂得拒绝的人，往往和成功无缘。**

14 无法坚持的马拉松

刘备赶至徐州，只见孔融和另一路前来救援的人马因为害怕曹操的兵威，远远地在徐州城外驻扎。刘备与孔融会合后，凭借关羽、张飞、赵云之勇，杀散曹兵，抢开一条路，进入徐州城。

陶谦将孔融、刘备迎到府衙，吩咐设宴款待。陶谦仔细打量了刘备一番，见刘备仪表气度不凡，内心暗喜，随即就做了一个让所有在场者大惊失色的举动。

陶谦吩咐糜竺取来徐州牧的牌印，当场就要交给刘备。

刘备吓了一跳，急忙问道："德祖公，您这是何意？"

陶谦说："方今天下扰乱，帝王懦弱，奸臣弄权。玄德公您是汉室宗亲，正应力扶社稷。老夫我已年过六旬，无德无能，朝夕不保。您是当世豪杰，正是管领徐州的最佳人选！我自会表奏天子，请您万勿推辞！"

刘备顿时惊呆了！

此时天下大乱，各路割据势力为了抢地盘正打得头破血流。虚假共识效应再一次影响了刘备的判断：人人都在抢地盘，你陶谦竟要无条件奉送？显然这是不可能的，陶谦一定是在演戏试探自己！

刘备急忙拜伏于地，以最卑微的姿态但却十分坚定地拒绝道："刘备虽是汉朝苗裔，但功微德薄，现担任平原相之职，尤不称职。这次前来徐州相助，实出于大义。德祖公何出此言，莫非怀疑刘备有吞并之心？我若有此念，皇天不佑！"

陶谦却说："玄德公，我是真心诚意要将这徐州让给您的。"刘备只是摇头，绝不相信陶谦会发自内心地出让徐州，坚辞不受。

那么，陶谦为什么要主动出让徐州呢？这到底是真心，还是试探呢？

这可以说是整个三国中最大的一个谜团。这件事之所以匪夷所思，是因为人类对于自身的意志力之谜的揭开还要在约莫两千年后。一旦洞透人类的意志力秘密，这个谜团也就迎刃而解了。

陶谦这一怪诞行为的背后，深藏的正是他内心不易为外人觉察的意志力衰竭。

美国佛罗里达州立大学的心理学家罗伊·鲍迈斯特曾专门研究了人类的意志力极限。他设计了很多实验，让人们在实验室里努力用自己的意志拒绝美食诱惑、排除干扰、压制愤怒、把手浸入冰水中，等等。最终他发现，无论他给被试布置什么样的任务，人们的意志力都会随着时间的推移而消失殆尽。鲍迈斯特由此得出结论，人类的意志力是有限度的，如果在某一项任务上持续投入过多，就会导致意志力衰竭。而一个意志力衰竭的人，必然走向放弃或放纵。

比如，很多刚刚参加马拉松赛跑的业余选手，很容易半途放弃。这往往不是因为他的身体状况绝对不能坚持，而只是他的意志力出了问题。唯有放弃，才是当时最快意的一种解脱。

陶谦已经六十出头，身体状况不是很好。他就像一个不得不带病上路的高龄马拉松选手，竭尽全力地去应对曹操的疯狂攻击。陶谦苦苦坚持，体力与心智双重透支，意志力日趋衰竭，如果再坚持下去，可能连命都没了。地盘再重要，也不如命重要。

所以，尽管在别人眼里，徐州是一块大肥肉，陶谦却认为是一个烫手的山芋，恨不得早日脱手。但陶谦对汉室忠心耿耿，在责任感的驱使下，唯恐所托非人。这样的矛盾纠结又加剧了他的意志力衰竭。眼看油尽灯枯，如果刘备再不来，恐怕陶谦的这一场"马拉松"是再也坚持不下去了。所以，他才会乍一见到刘备，就恨不得立即将身上的重担移交给刘备。

那么，陶谦为什么要将徐州交给毫无交情的刘备呢？他的老朋友孔融不也是一个很好的选择吗？

从陶谦所说的话语里，可以看出他选择刘备有两个理由。

第一，刘备是汉室宗亲，而徐州是汉室疆域。从身份上来说，刘备理应担负起管领徐州的责任。

第二，刘备是当世英雄，从能力上来说，完全可以胜任管领徐州的重任。

实际上，陶谦还有一个原因没有直接说出来。这就是刘备的千里赴援，彰显出了他的仁义品格。孔融是老朋友，出手援助是分内的事。刘备与他素无交情，仗义而来更显难能可贵。正是这一点感动了陶谦，前述两点才会显得分外迷人。

陶谦也知道，自己的举动太过惊世骇俗，很可能会引发整个徐州政坛的非议，从而阻挠刘备顺利接掌徐州。为此，陶谦不得不加大对刘备的"溢美"程度，提升刘备的整体形象，以便他配得上接管徐州。

但是陶谦没有想到，他遇到的最大阻挠竟然来自刘备本人。

刘备为什么要拒绝这个从天而降，砸到自己头上的大馅饼呢？

这个问题的答案在孔融身上。

要知道，刘备本来是不想来蹚徐州的浑水的。但是，孔融凭借自己的强悍口才，用"仁"和"义"这两条道德之绳，"绑架"了刘备，并且用"玄德公切勿失信"加以强化刺激。刘备不得不来，来了之后，也不得不按照"仁"和"义"的标准行事。如果他坦然接受了徐州，那就等于在事实上宣告自己是为"利"而来的，从而与他刻意营求的"仁"和"义"的名声绝缘。

正因如此，不管陶谦是出于真心还是假意试探，刘备都是不会接受徐州的。

为了推脱开陶谦深不可测的"美意"，刘备只能逆着陶谦的腔调，着力贬低自己，弱化自己的形象，以达到拒绝的目的。

刘备此前一直自称"汉室宗亲"，也坦然接受了众人的公认。但是当陶谦在这样一个特殊的情境下也这样称呼他时，他却改称自己为"汉朝苗裔"。"汉室宗亲"和"汉朝苗裔"，在本义上并无太大的不同。但相对而言，"汉朝苗裔"却是一种疏离性表达，意在表明自己与汉室的关系并不那么亲近，从而也无须为受领汉室之土——徐州担责。这是为了否决自己在身份上的胜任性。

刘备还自我揭丑，说自己担任平原相都不怎么胜任，以此来反证自己并无足够的能力管领徐州。这是在能力胜任性上的自我否决。

随后，刘备还特别点明自己是为义而来的，并发誓赌咒说自己绝无觊觎之心。这显然是说给现场的裁判官——孔融听的。贫穷的人往往比富有的人更重视名声。因为穷人除了名声之外，别无所有。一旦失去了名声，就真的无法生存了。刘备此刻的境遇也是如此，他并没有多少政治资本，如果被人视为不仁不义之徒，那就彻底失去了实现远大梦想的可能。

陶谦与刘备的推来让去，让孔融看不下去了。说实话，孔融也对陶谦的做法大惑不解。但他此行前来的目的，并不是来见证徐州移交的，而是要先行解决曹操围城的当务之急。孔融出言相劝，总算让这场"闹剧"暂时消停了下来，重新把目光投向大敌曹操身上。

刘备提出先给曹操写一封信，晓之以理，劝其退兵。刘备这样做，是自以为和曹操有点交情。当初联军伐董，关羽温酒斩华雄后，曹操曾暗中送来酒肉礼物，要和刘、关、张结交。刘备据此判断曹操多少会卖点面子给自己。

但现实是很冰冷的。曹操看了刘备的信，脸色一变，破口大骂："刘备算个什么东西，竟敢来劝我退兵？"正想翻脸将使者杀了，立即攻城，却见谋士郭嘉使了个眼色。

郭嘉凑到曹操耳边，说："主公不如好言好语写封回信，麻痹刘备，然后趁机攻城，岂不更好？"

曹操听了，脸色又是一变，立时换上一副笑脸，对着使者说："我是恨刘备和我这么好的交情，却不早来见我。既然有信在此，待我写一封回信给他。"

使者被蒙在鼓里，更加相信刘备和曹操确实交情不薄。就在使者等待曹操写回信的时候，曹操得到了飞马快报。

原来，吕布趁着曹操远出，攻占了曹操的大本营兖州。对曹操来说，兖州比徐州重要多了。如今老巢有失，再在徐州恋战不去，就会两面受敌。曹操立即决定，退兵回师，夺回兖州。

曹操随即想到，既然事实上已经不能继续攻打徐州，不如卖一个顺水人情给刘备，让他记着这笔恩情，以图后报。这个念头一起，回信就很好写了。曹操不但同意了刘备的请求，还在信里将刘备大大地夸了一番。

使者拿了回信，回到徐州，报告了这个大喜讯。真是来得早不如来得巧，所有的巧事都让刘备赶上了。刘备运气爆棚，轻轻松松就为徐州立了一大功。

心理感悟：放弃和放纵有一个共同的父亲——心理疲劳。

15 馅饼太大不敢吃

陶谦见刘备仅用一封书信就轻巧退了悍猛之敌，十分高兴。他不仅为徐州重获平安而高兴，而且为自己再次托付徐州找到了一个充足的理由而高兴。

庆功宴上，酒过数巡，陶谦又挑起了这个话头："老夫年迈，体衰力竭，两个儿子也没什么出息，担不起国家重任。玄德是帝室之胄，德才兼备，可以接替老夫掌领徐州。我就可以退归养病了。"

此前，刘备在猝不及防间果断拒绝了陶谦。当时，刘备根本没有时间来细细思考这件事背后的价值。但随后，刘备回过味来，才明白自己拒绝的其实是一个称霸天下的机会。

这些年来，刘备东奔西走，一直没能像其他豪强一样，迅速借势而起，拥有自己独立的地盘。公孙瓒对他算是很不错的了，但也只是让刘备成为他本人掌控之下的平原相。刘备以为自己已经错过这个好机会了，没想到陶谦竟然再一次送上了"煮熟的鸭子"。

陶谦的理由其实挺充分的。上一次刘备可以说是无功不受禄，但这一次可大大不同了。刘备已经成功拯救了徐州，就凭这份功劳，他应该受之无愧了。

那么，这一次刘备又会如何表现呢？

刘备说："孔文举让我来救援徐州，是出于大义。如果我因此占了徐州，不知道的人就会说我是大不义。"

每个人都有努力保持前后一致的内在冲动，以免被人耻笑为善于伪装或见风使舵。刘备既然拒绝了第一次，时隔不久，就不得不拒绝第二次。否则，他第一次的拒绝就会被人理解为假意作秀，这对刘备经营自己的名声大大不利。唯有多拒绝几次，才可以逐次消融掉背离一致性的负面影响。这正是中国人社会生活中屡见不鲜的场面。

陶谦，包括已经明白了陶谦真实心意的部下糜竺、陈登等人都是这样想的。所以，糜竺、陈登都站出来"帮助"刘备从形式上克服他的心理障碍。

糜竺说："现在天下大乱，汉室衰微，正是建功立业的好时机。徐州向来殷富，户口百万。请玄德公千万不要推辞！"

刘备说："此事绝不敢当！"

陈登跟上，说："陶府君体弱多病，不能署事，玄德公还是不要推辞了。"

刘备却说："袁公路出身豪门，名望很高，又驻在附近，为什么不让他来掌领徐州呢？"

陈登说："袁术骄奢无度，根本不是有为之人，怎么能把徐州交给他呢？"

孔融在旁，听到刘备提到了袁术，触动了敏感神经，说："袁公路不过是冢中枯骨，哪里是忧国忧民的人？玄德，你不要管他了。今天之事，是上天给你的大好机会，错过了就后悔莫及了！"

当初，"仁"和"义"这两条道德之绳就是孔融绑在刘备身上的。解绳还须系绳人，现在孔融已经发话了，刘备可以坦然接受了吧？

但刘备还是坚定地予以拒绝，以至于连旁边的两位兄弟关羽和张飞也看不下去了。

关羽、张飞从来没有忘记，三兄弟多年来一直憧憬着逐鹿天下，但却苦于没有立身之基，如果大哥刘备今日得了徐州，岂不是天赐良机吗？

关羽决定"帮"一下大哥。

关羽非常聪明，知道刘备非常注重名声与面子，说："大哥，既然徐府君真心盛情，您不如暂领州事！"

关羽的《春秋》还真不是白看的。他的意思是让刘备当"临时工"，暂且替陶谦掌管一下徐州。千万不要小看了这个"暂"字。这可谓是一"暂"值千金，深得中国几千年政治谋略之绝顶奥妙！

这个"暂"字的妙处就好在进退自如，既可以立得权力之实，又可以抵御口舌之非。而一旦上了手，大权在握，临时工要自我转正还不是分分秒秒的事儿？

刘备听了，内心一动，却听张飞紧跟着来了一句："又不是强夺他的州郡！来来来，把徐州的牌印交给我，不由我大哥不肯！"

张飞的这句话实属画蛇添足，帮了倒忙。张飞外形粗豪，在人们的刻板印象中，这样的人有勇无谋，不会耍花花肠子，说出来的都是大实话。正因如此，他的这句话破坏力极大，仿佛刘备心里早已是千肯万肯，只是迫于面子才一拒再拒。

别人这样说，刘备还可以忍受。但自己的兄弟这样说，就等于把刘备往火坑里推了。刘备大叫一声，说："你们要陷我于不义，我还不如死了算了！"拔出剑来，就要自刎！幸好一旁的赵云手疾眼快，一把夺下了刘备的佩剑。

那么，刘备为什么要这样苦苦拒绝呢？

他并不是在作秀。他是真的在心里过不了这道坎！

每个人都会根据社会价值标准来衡量付出与得到之间的关系。如果这两者不相匹配，不劳而获，或少劳多获，都会导致"过度合理化效应"，在内心激发不安与惶恐。通俗地说，天上真的掉了馅饼，如果这个馅饼太大的话，并不是每一个人都敢于受之无愧，心安理得地吃掉它的。

徐州正是一个过于巨大的馅饼，在刘备内心引发了强烈的"过度合理化效应"。刘备认为按照自己为拯救徐州所做的贡献，根本配不上得到徐州这样的酬劳。他为什么如此低看自己的功劳呢？

在人类的认知机制中，存在着一种"体验认知"，即我们身体的知觉会对我们的思维方式产生强烈影响。

在一个精心设计的心理学实验中，一群被试手持不同重量的写字板开始了实验。首先，实验者拿出一些不常见的外国硬币，让被试在写字板上写下他们所估计的币值。结果，那些手持较重写字板的被试的估值明显高于手持较轻写字板的被试。

接下来，这些被试需要再次判断在一次重要的决策会议上发言的重要性。这项决策和被试的切身利益有关。结果，手持较重写字板的被试，明显比手持较轻写字板的被试更为重视这次会议，并倾向于积极发表自己的观点。

最后，研究者提出了几个观点，要求被试表达认同或不认同。结果，手持较重写字板的被试在维护自己所认同的观点时，语气更为肯定，对观点的维护也更为坚定。

可见，身体对于重量（分量）的感知最终对于人们的立场、观点、神态、语气等都产生了强烈的影响。

再回到刘备的认知判断中来。

刘备是靠着轻飘飘的几页信纸劝退了曹操的。这和真刀实枪、血腥厮杀之后迫使曹操退兵相比，虽然最终的结果是一样的，但显然在知觉分量上大为不同。如果刘备是以后一种方式拯救了徐州，那么，他对自我功劳的判定就会"重如泰山"。而一信退敌，看似神奇，功劳却多少显得有点"轻如鸿毛"。

刘备觉得自己当不起这份巨大的酬劳，再加上他想要保持一致性的欲望也十分强烈，他只能坚定地予以拒绝。

拒绝是最好的营销。刘备二次拒领徐州，深深感动了在场诸人。从此以后，他的仁义之名、高大形象，迅速传遍大江南北，成为万人景仰的偶像。这才是刘备走向辉煌的真正起点。

陶谦看刘备以死相拒，知道这一次徐州又让不成了，不由泪如雨下，说："玄德公，你要是舍我而去，我死不瞑目啊！"

众人见陶谦如此伤心，不由纷纷转而劝刘备留在徐州。

陶谦又说："徐州附近有个小沛，玄德若肯顾怜我，就屯军小沛，随时救援，以保徐州！"众人以为刘备又会予以拒绝，但没想到，这一次刘备痛快地答应了。

要知道，刘备是因道义而来的。那么，在徐州平安之后，就应该为道义而回。他来徐州，征得了公孙瓒的同意，并获得了他的额外助力。如果刘备留在徐州，就等于是投靠了陶谦而背弃了从未对不起他的恩主公孙瓒。显然，这样的行为是极不道德的。

一分钟前，刘备还是道义的化身；一分钟后，刘备就背弃了道义。

这是为什么呢？

心理感悟：政治才略与道德缺陷是骨肉相连的连体婴儿。

道德不是糊涂账

刘备在公孙瓒和陶谦之间转换门庭的行为，可以在潜意识上找到心理根源。

刘备幼失怙恃带来的孤儿心态不断驱使着他寄人篱下，寻找依靠，而源自皇帝梦的雄心壮志却又驱使着他要去自立门户。这两种不同方向的心理动力之间的博弈，始终是刘备一生中永不停歇的心灵拔河。

放弃公孙瓒，选择陶谦，并不是简单地换了个靠山。人们对于曾被自己拒绝过的东西，其实在心理上还是划归自己所有的，并始终"天真地"认为，只要自己想要，随时就能如愿以偿。刘备两次拒领徐州后，也必然产生类似的想法。而且，陶谦年老体衰，疾病缠身，很可能会再次出让徐州。那么，屯军小沛就是一个很好的选择。

但最大的问题是，刘备一向以道德完人为追求目标，而且他前期的所作所为已经让自己固化在这个标签上了。那么，当他做出这个转换门庭的行为后，他自己怎么能转过这个心理死弯呢？

其实，并不仅仅是刘备会遭遇这样的道德困境，所有的人都概莫能外。久而久之，人类在进化中，逐渐形成了一种"道德自洽机制"。当人们做了符合道德的好事善举后，就仿佛在自己的道德银行中存进了一笔款项。反之，当人们自己做了坏事或者纵容了他人做坏事，就如同消耗了道德银行中的一些款项。道德账户，进进出出，只要能大致保持账户的平衡，不至于出现长时间的巨额透支，人们也就能心理平衡了。

这样的道德自洽机制形成后，自然会出现各种形式的变种。甚至有的人的道德账户余额满溢后，会不由自主地放纵自己做一些坏事。

刘备也是这样。正是他义助徐州，毫不居功的行为，导致了他毫无愧色地做出了背离公孙瓒，屯军小沛的决定。道德不是糊涂账，但这多少有些讽刺意味。

刘备决定留下了，关羽、张飞当然是进退相随的，但赵云却没有留下来。刘备虽然不舍，却也无法强留，只能以热泪送别，让赵云带着公孙瓒的两千人马回归幽州。

刘备屯居小沛后，忽然惊喜地发现，小沛虽小，但却是大汉开国雄主刘邦的龙兴之地，素有"千古龙飞地，帝王将相乡"的美称。刘邦当年册封的十八个诸侯王中，出生于小沛的竟然有十人之多。而且，萧何、曹参、周勃、樊哙、王陵这些先后担任大汉丞相的俊杰也都是沛县人。

这样一个神圣的所在，充满了积极正面的心理暗示，当然会让刘备浮想联翩。既然先祖刘邦能够以一介草民之身，以小沛为起点，开创了不世奇功，我刘备为什么就不能呢？刘备深信不疑地认为，命运安排自己来到这里，就是要明示自己，那个远大的梦想一定会成为现实！

正当刘备在小沛信心百倍、励精图治之际，陶谦的生命却已走到了尽头。

陶谦病体渐觉不起，于是找来糜竺、陈登商议后事。

糜竺说："上次曹操从徐州退兵，是吕布袭击兖州的缘故。我想曹操是不会放过徐州的。府君前番两次想让位给刘玄德，现在病势沉重，不如再次交托给他吧。"

陶谦当初挽留刘备，让他在小沛安身，其实就是一个缓兵之计。糜竺等人对此心知肚明，故而直言不讳地建议陶谦三让徐州。

陶谦依言，将刘备请来，再一次提出了相同的请求。这一次刘备会不会痛快地接受呢？

刘备竟然还是不接受！

刘备当然知道徐州是好东西，可是陶谦几次三番地出让，却不由让他生出了一丝疑虑。既然这么好的东西，为什么不留给自己的儿子呢？为什么一定要给没有血缘关系的外人呢？刘备眼看推托不过，就把这个疑问抛出来了："陶府君，您有两个儿子，为什么不把重任交给他们呢？"

陶谦确实是有儿子的，一个叫陶商，一个叫陶应。

陶谦点了点头，说："说实话，我是有点私心的。我这两个儿子，实在太不成器了，根本担不了这么重的责任，只能到乡下去种种田。老夫死后，还希望玄德公您多多照应他们啊！但千万不要让他们入仕为官。"

看来，陶谦是很爱他的儿子的。也正因为这样，他自己在徐州牧任上，心力交瘁，不堪重负，因此不愿意让儿子再来遭这份罪。

刘备一听，心中最后的一个结打开了。这时候，如果再不接受徐州，可就真的是天大的傻子了。但刘备从来没有执掌过这样一个人口百万的大州，难免有些自信心不足。

刘备说："我一个人，怎么管得了呢？"

陶谦见刘备的口风终于软了，十分高兴，连忙说："我这手下的糜竺、陈登，都是很不错的人才。我还可以为你推荐一个人。这个人是北海人士，姓孙名乾，可以当你的好助手。"说完，急忙派人将孙乾请来与刘备相见。

陶谦在做了这许多安排后，终于油灯耗尽，辞别人世。

刘备就这样一步登天，成为徐州之主，正式迈入了封疆大吏的行列。大汉天下，共有十三州，能够担任州牧的也只有区区十三人。从此以后，刘备完全可以和袁绍、袁术、曹操、公孙瓒这些割据一方的豪强平起平坐了。

这一年，刘备三十五岁。十一年前，他二十四岁的时候，和关羽、张飞从军扫黄，开始了创业之旅，虽然这一路上颇多挫折，但能够用十年多一点的时间，成为州牧一级的显赫人物，也算是很了不起的成就了。人海茫茫，多少聪明才智之士，费尽心机，终其一生，也无法登上如此高位。刘备的发迹虽然比袁绍、曹操等人晚了好多年，但我们要看到，刘备是零起点的，毫无依凭，完全靠着个人的奋斗才走到了这一步。

早在少年时代，刘备就有了根深蒂固的皇帝梦。与这个梦比起来，州牧才不过是刚刚起步。刘备还必须继续努力，有了这一次颇为意外、极其幸运的成功，他对自己的未来更加充满信心。

但命运经常是会"诈和"的。他会暂时让你攀上生命的高峰，却很少让你从此一路顺风，如愿登顶。它让你爬得越高，往往是在为下一次的摔打加大落差，让你摔得越重。很少有人能够经得起这样的沉浮起落。只有真的英雄，才能够穿越逆境，走向胜利。

刘备是不是也要经受这样的考验呢？他能够成为真正的英雄吗？

高兴之余，刘备也不时思考，为什么这样的幸运会从天而降，落到自己的头上。对于这一类的问题，只要人们愿意，总是能找到让自己满意的答案的。对刘备而言，与得到徐州相比，当初救援徐州就是一件微不足道的小事。做了这么小小的一件善事，却得到了如此丰厚的回报，这样的小小善事，难道不值得一做再做吗？

所以，刘备的答案就是"勿以善小而不为"。这与他当初在鞭打督邮后总结出来的"勿以恶小而为之"，互相呼应，成为他此后奉行一生的人生信条。

心理感悟：不要挥霍你的道德资产，更不要透支你的道德余额。

空手套了白眼狼

刘备在徐州牧的宝座上,屁股还没坐热,债主就追上门来了。

这位债主就是吕布。

曹操从徐州退兵后,将吕布打得大败。吕布走投无路,部下陈宫就给他出了一个主意。陈宫说:"当初我们进攻兖州,曹操不得不退兵,这才让刘备得了徐州。我们为什么不去投奔刘备呢?"

吕布一想,对啊,要不是自己,刘备怎么能凭空得这么大一个便宜呢?不找他还找谁啊?这样,吕布就上徐州来了。

刘备听说吕布来投,非常高兴,立即说:"吕奉先乃当今之英雄,我们必须出城迎接!"糜竺连忙劝谏道:"吕布是个虎狼之徒,明公绝不可收留他,否则必然伤人!"

糜竺对于吕布的判断颇有"基本归因错误"之嫌。

人类的归因可以分为两种,一种是性格归因,一种是情境归因。性格归因是将人们的行为归结于其内在的性格特质所致,而情境归因则是将人们的行为归结于外部环境因素的影响所致。但人们在为他人下判断时,往往忽略了情境的影响,而倾向于使用性格归因。这就是普遍存在的"基本归因错误"。

糜竺说吕布是"虎狼之徒",就是在说一种内在的性格特质。吕布先杀义父丁原,投奔董卓,再度拜其为义父;后来又杀了董卓,依附于王允。其实,吕布的这两次弑杀义父,是有本质区别的。第一次杀丁原,可以说是见利忘义;而第二次杀董卓,其实是大义灭亲,而这其中也有很多外界因素在起作用。但在基本归因错误的认知驱使下,普天下人都将吕布视为寡廉鲜耻的小人。后来,吕布又先后去投奔袁术、袁绍等人,但都因为他已经背上的这个负面标签,要么被拒之门外,要么被小心提防。总之,无论吕布走到哪儿,都不招人待见。

糜竺劝谏刘备不要收留吕布，显然与社会对吕布的普遍认知是一致的。

但奇怪的是刘备偏偏没有"人云亦云"，反而为吕布辩护说："上次如果不是吕布偷袭兖州，我们徐州怎么能保得平安？别说收留吕布了，就是他找我要徐州，我也得让给他。"

糜竺及众人见刘备说得斩钉截铁，也就不再劝了。刘备随即自领军兵数千，出城三十里，前去迎接吕布的到来。

在这件事的处理上，可以看出刘备不仅仅是温文随和的，他的性格中也有坚定执着的部分。只要他自己做了决断，就不再听他人的意见，甚至会一意孤行。在此后很多关键的节点上，刘备都展露了这种性格特点。这其实是成功者的一种必备素质，但如果过于执着，也会造成极大的危害。

刘备为什么会没有像糜竺以及绝大多数人一样，落入"基本归因错误"的认知窠臼呢？

在刘备心中，此时占据上风的是一种"初成功膨胀"心态。巨大的成功，必然会极大地提升一个人的自尊水平，从而让这个人更加自信，大幅度高估自己的个人魅力与操控力。尤其是当一个人刚刚取得成功之际，这种自我膨胀的心态表现得更为明显。

刘备初掌大权，春风得意，不可避免地自我感觉良好。而吕布的来投，正契合并强化了他的"初成功膨胀"心态。

吕布的发迹要比刘备早了很多年。早在刘备落魄之时，吕布就已经地位显赫，名扬天下了。他刚投奔董卓，就被任命中郎将，封都亭侯。刺杀董卓之后，又被任命为奋武将军，假节，仪比三司，进封温侯，与王允同掌朝政。

吕布还是一员不可多得的猛将。当初在虎牢关前，关羽、张飞两个人都没有打败他。刘备绝不会认为自己当初是帮了倒忙，他一定认为，如果不是自己上前助阵，光靠两个兄弟是不能击败吕布的。喜欢高估自己的贡献，这正是人之常性。但刘备这样的认知，自然也就提升了吕布的价值，即吕布大于关羽、张飞之和。

这样一个地位显赫、勇猛过人的豪杰现在都要来投奔自己了，刘备怎么能不心花怒放呢？这除了说明自己已经是一个天下公认的大人物之外，还进一步助长了他对未来的美好预期。得了吕布，不啻如虎添翼。别人也许驾驭不了这员猛将，但我刘备上符天意，下合民心，德才兼备，怎么就不能用好吕布呢？

所以说，刘备热情、隆重接待吕布，其实是在潜意识里为自己大肆喝彩。他的这一番心思，旁人自然是难以体会的。众人只能尊重他的决定，一起去城外迎接吕布的到来。

宾主相见，落座说话。

吕布不知刘备心意，说："我自从刺杀董卓后，又遭李榷、郭汜之乱，不得已飘零关东，投奔二袁，都不相容。上次使君力救徐州，我趁机袭击兖州，不料反被曹操所害。现在我来投奔使君，不知尊意如何？"

这番话说得低调谦虚，却又绵里藏针，完全不是吕布惯常的风格。这其实是陈宫事先想好教给吕布的。其目的就是通过委婉地表功，引发刘备受惠后的感动与内疚，同意收留吕布，以作补报。

刘备一听，感到很不好意思，连忙说："陶府君新近归天，无人管领徐州，因此刘备暂时掌摄州事。天幸将军来到徐州，刘备理应将徐州让给将军掌管。"说着，作势要解下悬挂腰间的徐州印信。

刘备倒不是真的心甘情愿要把徐州让给吕布。他觉得，自己这么一让，吕布必然倍感压力，绝不敢轻言接手。那么，整套场面话也就算完结了。只要今后厚待吕布，也就算是合理补偿了。

但是刘备绝没有想到，吕布的手竟然不由自主地伸了过来，等着要接刘备的印信！

显然，过度合理化效应并没有在吕布身上发挥作用。人和人之间对"度"的理解是大不一样的。刘备觉得"过度"的东西，吕布却并不觉得"过度"。吕布的伸手，是他的潜意识冲动，但他随即看到站在刘备身后的关羽、张飞，虎视眈眈，有拔剑之势，立即清醒过来。

吕布随即假笑几声，说："我吕布不过是一勇之夫，怎么能当徐州牧呢？"

刘备又再谦让几句，陈宫在一旁说："强宾岂敢压主？刘使君，你切勿怀疑我们别有心机啊。"

刘备这才作罢，吩咐设宴款待吕布。

第二天，吕布依礼回请刘备。关羽、张飞提醒刘备要小心。刘备却说："我以善心待人，人绝不肯负我。"他刚刚总结出了"勿以善小而不为"的人生法则，自然要时时加以运用，以期再得厚报。收留吕布，当然属于善行，又无须额外付出什么，刘备自以为空手套了白狼，其实他是空手套了白眼狼。

刘备带着关羽、张飞赴宴。酒喝到一半，吕布突然请刘备进入后堂的卧室中，让自己的妻子女儿前来拜见刘备。吕布的用意很明显，是想和刘备建立更为亲密的私人关系。

刘备再三谦让，吕布却说："贤弟受礼无妨。"

吕布的年纪比刘备大，发迹比刘备早，叫刘备一声"贤弟"，利用"亲缘称呼效应"来套套近乎，倒也并不出格。但没想到，一旁的张飞听了这一声"贤弟"，却突然发飙了。

张飞拔出佩剑，大叫一声："我哥哥是金枝玉叶，你是人家奴婢，怎敢叫我哥哥做贤弟！你过来，我和你斗三百回合！"

张飞的叫声，威猛无比，后来在长坂坡上甚至吓退了百万曹军。此刻，他在吕布卧室中的这一声暴叫，当场就吓坏了吕布的妻女，也让刘备十分尴尬。刘备是存心要与吕布交好，援为己用的。张飞这么一搅和，刘备只好让关羽把张飞拖了出去，并连声向吕布道歉。吕布默然不语，这一场酒宴就此不欢而散。

张飞为什么会如此失态呢？

其实，这是出于张飞对吕布一种本能的嫉妒心理。张飞素以勇猛无敌著称，但当年在虎牢关前一个人与吕布交战，却颇为不敌。当两个人分属不同阵营的时候，张飞并不会表现出嫉妒。但现在吕布也投到了刘备手下，张飞的勇猛标签在吕布这面镜子的折射下，不免黯然失色。

当他人影响到了自己个性或才能上的独特性，就会引发针对这一特定他人的强烈偏见。这就是独特性冲击。

而且，吕布不甘于当刘备的下属，竟与刘备称兄道弟，进一步加大了张飞的独特性冲击。在刘备阵营中，只有关羽、张飞是刘备的结义兄弟，现在你吕布叫刘备贤弟，也加入了兄弟行列，岂不加倍剥夺了张飞在与刘备关系上的独特性？更为甚者，吕布自恃年长，还将在兄弟位次上凌驾于刘备之上，岂不是更让关羽、张飞无法忍受？

刘备该如何来收拾这个烂摊子呢？

心理感悟：他人是判定我们成败、尊卑的镜子。

18 一把不想杀人的刀

刘备原意是想留吕布在身边，好生接纳。但张飞和吕布已经撕破了脸，不可能相安无事，共处一城。刘备只有好言宽慰吕布，安排吕布去小沛驻扎。

但这样一来，刘备就失去了对吕布就近控制的可能性。这也为后来的恶性事变埋下了祸根。可见，刘备总结的"勿以恶小而为之"还是很有道理的。张飞忍不住一时之怒，最终葬送了刘备这份从天而降的大好基业。

再说曹操得知刘备唾手而得徐州的消息后，肺都气炸了。一怒之下，曹操立即要再次发兵，攻打徐州。但谋士荀彧却建议他先去扫平黄巾余党。曹操果然是个人杰，为了战略大计，硬生生忍下了这口气。曹操做了一个正确的抉择，攻克汝南、颍川后，势不可当，又将汉献帝控制在手中，迁都许昌，从此把持朝政，拥有了"挟天子以令诸侯"的独家优势。

大事初定，曹操得知了吕布投奔刘备的消息，不由又想起徐州了。曹操聚集文武商议。许褚提出要带兵前去讨伐，荀彧却提出，不如好好利用一下汉献帝。

曹操心领神会，以汉献帝的名义册封刘备为镇东将军，宜城亭侯，正领徐州牧。人在家中坐，福从天上来。刘备的徐州牧头衔本是陶谦私相授受的。现在有了皇帝的诏书，就是名正言顺的了。况且，皇帝还给了他镇东将军的称号和宜城亭侯的爵位。刘备此时的成就已经追上他的先祖陆城侯刘贞了。

这是曹操平生第一次"挟天子以令诸侯"。曹操担心刘备得了好处，却未必知道是谁给他的好处，所以特意交代使者要对刘备讲清原委。使者见了刘备后，着重指出："这都是曹将军在皇帝面前力保使君的结果。"

曹操给刘备这么多好处，其目的就是想把刘备变成一把可以帮他杀人的刀。就在刘备深表感激之际，使者又拿出了一封曹操的密信。密信上写得很明白，就是让刘备杀掉吕布。

可是刘备并不想被人当刀使。吕布是他出于名声考虑并顶着僚属们的反对压力，强行留下来的。如果刚得了曹操的一点好处，就把吕布杀了，这和已经被天下人视为见利忘义之辈的吕布又有什么区别？

现在曹操的势力比以前更大了，为了一个吕布而得罪曹操，是不是也很不明智呢？

刘备纠结难断，只好召集一众文武商量对策。

张飞一听，马上就高兴了，第一个表态："吕布这个无德小人，赶快杀了吧。"刘备白了他一眼，说："人家穷途末路来投奔我，我要是杀了他，可就是大不义啊！"

刘备抛出了"大不义"这顶帽子，其他人就不能多说什么了。这场商议自然无果而终。

第二天，吕布打着祝贺刘备获封的名义主动上门了。吕布不傻，他是来探听风声的。

吕布刚一进门，张飞拔剑就要砍他。刘备急忙拦住。吕布大惊，问道："翼德，你为什么总想杀我？"

张飞说："曹操说你是个不义之人，让我哥哥杀了你！"张飞把实情一说破，刘备顿时别无选择。他立即拿定了主意，喝走张飞，把吕布叫到了后堂，拿出了曹操的密信给吕布看。

吕布看完信，说："这是曹贼故意挑拨我们之间的关系啊。"

刘备坚定地说："兄长不要烦恼。刘备绝无此意。"

吕布告别而去。尽管刘备保证绝无坏心，但张飞几次三番要动手，在吕布心中蒙上了一层厚厚的阴影。

吕布走后，关羽、张飞又来追问刘备为什么不杀吕布。

刘备说："曹操想让我和吕布自相残杀，他自己坐山观虎斗。我们为什么要上当呢？"

关羽觉得刘备说得有道理，但张飞还是嚷嚷着要杀吕布。

刘备计议已定，给曹操写了一封回信，也不明着拒绝，只是说"容我缓缓图之"。

曹操一计不成，又生一计。这一次，曹操吃准了刘备的软肋。我曹某人的密信你可以置之不理，但你是汉室宗亲，又刚刚接受了朝廷的册封，皇帝的话你总不能不听吧。曹操以皇帝明诏的名义,让刘备去讨伐袁术。同时,又暗中派人去知会袁术,说这是刘备主动上表要这么干的。

曹操没能挑动刘备和吕布之间的内讧,就想挑起刘备和袁术的争端。

明诏一下,刘备竟然马上就同意了。其实,刘备不是中计,而是正中下怀。

首先,在刘备最痛恨的人的名单中,袁术排名第一。袁术自恃出身高贵,很看不起出身卑贱的刘备。在共讨董卓的时候,袁术多次大放厥词,侮辱刘、关、张三兄弟。

其次,袁术所占领的地盘南阳,与徐州相邻。就算是没有天子明诏,双方迟早也要起冲突。既然如此,为什么不借着天子的名头,师出有名呢?

所以,刘备明知这是曹操的计,却心甘情愿地"依计而行"。

刘备要出征,首先要确保大本营的安全。

刘备问:"谁可以守城?"关羽当仁不让地说:"我来守城。"

刘备想了想,考虑到张飞近期屡屡表现出来的脑残行为,觉得还是带着关羽去征讨袁术为好。万一有事,还可以和关羽商量商量。刘备说:"我早晚要和你商议军机大事,岂能分开?"

张飞接腔说:"小弟愿意守城。"

刘备说:"你守不得城。一来你酒后乱性,随意鞭打士卒;二来你自作主张,不听人劝。我很不放心。"

刘备训斥张飞,其实是借题发挥。张飞身上的这些毛病,并不是今天刚冒出来的,而是一贯如此。刘备早不批评,晚不批评,偏偏选在这个时候,就是因为张飞严重扰乱了他收服吕布的谋划。

张飞脸上一红,急忙说:"小弟从今天起不喝酒了,也不打军士了,别人的意见我也都听着。"

刘备哼了一声,说:"你要是能做到这样,我就不担心了。"

糜竺跟了一句:"只怕心口不一啊。"

张飞生气了,说:"我跟了大哥这么多年,从来没有失信过。你凭什么这样说我?"实际上,这句话已经暴露了张飞根本不愿意听别人提意见的老毛病。但是他一发火,反而增强了他的说服力。糜竺顿时不敢多言。

刘备想了想,说:"你的脾气性格我了解,我还是有点不放心。这样吧,请陈元龙当军师,管着张飞,不要早晚喝酒,不要误事。"

安排好之后，刘备带着关羽和三万士卒，离开徐州往南阳出发。刘备不会想到，自己的这个安排竟是一个天大的错误！

张飞和吕布之间，已经发生了多次纠纷，势同水火。刘备在的时候，尚且可以压制住。刘备远离之后，谁还能管得住张飞？刘备安排张飞守城，等于是在自家后院埋下了一颗威力巨大的定时炸弹。

果然，当刘备在前线与袁术相持之际，这颗定时炸弹就爆炸了。刘备汲汲营营，好不容易挣下的这份家底，竟然被炸得荡然无存，彻底归零。正所谓是，辛辛苦苦十几年，一夜回到从军前。

心理感悟：无利不起早，无利不当刀。

世上只有兄弟好

刘备与关羽走后,张飞正式接管徐州。

张飞想起自己对刘备许下的戒酒承诺,不知道何日才能开禁,越想越是挠心。经过激烈的思想斗争,张飞决定趁着眼下没有大事,先好好喝上一次,过足酒瘾,然后再开始戒酒,等待刘备回来。

张飞召集文武,大摆宴席,宣布说:"今日大家尽此一醉,明日开始禁酒。"当某一项权利即将被禁止或剥夺之际,人们难免要在最后的时间里尽情享用一番。但这一喝酒,还真就喝出事来了。

张飞希望人人痛饮自污,法不责众,足以抵消背着刘备喝酒带来的负疚感。但席间有一个叫曹豹的官员,天生不喝酒。张飞苦苦逼曹豹破了戒,还痛打了他一顿。曹豹越想越生气,连夜就派人去找吕布,煽动吕布趁着张飞大醉前来夺城。

吕布屡遭张飞凌辱,早就心生恶意,一听有这么好的机会,怎么会不动手?吕布趁着月色明亮,又有曹豹接应,不费吹灰之力,攻入徐州城中。

张飞酒后不敢与吕布交手,带了数十骑人马,逃出城中,去找刘备。但刘备的家眷全都落入吕布之手。

张飞满面凄惶,来见刘备,将情形说了一遍。众人听了,均大惊失色,刘备的内心却一片冰凉!当众人纷纷将矛头对准张飞,指责他的愚蠢的时候,刘备知道,自己的愚蠢更加不可饶恕!

张飞和吕布势同水火,刘备是早就知道的。这一次出征,刘备明知张飞不适合守城,但还是让他守城。既然留张飞守城,就该带上吕布出征,这样既可以借吕布之威进攻袁术,又可以避免吕布和张飞发生新的冲突。这个两全其美的办法,并不难想到,但刘备还是疏忽了。所以,与其说丢失徐州是张飞的执行失误,倒不如说是刘备的领导失误。

刘备内心五味杂陈，充溢着对自己的不满与懊恼。旁边一众人等，都等着他对这一事件给出一个定性的结论。刘备强自镇定，说了一句："得何足喜，失何足忧。"

这句话就显出刘备的高明了。

眼下徐州已失，即便将张飞碎尸万段，也已经无可挽回。而如果根据众人当下的归因认知，将一切责任都推到张飞头上，对他加以重责，事后大家还是会明白其实刘备本人难辞其咎。既然如此，那还不如大大方方地接受残酷的现实，不怪罪任何一人。

当然，刘备之所以能够说出如此豁达的话，也和徐州得之太易有很大关系。如果徐州是刘、关、张浴血奋战十数年，费尽千辛万苦才得来的地盘，刘备绝不可能如此淡看得失。

刘备这句轻描淡写的话，却没有引起关羽的共鸣。因为关羽看到的不仅仅是徐州的得失。关羽怒气冲冲地问张飞："嫂嫂在哪里？"

关羽这一问，张飞才醒悟过来，头垂得更低了，轻声说道："都失陷在城中了。"刘备一听，心里不由一紧。对于家眷，刘备显然做不到"得何足喜，失何足忧"，于是默然不语。

关羽怒气更甚，说："你当初要守城时，说什么来着？兄长吩咐你什么来着？今天城也丢了，嫂嫂也失陷了，你死了都嫌迟，还有什么脸面来见兄长！"

听了关羽这番话，张飞立即拔出剑来，想要自刎。

世间之事，往往一报还一报。今天关羽出于义愤，对张飞苦苦相逼，日后张飞、关羽被曹操打散后在土城相会，张飞也是出于义愤，对关羽降曹一事苦苦相逼。

却说刘备眼见张飞要拔剑自刎，顿时清醒过来。徐州已失，如果再损失一个勇猛无敌的兄弟，那可真是连老本也蚀光了。况且，自己本身也负有极大的责任，怎么能让张飞一个人以生命为代价背黑锅呢？

但刘备也十分清楚，关羽那一番指责无论是站在管理的角度还是站在道义的角度，都是无可挑剔的。如果自己不能用一种合理的说法将其对冲消融，恐怕会伤了关羽的心，并在组织中营造出一种大家皆可不负责任的恶例，这更是刘备不愿意看到的。

电光火石间，刘备一把抱住张飞，夺下他手中的剑，大声说道："古人有云：兄弟如手足，妻子如衣服。衣服破时，尚能缝补。手足若废，安能再续？我们三兄弟桃园结义，立誓同生共死。今日虽然丢了城池老小，我怎么忍心让兄弟中道而亡？吕布虽然掳走了我的妻小，我们还可以想办法去救啊！贤弟一时之误，哪至于轻生呢！"

刘备自称"兄弟如手足，妻子如衣服"这句话是古人所云，但其实是刘备本人的原创。这个套路他是跟孔融学的，孔融张口闭口就是"圣人云"。但显然哪个圣人也没"云"过这句话，刘备只好来了个"古人有云"。拉上虎皮做大旗，不但会让说服的威力大增，也可以让只有天晓得的那位古人来承担这个奇特观点的骇人之责。

由此也可以看出，刘备虽然读书不多，但应变能力极强。从当初他急对张飞时说出的"我本汉室宗亲"，到今日的"兄弟如手足，妻子如衣服"，这一份急智，比曹植的七步成诗不遑多让。

刘备将妻子比作衣服，将兄弟比作手足，不仅仅是为了缓解张飞的自责，更是为了消弭自己内心的愧疚。因为，正是他自己的考虑不周，才会做出错误的安排，导致了无可挽回的局面。

细究刘备的心灵深处，这是一种被称为"最小化策略"的心理防御机制。

所谓最小化策略，就是从意识层面消除不愉快情感的一种心理过程。妻小失陷于敌手，必然导致刘备内心产生强烈的负面情绪。为了迅速恢复心理平衡，最见效的办法就是将这一恶性事件本身的意义或价值最小化。既然"妻子"远远不如"兄弟"，损失也就算不得大；既然"衣服破时，尚能缝补"，也就不必苦苦苛责了。

刘备的这句话一说出口，首先对他自己是一种解脱。紧接着的就是张飞和关羽的深深感动。张飞自然不必多言。关羽同样也是刘备的兄弟，他见刘备今日能够如此对待犯了大错的兄弟张飞，自然会想到，日后若是自己也犯了大错，刘备必然也能这样对待自己。关羽的预判果然没错，日后他被迫降曹，刘备同样原谅他并再次接纳了他。

坏事可以转化为好事。刘备只用一句话，不但买尽了张飞的心，也买尽了关羽的心。三兄弟抱头一场痛哭，这一重大意外事件也就翻篇了。从此，关羽、张飞对刘备更是死心塌地。而刘备的这一句话，却传播开去，流传千古，成为兄弟义气最重要的一条衡量标准。

刘备轻描淡写，快刀斩乱麻处理好了这一次重大意外事件。但他此时还不知道，张飞无意间闯下的这个大祸，对他几乎是一次致命的打击。这至少导致刘备的成功晚了十多年。整整十二年后，刘备才好不容易"借"到了一块立身的地盘。而这期间，刘备备尝艰辛，几至绝望。

刘备安抚好了两位兄弟，自己也慢慢冷静了下来。这个时候，无可言说的沉痛才无可避免地浮上心头。

奥地利作家茨威格曾经写过这样一句话："所有命运赠送的礼物，早已在暗中标好了代价。"

刘备这一路走来，虽然身无凭依，却颇得上天眷顾。桑树的吉兆、李定的预言、叔父的救助、拜师卢植、结识公孙瓒、结义关张、陶谦三送徐州等，无一不是命运馈赠的礼物。

每一份幸运的背后，都隐藏着一份等量的挫折。挂印安喜、败逃高唐、坐失徐州就是刘备所付出的代价。

每个人看待世界的眼光是不一样的。有的人只看见了挫折，而有的人还看见了幸运。只有惯于看见幸运的人，才是真正的幸运儿。只有这样的人，在面对重大的人生挫折时，才不会一蹶不振，才不会自暴自弃。幸运的是，刘备近乎本能地对挫折采用了"最小化策略"，从而让幸运凸显出来。

一个自感幸运的人，自然更能淡定面对厄运。所以，虽然一切都已成空，虽然内心凄凉仓皇，但刘备依然没有失去对未来的信心，没有失去对自己的信心。

心理感悟：控制痛苦大小的按钮存在于人的心灵中。

从将军到奴隶

袁术对刘备恨之入骨，决不肯放过落井下石的机会。他得知吕布偷袭徐州得手后，星夜派使者前去知会吕布，许诺送给吕布军粮五万斛、良马五百匹、金银一万两、彩缎一千匹，收买他背后夹攻，彻底消灭刘备。

吕布大喜，他既已与刘备撕破脸皮，当然不会放过将刘备斩草除根的机会，以免刘备日后寻仇，更何况还有袁术的豪礼相送。吕布与袁术一拍即合，当即出兵去抄刘备的后路。在两路夹攻下，刘备大败，折损了大半人马，不得不退至东海边上的偏远地带。

形势岌岌可危，只要袁术、吕布任何一方发起进攻，刘备都将全军覆没。

在这样一个生死存亡的危急关头，张飞这才意识到自己犯了多大的错。关羽和其他一众人等各个面色凝重，却束手无策。一切的焦点都集中到了刘备身上。而刘备凭借直觉，做出了一个非常艰难且令人难以置信的决定。这就是向吕布投降！

这是一个艰难的时刻，这是一个艰难的抉择。刘备知道，任何的冲动都会让自己和整个团队万劫不复。为了保留希望的火种，为了好好地生存下去，只能忍受这难以启齿的耻辱，向曾经被自己好心收留的吕布投降。

刘备的这一个抉择，和当年的韩信忍受胯下之辱的心情如出一辙。他们都心怀梦想，绝不希望因为意气用事而判处梦想死刑。

德国原总理阿登纳曾经说过："厚脸皮是上帝的礼物。"后世的人们，往往因为刘备的这个决定而将他归入厚脸皮的行列。李宗吾在《厚黑学》中就明确说过，"刘备的特长，全在于脸皮厚"，其实这根本就是谬论。

所谓"脸皮厚"，就是对负面社会评价的不敏感。我们只要看看刘备这一路走来，孔融几句话就逼得他倾力去救徐州，陶谦怎么让徐州他也不敢接受，就可以知道，刘备并没有得到上帝的这份礼物，他的脸皮一点也不厚。三国中真正脸皮厚的是吕布。

刘备只是对未来满怀信心，不甘心就此失去继续奋斗的可能，这才做出这个惊人的决定。这也正是刘备最伟大的地方。在没有路的时候，他看到这一条路；在没有选择的时候，他看到了这一个选择。

即便刘备选择向吕布投降，吕布又是否会接受呢？成功的可能性很大。刘备此前收留了吕布，是有恩于他的。吕布不但不报恩，反而夺了徐州，对刘备欠下了双倍的债。现在，刘备不但不索取回报，反而屈膝向他投降。吕布就是脸皮再厚，也不能第三次对刘备下狠手了。

刘备思量已定，对关羽、张飞宣布了自己的决定。张飞当场就差点炸了锅。但他随即想起祸是自己闯下的，如果不是自己愚蠢误事，兄长又何必这样作践自己呢？这个念头硬生生让张飞消停了下来。关羽一开始也是很难接受，但冷静一想，投靠仇人吕布确实是当下唯一的一条活路。关羽领会了刘备的深意，对刘备在绝境中的能屈能伸有了深刻的理解。刘备的这一思路与做法，对关羽的影响至深。后来，刘、关、张三兄弟被曹操打散，关羽在土山被围后，经过激烈的思想斗争，最终向头号大敌曹操投降。他的艰难抉择，实际上就是对刘备这一做法的无意识效仿。

刘备随即给吕布写了一封信，说明了自己的投靠之意。吕布绝没有想到刘备竟然会来这么一招。饶是他脸皮再厚，也不能再对刘备下手了。他立即同意了刘备的请求，答应让他再度驻守小沛，并把刘备的家眷全部交还。

刘备去见吕布，表示感谢。主客易位，相见的那一刻，吕布十分尴尬，急忙为自己的夺城之举找一个理由，说："我不是要夺你的城池，只是你的兄弟张飞仗酒欺人，我才来这里把守的。"

照吕布的这个说法，现在刘备回来了，你应该把徐州还给人家才对。但吕布的脸皮毕竟是厚的，他绝不会像当初刘备那样虚让一番。因为小人总是把别人也当成小人的。吕布唯恐自己一让，刘备真的就会收。

刘备早就做足了心理功课，表现得十分淡定，说："我早就想把徐州让给兄长你了。"在人屋檐下，不得不低头。此前，吕布叫刘备一声"贤弟"，张飞火冒三丈。现在，吕布再也不提"贤弟"二字，倒是刘备自己主动称呼吕布为"兄长"了。

刘备回到小沛，心情平静，关羽、张飞的情绪反弹却很严重。他们俩越想越窝囊，愤愤不平，恨不得去找吕布拼个你死我活。

刘备在做了决策了之后，是非常坚定的。他绝不会因为关羽、张飞的情绪波动而改变主意。但是，他也知道，光靠讲大道理、分析形势这些客观手段（中心途径说服）是很难弹压住关羽、张飞的血性爆发的。刘备是最善于根据情势不同而随机应变的，他平静而坚定地说了一句："屈身守分，不可与命争也。"

这句话仿佛天降甘霖，火速浇灭了关羽、张飞内心的熊熊怒火。为什么这么简单的一句话会有这么好的效果呢？

这是刘备第一次拿"天"与"命"来说事。这种说服的方式属于外周说服途径。"天"与"命"的神圣程度自然不用多言。刘备将当下的流年不利定义为"天时"与"命运"使然，这是非常巧妙的偷换概念。刘、关、张的这一场惨败，明明是"人祸"，这样一说就变成了"天灾"。在"天灾"面前，任何人的抗争都是徒劳的，最好的办法就是刘备所说的"屈身守分"。

刘备的话中有话。他强调天命，同时也是在有力地暗示自己曾经拥有的吉兆——上天早在二三十年前就已经借李定之口宣示了刘备必成贵人。既然如此，眼前的困窘与屈辱都是暂时的，必将成为过眼烟云。为了必然到来的美好明天，吃一点苦头，受一点委屈，又算得了什么呢？

所以，刘备的意图很明显：兄弟，先忍着，等待时机，老天是站在我们这边的。

关羽、张飞最担心的是刘备向吕布投降后，永远屈居其下，永远受其凌辱。但刘备已经通过这句话表明了自己的"屈身守分"，只是"以待天时"，而不是不顾廉耻，就此沉沦。关羽、张飞不由对刘备的高瞻远瞩心生敬意，也就按捺住了自己的情绪冲动，一切按照刘备的安排行事。

刘备就这样完成了一次从将军到奴隶的转变。

从奴隶到将军，人人都欢跃接受；从将军到奴隶，却很少有人能轻松面对。而最让人难以承受的是，刚刚一步登天，从奴隶变成将军，转眼间就高楼跳水，又从将军变成奴隶。刘备乘坐的恰恰是这种最大差别化的"人生过山车"。

这一次经历给予了刘备前所未有的磨炼。梅花香自苦寒来，宝剑锋从磨砺出。只有走出了苦难的沼泽、荣誉的废墟，真的英雄才会百炼成钢。当刘备处于他人生最低谷的时候，其实是为他日后走向人生的巅峰储备好了触底反弹的力量。

心理感悟：无论遭遇到多大的坏事，接受是享受的开始。

21

第三种可能性

袁术虚晃一枪,用厚礼诱引吕布抄刘备的后路。目的达到后,袁术立即食言,一丁点儿好处也没给吕布。只是,袁术绝没有想到,刘备竟然会向吕布投降,硬生生地在无路可走的绝境中找到了一条生路。

在先入为主的"验证性偏见"的驱使下,袁术对刘备的人品更为不齿。但从战略角度来考虑,刘备这么做,给袁术出了一个大难题,袁术不得不再次拉拢吕布。

袁术派韩胤为使者,押送二十万斛军粮,去见吕布。袁术还写了一封信给吕布,在信中大拍吕布的马屁,却把刘备贬得一文钱不值:

……术生平以来,不闻天下有刘备。备乃举兵与术对战。术凭将军威灵,得以破备。

袁术的用意很明显,就是要收买吕布,让他袖手旁观,然后自己进兵将刘备彻底消灭。

搞定了吕布后,袁术立即派纪灵为大将,向驻扎在小沛的刘备发起最后一战。

刘备聚众商议。张飞抢着要出战,孙乾却说:"如今小沛缺粮少兵,怎么打得过?不如向吕布求救。"

张飞一听,火气就冒出来了:"这个贼厮鸟,怎么肯来帮我们?"

张飞的这个反应是典型的自我设限。人们在社会活动中,通过亲身经历或观摩他人而获得了处事应对的种种经验。这些直接经验或间接经验,能够有效地提高人们的应对效率。但是无可避免地,经验也会成为一种过滤器,将经验之外的更多的应变可能性扼杀,从而限制了突破性创新。要想绝地求生、出奇制胜,决不能主动放弃任何看似荒谬的可能性。

在与吕布多次打交道中，张飞早已认定吕布是个反复无常、见利忘义的小人，和己方绝非同类。所以，张飞对吕布抱有强烈的外群体偏见，绝不相信吕布会在己方困难之际伸出援手（事实上，刘备此刻的困境就是吕布直接造成的）。

但刘备却不这么看。从他当初决定向吕布投降，就可以看出他不是一个轻易自我设限的人。他同意了孙乾的建议，立即派人向吕布求救。当然，刘备在处理这件事上没有自我设限，并不等于他在处理任何事情上都能做到不自我设限。因为，即便是同样的经历，但每个人对于经验的归纳、概括都是不一样的。我们在日后也能看到刘备饱受自我设限烦恼的诸多反例。

那么，吕布会不会理会刘备的求救呢？

吕布看了刘备的求救信，不禁犯了难，说："两边都写信给我。一个要我坐视不顾，一个要我伸出援手。我们该怎么办呢？"

吕布的头号谋士陈宫说："刘备今天虽然受困，日后必当纵横天下，成为将军的大敌，依我看，您不能去救他，以免自留后患。"

陈宫为什么这么说呢？或者说，他为什么如此"看重"已经低贱到极点的刘备呢？

刘备屈身于曾经屈身于自己的吕布，看似奇耻大辱，但其实也向外界发出了一个可怕的信号。一个能够这样忍辱负重的人，对于对手来说，其实是一个极其可怕的人。春秋末期的越王勾践就是一个最典型的例子。吴国大败越国，勾践不得不去吴国屈身为奴。勾践忍辱负重，卧薪尝胆，最终完成吞吴伟业。

大多读过一点书的人，都知道勾践的这段往事。陈宫饱读诗书，很自然地就将刘备的表现和勾践联系在一起，所以力劝吕布不要管这件闲事，任刘备自生自灭。

陈宫的说法却没有顾及吕布的感受。刘备的再次屈膝，进一步导致了吕布的自我膨胀。吕布只是将刘备视为臣服于己的部属，而不是一个可怕的对手。陈宫突出了刘备日后的危险性，无形中贬低了现时的吕布。这是吕布很不愿意听到的。

更重要的是，吕布恰好处于他这一生中头脑最为清楚的时刻。他知道，袁术得了孙坚掳得的传国玉玺后，野心膨胀，早有称帝之意。袁术要当皇帝，必然要翦灭群雄。徐州与袁术的地盘接邻，根据远交近攻的法则，袁术第一个觊觎的就是徐州。一旦让他如愿灭了刘备，下一个就轮到自己了。所以，刘备不能不救，留着刘备，手上就多了一颗灵活机变的棋子。

吕布否决了陈宫的建议，亲自引兵去救刘备。纪灵闻讯，十分恼怒，没想到吕布拿了袁术这么大的好处，竟然食言而肥。纪灵写了一封信给吕布，委婉地表达了责怪之意。

俗话说，吃人的嘴软，拿人的手短。吕布虽然脸皮厚，但也做不到肆无忌惮。在情势催逼下，吕布竟然想出了一个好主意，派人分别去请刘备和纪灵到自己的军帐中赴宴。

刘备接信大喜，立即上马起行。关羽、张飞担心吕布加害，急忙拦住。刘备说："吕布不可能害我。如要害我，当初就不如不收留我们。"这个解释颇有道理，关羽、张飞只能跟着刘备前往。

到了吕布营寨，吕布说："我今天是特意来为你解困的。你日后要是得意，可不能忘了今日之恩。"陈宫的话多少还是起作用了。但像吕布这么赤裸裸为自己的恩赐索要回报的做法，还是很少见的。可见吕布的脸皮确实不是一般的厚。刘备当然是顿首称谢，连称："绝不敢忘。"

过不一会儿，人报纪灵来到。刘备不知道吕布的葫芦里到底卖的什么药，吓了一大跳，当即要退席避让。

吕布说："我是特意请你二人一起商议的，切勿生疑。"刘备还是惊疑不定，坐在席上，战战兢兢。

纪灵下马入帐，一看刘备坐在里面，也吓了一跳，第一个念头就是上了吕布和刘备的大当了，当即转身要走。吕布的手下根本就拉不住他。

吕布大步向前，走到纪灵身旁，一把扯住纪灵的臂膀，就像大人拎小孩一样，把他拎进了军帐。

纪灵吓了个半死，急声问道："将军这是要杀纪灵吗？"吕布说："非也。"纪灵又问："将军莫非要杀大耳贼？"刘备耳朵很大，因此被纪灵蔑称为大耳贼。吕布又答："非也。"纪灵这下更糊涂了，问："愿将军早赐一言，以解我心中之疑。"

纪灵的思维模式和张飞是一样的，非黑即白，不是杀我纪灵，就是杀我的对头刘备。但殊不知，这世上还有第三种可能性。

吕布哈哈大笑，说："玄德是我的兄弟，今天被你围困，我是特意来救他的。"纪灵听了，浑身冰冷，大惊道："既然这样，将军就是要杀我纪灵了。"

吕布摇了摇头，说："我平生不好斗，只好解斗。你们两家，还是罢兵吧。"

刘备当然没意见，可纪灵怎么肯同意？纪灵奉了袁术之命，带领十万人马，还未交手，就罢兵退师，回去怎么向袁术交代呢？

吕布又说:"我有一个办法,就让老天来决定你们两家是战是和。"吕布吩咐左右将自己的方天画戟立在辕门外,说:"辕门距离此处有一百五十步。我如果一箭射中画戟的小枝,你两家罢兵。如果射不中,你们各自回营厮杀,我两不相助。如果不听我的话,我并力杀之!"

古时说一个人的箭术神奇,往往用"百步穿杨"来形容。吕布现在要一百五十步外射画戟小枝,其难度远远大于"百步穿杨",成功率极低。射不射得中,更多是取决于运气,也就等同于吕布所说的"天意"。(吕布的这一做法,也是破除自我设限的一个成功案例。)

无论是纪灵还是刘备,对吕布射中画戟小枝都不抱希望。纪灵认为答应吕布一试,并不会妨碍自己向刘备发起进攻,因此欣然同意。刘备内心打鼓,却也不敢反对,因为一反对,吕布就加入纪灵一方,自己反而死得更快。刘备只好暗自向上天祈祷,希望吕布射中。

刘备的担忧是多余的。吕布虽说让天意来做决定,但其实做决定的是人心。吕布对自己的射术极有信心,他计议早定,假托天意,不过是为了让纪灵无言以驳。

吕布引弓,一箭射出,如流星经天,恰中小枝。帐上众人诧异一时,随即喝彩声如雷。这一段故事,叫作"辕门射戟"。

这也是刘备的幸运时刻。虽然吕布射术神奇,但难免也有射失的可能。如今吕布一箭中的,倒验证了刘备的洪福齐天。刘备一身冷汗后,对自己得天眷顾的幸运更是深信不疑。

纪灵却呆立当场,不知该如何应对。他既不敢当场得罪吕布,又担心回去会被袁术砍了脑袋。

吕布得意扬扬,自命不凡,当场给袁术写了信,为纪灵开脱。刘备总算是又过一道难关,暂保平安。

在刘备对吕布的感恩戴德之情尚未冷却之际,吕布和袁术又再度勾结起来,上演了一幕结盟求亲的好戏,成了利益共同体。

自此,在小沛招兵买马、以图东山再起的刘备还是成了吕布的眼中钉。一次因为张飞抢夺了吕布所买军马,吕布对小沛发起强力攻击,再一次将刘备打了个落花流水。

刘备的家底又一次被彻底清零。当初,人家送他徐州,他还推三阻四地不肯接受。如今,他想在徐州安身,却连立锥之地也没有了。

经此一役，刘备心中最痛恨之人排行榜发生了变化，吕布的排名直线上升，与袁术并列榜首。

吕布和袁术联手逼着刘备再次上路。这一次，刘备决定去许都投奔曹操。他不知道，这个决定差一点儿就把自己送进了鬼门关……

心理感悟：如果你看得见，荆棘中也有路；如果你看不见，大道上也有墙。

反复无常的老师 / 杀人何必要用刀 / 人算还是天算 /
田猎只是一场戏 / 一头鹿的分水岭 / 英雄眼里无英雄 /
背叛就像一把刀 / 兄弟的一封来信 / 绝境中的绝望

22 反复无常的老师

在去往许都的路上，刘备的心很不平静，一直在反思自己为什么会遭遇"徐州惨败"。

他身无凭依，只能严守仁义道德，倒也获益不浅，凭空得了徐州。当他继续循此行事，却被不讲仁义道德的吕布夺走了徐州。这就给刘备提出了一个严峻的问题：到底是该继续坚守仁义道德（*声望名誉*）呢？还是要放弃仁义道德，不顾一切地追求现实利益呢？

一直到抵达许都，刘备还是处于迷茫与困惑之中，没能找到这个问题的答案。

其实，这并不是一个非黑即白的问题。刘备之所以陷入迷茫与困惑，主要是因为他还不具备操控三方博弈（*刘备、吕布、袁术*）的经验和能力。

刘备空空两手，栖栖惶惶，求见曹操。曹操听刘备诉说了遭遇，内心不禁暗暗好笑："当初我让你暗中杀了吕布，你置之不理，现在可不是遭吕布祸害了？"

曹操面对刘备，心情颇有几分复杂。

最初在十八路联军讨伐董卓时，曹操有意结交刘、关、张而未果。后来，刘备得了徐州，曹操差点嫉妒成狂。但囿于形势，曹操硬忍下这口气，转而用官爵笼络刘备，希望他暗中除掉吕布，却又被刘备委婉拒绝。现在，刘备走投无路，找到了他的门上，他是收还是不收呢？

这时的刘备，已经不是当初那个默默无闻的小小县令了。他的汉室宗亲招牌，早已为天下人所公认；他三让徐州，早已让仁德名声响彻海内：他已经是世人眼中的一个响当当的英雄人物了。

而此时的曹操，聚拢了天下众多文武英豪，羽翼渐丰，又将汉献帝牢牢控制在手中，正是一颗快速上升的政治明星。曹操也不可避免地进入了成功初期膨胀阶段。如果刘备还是当初那样的卑贱身份，曹操也许会像袁术一样不把他放在眼里。

而收留有了英雄之名的刘备，正好可以极大地满足曹操的虚荣心。

曹操大喜，对刘备说："吕布是个不义之人，我和贤弟并力诛之。"有了曹操的这句承诺，刘备不禁心中大快，也就安心在许都住了下来。

但是刘备却不知道，和曹操这一场看似情投意合的会面背后，却隐藏着巨大的风险。

刘备前脚刚走，曹操的重要谋士荀彧就来找曹操了。英雄的名声其实是具有两面性的，正如陈宫将刘备看作勾践式的危险人物，荀彧也是这样想的。荀彧对曹操说："刘备是个英雄人物，如果今天不趁着他失势，早点除掉他，日后必然为患。"

曹操听了，沉默不语。

荀彧走后，郭嘉来见。曹操问郭嘉："刚才荀彧劝我杀掉刘备，你觉得如何？"

郭嘉立即摇了摇头，说："不能杀。主公您兴兵除暴，正要通过诚实信义招徕四方豪杰。最担心的是人家不来投奔。现在刘备正好有英雄之名，在困穷之际来投，如果杀了他，不知道会冷了多少豪杰之心，主公您还靠谁去平定天下呢？为了铲除一个人的祸患，却阻断了四海的热望，到底是利还是弊呢？"

郭嘉这番话的高明之处在于他并没有否定刘备将来可能成为祸患，而是着眼于更大的布局。显然，从曹操当前的紧迫之需来看，收留刘备比杀掉刘备更为有利。

曹操一听，这个说法不但和他先前的做法一致，保住了他的面子，而且在立意上也胜过了荀彧的观点，当即抚掌赞同。随后，另一位重要谋士程昱再以荀彧相同的观点来劝曹操，曹操就用郭嘉的这个观点予以反驳。

第二天，曹操驾轻就熟地在汉献帝面前保奏刘备为豫州牧。这虽然只是一个虚衔，但此后人们经常用刘豫州来称呼刘备。刘备对曹操感恩戴德，却不知道自己已经在鬼门关里走过两遭了。

曹操很快又拨给刘备三千人马，让他再度回转徐州，在小沛驻扎，监控吕布。这是曹操很妙的一步棋。你刘备既然已经和吕布结下了深仇，那么，我就还用你来对付吕布。曹操同时告诉刘备，自己很快也将亲率大军，前往徐州，征讨吕布。刘备大喜，欣然赶往小沛。如果没有曹操的这个承诺，刘备还真不敢只带三千人马就重返小沛。

从曹操之于刘备的收留与否的处理，对比刘备之于吕布收留与否的处理，就可以看出，曹操的心机与手腕都要比刘备高明得多。

当刘备在小沛盼星星盼月亮，等待曹操大军前来的时候，却等来了一个让他五雷轰顶的消息。

　　曹操不但没有前来亲征吕布，反而给吕布封了一个平东将军的头衔，并吩咐他与刘备交好。吕布一见曹操主动向他示好，立即背弃了袁术，将袁术派来的使者韩胤拿下，派陈登为使者，押着韩胤到许都请功。

　　刘备还没从吕布反复无常的阴影中摆脱出来，曹操又给了他一记反复无常。刘备气愤至极，派人去打听后，才知道原委。

　　原来，曹操并不是存心食言。正当他要出兵征讨吕布之际，宛城张绣与刘表联结，图谋兴兵讨伐许都。曹操必须优先解决张绣这个腹心之患，为了防止吕布趁机捣乱，只能先行安抚。

　　曹操的"反复无常"，给刘备上了非常重要的一课，正好可以解开他那个百思不得其解的迷惑。在残酷的政治斗争中，一个高明的政治操盘手是决不能僵化拘泥于非黑即白的选择的。仁义道德有时候和现实利益并不矛盾，有时候却有轻重缓急之分。到底何者为重，何者为轻，则要视当时的情势，随行就市，灵活判定。

　　曹操身居中央，他所面临的局势，所要处理的关系要比刘备曾经历过的三方博弈复杂得多。当时天下的割据势力主要有袁绍、公孙瓒、袁术、吕布、刘表、张绣、孙策、刘璋、张鲁等十余股。曹操挟天子以令诸侯，就意味着要与所有的割据势力展开博弈。无论是战，是和，是结盟，是分化，在时间先后、空间秩序上都容不得一丝差错，而且必须根据情势的最新变化，随时应变调整。

　　曹操堪称东汉末年排名第一的政治家，也只有他能够在纷繁复杂的局势中做到有理有节，游刃有余。

　　刘备得知曹操"反复无常"的真相后，久久地陷入了深思。痛定思痛，他不得不承认，自己在文治武功、谋略才情上的综合素质比曹操差得太远了。在他的内心，不由自主地涌现出了对曹操的敬佩之情与恐惧之心。这样的人，最好是成为他的朋友，永远也不要成为他的敌人。

　　再说吕布，得了曹操的好处后，果然没有与刘备为难。不过，陈登出使许都的时候，却把吕布给卖了。陈登一直对刘备倾心，十分痛恨吕布鸠占鹊巢。借着出使的机会，陈登主动向曹操表示，愿意给他当内应。曹操大喜，封陈登为广陵太守。陈登的父亲陈珪的爵禄也被封为中二千石。回到徐州后，吕布见陈登父子都得了好处，唯独自己没有，不禁大怒。这个贪得无厌的家伙，早就忘了曹操不久前就已经给了他平东将军的头衔。

陈登为了缓解吕布的怒气，忽悠他说："曹公说了，我待温侯就像养鹰，狐兔还没有抓光，可不能喂饱。一喂饱，可就飞了。"

吕布问谁是狐兔。陈登说："曹公说，江东孙策、冀州袁绍、荆襄刘表、益州刘璋、汉中张鲁，可不都是狐兔？"

吕布听了，哈哈大笑，以为曹操真的对自己十分倚重，日后自然会有一大把升官发财的好机会，也就放过了陈登。谁也不会知道，陈登这一番凭空而来的说辞，给吕布造成的自我认知错觉，最终把吕布送上了断头台。

袁术得知吕布再次背约，一怒之下，约齐七路人马向徐州发动进攻。吕布策反了其中的韩暹、杨奉两路（当初因慑于曹操兵威而流窜在外的势力），与刘备联手，将袁术击败。

袁术向江东孙策求援，没想到孙策早已被曹操的一个会稽太守的头衔拉拢。袁术孤立无援，曹操于是联动孙策、吕布、刘备，大举进攻袁术，攻占了袁术的大本营寿春。袁术仓皇逃过淮河。曹操因为兵粮不继，暂时放过了袁术。

此后，袁绍见曹操势力渐大，对曹操顿起恶意。曹操却表荐袁绍为大将军、太尉之职。袁绍被这顶级的荣誉所迷惑，竟然放过曹操，自行与公孙瓒火并去了。曹操乐得坐山观虎斗。

刘备见曹操纵横捭阖，频施妙手，仿佛所有的对手都是他的棋子，任由他指手画脚，不禁对曹操更是钦佩，更是畏惧。

心理感悟：在黑白之间不仅要看见界限，更要看见空间。

杀人何必要用刀

在依附曹操的这段日子里,刘备的自信心降到了他这一生中的最低点。在曹操联合孙策、吕布对袁术发起总攻之前,刘备甚至做了一件完全是为了取悦曹操的事情。

这一日,曹操大军来到豫章界上,与刘备会合。刘备一进曹营,就给曹操献上了一份大礼。这份大礼不是别的,竟是两颗血淋淋的首级!

曹操见了,大吃一惊,连忙问道:"这是谁的首级?"

刘备说:"这是韩暹、杨奉的脑袋!这两个人投归吕布后,驻扎在沂都、琅邪两县,放纵军士烧杀抢掠,祸害徐州,百姓怨声载道。我因此设宴邀请他们前来,假称商议大事。等他们来了,关羽、张飞两位兄弟,一人抓了一个杀了。然后将他们的部属收管,严加约束。因为此前并未请示,今日特来请罪!"

刘备嘴上说的是"请罪",实际上是想邀功!刘备到底为什么要这样做呢?

刘备这一次有点自作聪明了。

不久前,曹操出征张绣,张绣望风而降。曹操得意忘形,竟然与张绣的寡婶勾搭,激怒了张绣。张绣趁着曹操不备,发起偷袭。曹操大败,手下的军士趁乱大肆抢掠。曹操手下大将于禁未奉将令,自作主张,将违背军令的士兵一一擒拿正法。曹操事后查明真相,不但没有惩罚于禁擅自行事,反而大大嘉奖了他,于禁因此被封为益寿亭侯。

刘备诱杀韩暹、杨奉,正是对于禁的一种模仿。他自以为揣摩透了曹操的心思,希望投其所好,也能像于禁一样获得曹操的青睐。

曹操听了刘备述说的原委,心里不禁咯噔一下,但表面还是一如往常,说:"你为国家除害,立了大功,何罪之有?"当即如刘备之愿,赏赐了刘备。刘备很高兴,却不知道这件事已经给自己的未来蒙上了一层浓重的阴影。

正所谓"聪明反被聪明误"。刘备的这次不告而杀的举动,非但没有强化曹操对他的好感，反而引发了曹操的顾虑。

曹操想："刘备到底是一个什么样的人呢？这个人为了声誉，可以三让徐州；为了求生，又可以屈身吕布。柔如处子，忍辱负重；刚如脱兔，暴杀韩杨。到底哪一个才是他的真面目呢？这样的一个人，会不会真的像荀彧、程昱所说的那样，成为自己最大的祸患呢？"

就从这一天起，曹操对刘备起了防范心理。

击败袁术后，曹操回师之前，假意撮合吕布和刘备，要他们和谐共处。吕布、刘备均答应了。

此后，曹操决定剪除吕布后，再与最大的对手袁绍展开决战，于是写密信给刘备，要他做好准备。刘备对曹操的做法早已见怪不怪，立即写了回信。

不巧的是刘备的回信被吕布截获。吕布这才明白，曹操和刘备一直在唱双簧，而自己则被死死蒙在鼓里！

吕布暴怒之下，立即对驻守小沛的刘备发起疯狂攻击。刘备仅有三千人马，虽然关羽、张飞神勇，但毕竟寡不敌众，再一次被吕布击败。

刘备的这一次失败，惨到了极点。刘、关、张三兄弟自结义十几年来，从未分开过，但这一次却被吕布打散。而刘备的家小眷属则又一次落入了吕布之手。

刘备满心以为有了曹操这个大靠山，可以很轻松地铲除自己最痛恨的对手吕布。没想到一招不慎，全盘皆输，整个家底又都输光了，刘备只剩得孤家寡人，形只影单！

刘备不是没有失败过，但这次失败是他有史以来败得最彻底的。这一个阶段，又正好是他自信心最不足的时期，刘备看看自己孤身一人，一无所有，顿生绝望，竟然起了自杀的念头。

如果刘备一直一个人沉浸在这种绝望状态中，他的人生结局就要提前上演了。幸运的是他的谋士孙乾在乱军中逃出，正好碰到了刘备。

两个人抱头痛哭，尽情宣泄了一番。刘备极少对别人吐露内心深处的隐秘，但这一场前所未有的惨败却击碎了他的心理防线。心理学相关研究表明，当一个人处于沮丧情绪时，更容易失去控制力，而倾向于对他人自我表露。刘备忍不住平生第一次吐露了自己的彷徨与绝望。

刘备对孙乾说："如今，我那两个兄弟不知下落，一家老小也不知死活。我还是死了算了吧。"

孙乾追随刘备多年，从未见过他情绪如此低落，吓了一大跳，急忙劝道："不行，不行。我们还可以去投奔曹操，徐图后计。"

现代心理学的研究表明，恰当的自杀干预能够有效减少自杀的风险。孙乾说的话，正是一种标准而及时的自杀干预。他所提到的曹操，一直是刘备这期间的精神寄托，从而也是一剂缓解绝望的特效药。刘备本来就不是悲观的人，在孙乾的宽解下，刘备重新振奋精神，不再那么失落。

两个人相互扶持，相依为命，不时投宿求食，直往许都而去。这一路上的情形好不凄惨，自也无须多言。

这一日，刘备、孙乾正在赶路，只见前方尘土弥漫，遮天蔽日，一路大军正行将过来。刘备略一探看，正是曹操亲自率领的讨伐吕布的大军。

刘备急忙去见曹操，将自己的悲惨境遇一说，忍不住再次热泪盈眶。曹操是个性情中人，见刘备如此伤悲，也陪着洒了几滴眼泪。

曹操指挥大军，围攻徐州。远遁的关羽、张飞闻讯，也赶了回来，与刘备相聚。曹操这边三军用命，吕布这边却起了内讧。

吕布御下无术，激得部属怨气冲天，竟然趁着吕布熟睡，用绳索将他死死捆住，当作礼物献给了曹操。

对刘备来说，最好的消息就是自己的家眷再一次完好无损，"完璧归刘"。这还要归功于糜竺。糜竺在刘备执掌徐州时，将自己的妹妹嫁给了刘备。这样刘备就有了两个夫人（甘夫人、糜夫人）。刘备这一次仓皇出逃后，糜竺利用吕布自诩英雄的特点，巧妙说服他不去为难刘备的家眷。

不幸后的失而复得，会极大地增加一个人的幸运感。除了兄弟和家眷的失而复得，刘备还觉得，曾经属于自己的徐州也将失而复得。刘备就是怀着这种美好的自我感觉，陪着曹操坐在厅堂之上，等着看处置吕布的好戏。

吕布被捆得死死的，押了上来。吕布见刘备坐在曹操身边，意态悠闲，忍不住对他说了一声："公为座上客，布为阶下囚。这绳子捆得这么紧，为什么不帮我说个情呢？"

吕布的这句话听上去不像是在为自己求情，倒像是在开一个轻松的玩笑。虽然沦为囚虏，但他从来没想过自己会死在曹操手上。当初陈登忽悠他的那番话，他记忆犹新。曹操若是想扫平天下，怎么能离得开他呢？

刘备微微点头，没有说话。曹操却哈哈大笑，说："绑缚猛虎，怎么能不紧一点呢？"

吕布接过话头，说："曹公，您所担心的，不就是我吕布吗？如今，我已经臣服于您，你还担心什么天下呢？明公您统帅步兵，我吕布统帅骑兵，平定天下岂不易如反掌？"

吕布的这句话让刘备吃了一大惊。吕布确实是天下第一的武将。以刘备对曹操在道德仁义和现实利益之间的权衡术的了解，曹操很可能出于现实利益的考量而放吕布一条生路，让他为自己效力。

但是刘备却绝不想让吕布看到明天的太阳了。

原因有二。

首先，吕布在刘备最痛恨的人排行榜上和袁术并列第一。吕布"帮助"刘备创下了个人历史上的多项耻辱记录。刘备好心收留吕布，却两次被吕布打得妻离子散，兄弟分崩，差一点就因绝望而自杀。所以，从报仇雪恨的角度，刘备决不能放过吕布。

其次，刘备虽然依附曹操，并且对曹操十分敬仰。但是，在他的潜意识中，"羽葆盖车之梦"一直存在。这个梦想依然时时推动着刘备要自立门户。而自立门户必然意味着与包括曹操在内的任何一个豪强为敌。一旦曹操和吕布联手，那可真的就是天下无敌了。所以，从竞争的角度，刘备也不希望吕布活着，从而大大增强曹操的战斗力。

刘备正在紧张思考的时候，曹操回头看了他一眼，问道："玄德，吕布如何处理才好啊？"

曹操看似在询问，其实他内心早已有了明显的倾向性意见，询问刘备，只不过是要为自己的决策寻找支持。毕竟此前他多次明确向刘备表过态，要与他合力剪除吕布。如果当众出尔反尔，曹操还是有心理压力的。

刘备顿时明白，曹操已经被吕布描述的前景深深打动了。那么，刘备又该怎么回答，才能不着痕迹地让曹操打消这个念头，干净利落地置吕布于死地呢？

刘备能不能直截了当地说一个"杀"字呢？

当然不能。

对曹操来说，杀还是不杀吕布，只会从是否有利于他本人的角度出发来做决定，而不会顾及刘备的情感需求或利益需求。如果刘备的建议被曹操视为站在与自己相反的立场，会损害自己的利益，曹操肯定不会采纳。

正如当初荀彧、程昱力劝曹操杀了刘备，但曹操经过郭嘉的提醒，认为不杀刘备更符合自己的利益一样，刘备如果直接要曹操杀了吕布，曹操不但不会遵从行事，反而会怀疑起刘备的居心。

从现有的语境来看，显然不杀吕布更符合曹操的利益。这正是说服的难度所在。刘备必须站在能够让曹操完完全全感知到的相同立场上，找到杀掉吕布却对他有利的理由。

刘备微微点了点头，说："明公您难道忘了当初吕布侍奉丁建阳和董卓的事情了吗？"

刘备既没说杀，也没说不杀。但他这句话一出口，吕布当即知道自己死定了！吕布不由破口大骂道："大耳贼，天下最无信义的人就是你！"

刘备的这句话实在厉害，绝对称得上是杀人不见血。吕布最初跟着荆州刺史丁原（即丁建阳）混，拜丁原为义父，但被董卓收买后，就刺杀了丁原，转而拜董卓为义父。后来，吕布又中了王允的连环计，刺杀了董卓。

事实上，吕布的这两次杀父事件是有本质区别的。第一次杀丁原，是见利忘义。第二次杀董卓，却是大义灭亲。但刘备将这两件事联系在一起后，塑造出了一个唯利是图、无信无义、毫无忠诚度可言的小人形象。吕布的武功天下无敌，这本是他最大的资本，最大的优势。曹操有意放了他，也正是出于这方面的考虑。一旦一个人缺乏了忠诚度，武功越强，反而危害越大。经过刘备的这一转化，吕布的无敌武功反而成了最大的祸患、最大的危险。

刘备所用的，正是说服中的"相同立场策略"。听起来，他完全是在为曹操的安危考虑。有丁原和董卓的教训在前，曹操怎么会愿意让自己成为死于吕布之手的第三人呢？

曹操当即下令，将吕布推出缢死。

吕布气急败坏，恶狠狠地对着刘备骂道："大耳贼，你难道忘了辕门射戟吗？"临死之前，吕布牢牢记得的就是他自认为施予刘备的最大的恩惠。吕布认为，就凭这个恩惠，刘备也不能见死不救。但刘备偏偏却来了个落井下石。

吕布也不想一想，就算辕门射戟算是帮了刘备一把，可是当初刘备收留了你，你倒打一耙，鸠占鹊巢，又算什么呢？难道不是恩将仇报吗？再者，你两次打得人家连底裤都掉光了，又算什么呢？

吕布表现出来的这种认知现象，叫作选择性恩惠记忆。一个人往往倾向于记住自己施予他人的恩惠，却很容易忘了自己对他人的伤害。

抱有此种认知却不知自我调整的人，是很痛苦的。吕布满怀着对刘备的痛恨，走向了黄泉路。

心理感悟： 锋芒毕露时很难避免伤及自身。

人算还是天算

刘备不露声色地除掉了一个死对头，内心自然十分高兴。当一个人心情很好的时候，往往善心横溢，乐于助人。随后，当吕布手下的大将张辽对着曹操破口大骂，宁死不屈之时，和张辽素无交情的刘备却主动伸出了援手。刘备对曹操说："这个人赤胆忠心，应该留他一条命。"

真是便宜了张辽！曹操听了刘备的劝，不但没杀张辽，反而拜他为中郎将，并封为关内侯。吕布在地下要是知道了这件事，准会被气得活将过来。

张辽感恩戴德，四处招降吕布旧部。整个徐州地盘全部落入了曹操手中。刘备一直认为，徐州本来就是他的。他见曹操安排好了一应事宜，一心等着曹操把徐州再度交给自己掌管。

刘备十分自信，曹操已经教会他很多了。如果再一次执掌徐州，他绝不会轻易失守了。刘备左等右等，一直等到曹操要回师许都了，始终没有等来曹操的任命。

曹操压根儿就没打算让刘备再度执掌徐州。自从刘备诱杀韩暹、杨奉之后，曹操对刘备就产生了戒心。他十分担心，刘备会在徐州坐大，失去控制。他决定还是要将刘备带回许都，安置在自己身边，以便随时监控。

徐州百姓得知刘备要走的消息，纷纷在路边聚集，焚香跪拜，请求曹操将刘备留下来，继续担任徐州牧。刘备在徐州的时候，颇得民心，民众对他的未来有很高的期许。

曹操见刘备的民望如此之高，反而更不放心将刘备留下了。不过，曹操这个政坛老手，知道民意不可轻违，不能硬阻，便对百姓宣称："刘使君功劳很大，这次要先去许都面见圣上，然后再回徐州。"

曹操的说服，运用的也是"相同立场策略"。对于任何一个封疆大吏来说，面圣都是一件神圣而光荣的事情。徐州百姓当然不会阻止这样的美事。刘备本人听了，也是十分高兴，却没想到这只是曹操的托词。随后，曹操任命自己的心腹——车骑将军车胄暂时管领徐州。

到了许都，曹操不得不兑现自己带着刘备面圣的"承诺"。对曹操来说，这是一件易如反掌的事情。此时，曹操将挟天子以令诸侯这一招已经玩得炉火纯青，那个叫作刘协的少年天子不过是他手中的一个傀儡，这么些年下来，对曹操言听计从，不敢有丝毫违逆。

曹操在汉献帝面前"着重"介绍了刘备的功劳。他实际上已经钳制了刘备，所以会在口惠上做一补偿。汉献帝从未听曹操如此隆重推介过这样一个人，好奇心起，就宣刘备上殿细询。

汉献帝问刘备："爱卿祖上是何人？"

刘备听了这句家常话，竟不由自主地热泪盈眶！

刘备这是怎么了？

他既不是因为高兴而泪流，也不是因为悲伤而泪流。

刘备只是感怀自己的身世飘零！他和汉献帝一样，都是大汉开国雄主刘邦的后裔，但他这个"宗亲"起点太低了，一直苦苦奋斗了十五年，才得到了与代表汉室的皇帝说上一句话的机会（这一年刘备三十九岁，距二十四岁从军已过了十五年）。这怎么能不让他感慨万千呢？

汉献帝没想到自己的这句话竟然是个"催泪弹"，忙惊问道："爱卿为何如此伤感？"

刘备拭去眼泪，回答说："适蒙圣问，因此伤感。臣先祖宗支，是中山靖王之后，汉景帝阁下玄孙。先祖刘贞封涿县陆城侯。我是刘雄之孙，刘弘之子。臣有辱先祖，所以落泪。"

说起来，刘备还真得感谢当初的督邮。如果不是督邮的苦苦逼问，刘备今天在这象征着天下最高权力的金殿上，急切间恐怕不能如此得体地说出自己的宗派支脉。

汉献帝一听，刘备和自己同属一脉（天下亦有姓刘而非刘邦后裔的人），十分高兴，立即吩咐宗正将皇室保存的宗族世谱取来查看，以便确定自己和刘备的辈分关系。

刘备听了，却是浑身一凉。他最担心的问题竟然在猝不及防间冒出来了！

刘备在忐忑不安中等待着宗谱查检的结果。查了半天，皇室保存的记录中根本就查不到和刘备相关的信息。这是很正常的结果。刘备最有可能的先祖陆城侯刘贞在汉武帝时就被剥夺了侯爵。刘贞的后裔从此沦入民间，皇室宗谱上自然不会再有记载了。

刘备如"站"针毡，战战兢兢，却听汉献帝说了一声："此乃朕之皇叔也！"刘备虽然不明究竟，但还是放松下来。汉献帝随即将刘备请入偏殿，以叔侄之礼重新相见述谈。

汉献帝的做法和当年刘虞完全一样，都是模糊认亲。这一年汉献帝十九岁，而刘备三十九岁，两个人的年龄正符合叔侄之间的差距。

汉献帝的做法颇为奇怪，大出众人的意料，尤其是曹操。

汉献帝为什么要认刘备为皇叔呢？

其实，所有的人都低估汉献帝了！这个少年天子，自从九岁那年，在董卓的操纵下登上帝位，一直以傀儡的面貌为世人所认知。久而久之，大家就形成了汉献帝懦弱无能的刻板印象。然而，汉献帝不但聪明，而且勇敢。

当年，十常侍之乱时，刘协还不是皇帝。皇帝是他的异母兄长刘辩。刘辩和刘协出逃，路遇董卓率大军进京，拦住了圣驾。百官不明究竟，均各失色。董卓出马，厉声喝道："天子何在？"皇帝刘辩吓得连话也说不出来。这时候，刘协策马上前，镇定自若地呵斥道："来者何人？"董卓只能回答说："我乃西凉刺史董卓。"刘协又再喝问："你是来保驾的，还是来救驾的？"董卓说："我特来保驾。"刘协大声道："既然是来保驾的，天子在此，为什么还不下马？！"董卓大惊，慌忙下马，拜于道旁。

刘协这一番应急灵对，思路清晰，有理有据，而且胆气过人，自信十足。这一年，他才刚刚九岁。刘协的表现征服了西凉枭雄董卓。后来董卓将刘协扶上帝位，也正是这个缘故。

试问，这样的一个刘协，你怎么能说他懦弱无能呢？他之所以困坐愁城，任人搬弄，实在是因为手下缺乏能力出众且又赤胆忠心的人。

到了刘备面圣的这一年，刘协已经十九岁了。随着年岁的增长，他越来越不满足于任人操控的现状。但是他也知道，只有找到得力助手，瞅准时机，才有可能一击成功，摆脱这一困局。在没有万全之策之前，他只能不露声色，不轻举妄动。

这一天，曹操在汉献帝面前盛赞刘备，刘备又说起了自己的宗派支脉，汉献帝掩藏已久的雄心顿时被激发出来了。刘备武功卓著，肯定是"能力出众"使然。刘备又是汉室宗亲，血浓于水，自然比旁人更为赤胆忠心。

这样,"英雄皇叔"刘备就成了汉献帝孜孜以求的摆脱曹操控制的最佳人选了。

刘备在懵懵懂懂中又得了一项桂冠。此前,他的汉室宗亲的名头,虽然已经为天下公认,但那是出于世人的盲目从众心理。有了汉献帝的亲口背书后,刘备的"汉室宗亲"就成了一块如假包换的"金字招牌"了。刘备本人也如草鸡变凤凰,脱胎换骨,成为十足真金的天潢贵胄了。不过,沉浸在巨大喜悦中的刘备,一时却未能体会到汉献帝的隐秘心思。

曹操绝没有想到刘备竟然会有这番奇遇。他后悔万分,却又不能表现出来。而心机深藏的汉献帝又开始出招了。

汉献帝让曹操为刘备议定受封官爵。曹操真叫一个"哑巴吃黄连,有苦说不出"。人是你自己带来的,功劳是你自己颂赞的,那还能不好好封赏一下吗?

刘备由此官拜左将军,爵封宜城亭侯。刘备也从此被人称为刘皇叔。

刘皇叔被天上掉下来的馅饼砸中之后,自信心膨胀,更加热盼着能够早日回到徐州,大展拳脚。没想到曹操每日和他"出则同舆,坐则同席,美食相分,恩若兄弟",给了他最隆重的恩遇,但却只字不提让他重回徐州之事。

曹操的这套把戏,刘备最熟悉了。早十几年前,刘备就玩过"食则同桌,寝则同床"了,怎么会不懂曹操这是要和已经变成"皇叔"的自己搞好关系?同时刘备也很纳闷,既然"恩若兄弟",为什么就是不给兄弟一个施展的平台呢?这又算是哪一门子兄弟呢?

心理感悟:被赐予的荣耀,也许只是他人的道具。

25 田猎只是一场戏

刘备经汉献帝认证为皇叔后，曹操手下以荀彧为首的一帮谋士都坐不住了。

荀彧一向是劝曹操尽早除掉刘备，以免养虎遗患的。这次，他逮着机会又来劝曹操了："刘备摇身一变，成了皇叔，恐怕对主公很不利吧？"

曹操白了他一眼，说："我和玄德亲如兄弟，有什么要紧？他得了荣耀，不就等于我得了荣耀吗？"

荀彧没想到曹操竟然会为刘备辩护，一时吃瘪，说不出话来。另一位谋士刘晔仍不甘心，说："我看刘备可不是池中之物啊。"

曹操说："好呢，也交三十年；坏呢，也交三十年。好坏我心中有数。你们都不要多说了。"曹操封了手下谋士的嘴，不让他们议论刘备。在行动上，他对刘备更好了。所谓的"出则同舆，坐则同席，美食相分"，其实都是荀彧他们逼出来的。

曹操好像是起了逆反心理，你们越是说刘备不好，我就越是对刘备好。

曹操真的是逆反心理吗？

其实也不完全是。

曹操早就为自己的愚蠢懊恼不已了。曹操将刘备带回许都，本意是要钳制刘备的，没想到刘备反倒在许都平步青云。他恨自己，千不该万不该带着刘备去面圣，让刘备成了天下公认的皇叔。但要曹操公开承认这一切都是自己的错，无异于自打耳光。这是曹操绝不会做的。既然不能认错，那就必须证明对刘备好是对的。所以，曹操哪里是在为刘备辩护，他根本是在为自己辩护。他不但用言辞为自己辩护，而且用行动为自己辩护。

他所做的恩宠刘备的一系列行为，就是一种典型的被称为"行为否认"的心理防御机制。曹操是要通过"出则同舆，坐则同席，美食相分"来证明自己当初没有错，现在更是没有错，以此缓解内心的焦虑与懊悔。

当然，曹操与刘备的亲密接触还另有一个作用。曹操天天与刘备腻在一起，看似情投意合，其实也严格限制了刘备与他人尤其是与汉献帝的交往。这多少让曹操找回了一些心理平衡。

刘备并没有陶醉在曹操对自己的"好"中。他根据自己揣摩出来的曹操的利益取舍法则，不断地思考曹操到底是怎么想的。

终于有一天，刘备想明白了，原来曹操从打下徐州开始就已经在限制自己了，而自己却一直蒙在鼓里！看来，曹操的心机，深不可测。曹操的手腕，刚柔相济。顿时，他对曹操的敬仰少了几分，敬畏却多了几分。

当刘备在思考的时候，曹操也没有闲着，一直在琢磨汉献帝为什么要认刘备为皇叔。

曹操这个东汉第一政治操盘手还真不是吹的，他很快就想明白了，汉献帝刻意笼络刘备，就是想利用刘备来摆脱自己的控制！

这就触到曹操的底线了。曹操立即决定，要来一场敲山震虎的大行动，既警告汉献帝不要胡思乱想，也警告刘备不要轻举妄动。

曹操设计了一场天子田猎活动。

曹操准备好了田猎必备的一应良马名鹰俊犬，弓箭刀枪，在城外聚好兵士，然后去见汉献帝。

汉献帝最痛恨的就是曹操的先斩后奏。明明一切都已安排停当，却来一个名义上的请示。汉献帝对田猎一点儿兴趣也没有，想要拒绝不去。但曹操就是要通过"绑架"汉献帝前去田猎，来宣示他的绝对控制权的。我让你干什么，你就得干什么，怎么能允许汉献帝拒绝呢？

一番洋洋洒洒、冠冕堂皇的言辞过后，汉献帝只能乖乖就范，骑上曹操早已为他准备好的逍遥马，带上天子专用的雕弓金箭，来至许都之外的许田。曹操和文武百官一路相随，这其中自然包括刘、关、张三兄弟。

到了许田之后，汉献帝望见英雄皇叔刘备就在近前，不由大喜，心想这正是与皇叔促进关系的大好良机。汉献帝果然聪明，立即想出了一个主意，说："朕要看看皇叔射猎。"

曹操一听，鼻子都差点气歪了。汉献帝竟然当着自己的面，再度与刘备"眉目传情"！这也更加验证了他此前的顾虑和担忧。

刘备不明就里，下马谢恩之后再度上马，忽见草丛中一只兔子被赶了出来。刘备张弓引箭，正好射中兔子。汉献帝当即为刘备喝彩。刘备又再下马谢恩。

曹操看着他们两人你来我往，怒气顿时上涌。正好此时，一头大鹿从荆棘丛中蹿出，正对着汉献帝奔来。汉献帝疏于习练，连射三箭不中，觉得很不好意思，看看曹操就在旁边，就说了一声："卿家你来射。"

曹操怒气正炽，毫不客气地找汉献帝讨要天子专用的雕弓金箭。这明显是大不敬的僭越行为。若在皇权鼎盛之时，仅仅这个行为就足以让曹操付出诛灭三族的代价。但是现在汉室衰微，朝政被曹操把持，汉献帝又怎么敢不同意呢？

曹操拿起雕弓金箭，对准大鹿射去，一箭正中鹿背，大鹿应声倒地。远处的群臣不知这一箭是曹操所射，一看鹿背上天子专用的金箭，以为是汉献帝射中的，不由急奔前来，山呼"万岁"。

曹操见状，当仁不让，一拨马头，挡在了汉献帝之前，傲然接受了群臣的欢呼道贺！众臣见了这幅情景，大惊失色！

从来没有一个人敢在天子面前，以天子的名义，接受群臣的呼拜。曹操这样做，是在怒气催发之下的一种过激行为。许田围猎是曹操事先策划好的，射鹿僭越则是他的即兴即情之举。此举彻底显露了他根本不把汉献帝放在眼里的睥睨之心。曹操就是要用这样极端的方式来警告汉献帝，不要抱有任何想要摆脱我曹某人控制的幻想！同时，曹操也是在试探群臣，看看到底哪一个人敢站出来挑战自己的权威。

你还别说，真的有人要站出来一刀劈了曹操。

这个人就是刘备的兄弟关羽！

关羽按捺不住，正要纵马提刀向前，却被刘备用眼神手势硬生生地拦住了。

曹操震慑完汉献帝，回转身来，用目光紧紧盯住刘备。他虽然没有看到刘备阻止关羽的那一幕，但震慑刘备也是今日这场田猎的题中原定之义。

刘备正处于对曹操敬仰之情未消，敬畏之心正浓的时候。他阻止关羽也是这个原因。此刻，他见曹操虎视眈眈地盯着自己，顿时吓出了一身冷汗。在这一刻，曹操强大的气场震慑住了所有的人（除了关羽），刘备根本不敢与他目光对视，立即低下了头，屈下了腰，说道："丞相神射，世所罕见！"（强情境的约束作用）

刘备的这句奉承话一说，顿时觉得自己的人格矮了大半截。射箭中鹿，也不是什么大不了的本事。如果用这句话来赞颂吕布的辕门射戟，倒还差不多。

曹操见刘备丝毫不敢违逆自己，一阵快感油然而生，发自内心地哈哈一笑，说：

"此乃天子洪福耳！"敲山震虎的目的既然已经达到，言辞上就不妨客气一番了。

田猎就此结束。汉献帝面无表情，默默无语地回到了许都，内心的愤怒却达到了顶峰。他的愤怒来源有两个，一个自然是曹操的无耻僭越，另一个却是对刘备的极度失望。

汉献帝看到自己曾经寄予厚望的刘备猥琐胆怯的表现，如坠冰窖，彻骨生寒。什么英雄皇叔，在曹操面前还不是原形毕露！这样的人，怎么能指望他担负重任呢？

一个人的反抗之心一旦生发，是很难再压抑下去的。汉献帝虽然遭到了沉重一击，却不想就此放弃，而是继续积极物色新的人选，谋划新的可能。

刘、关、张兄弟回去后，刘备忍不住责怪关羽说："你今天为什么要如此暴躁呢？"关羽一愣，心想："你可是皇叔啊，难道你不应该这样做吗？"随即答道："欺君之人，我实在难容。兄长，你为什么要阻止我呢？"

是啊，刘备为什么要阻止关羽呢？如果不是刘备阻止，以关羽怒气勃发之神威，拿出温酒斩华雄的效率，十个曹操也被他劈了。其实，在与曹操的朝夕相处中，刘备不知不觉受了曹操的思维模式与行为模式的影响，仁义道德（声望名誉）多少有点让位于现实利益了。

刘备却不能用这个理由来应答赤胆忠心的兄弟关羽。刘备只能说："兄弟，你要知道投鼠忌器啊。天子身旁，都是曹操的心腹之人。倘若你一击不成，却让天子遭殃，岂不是极大的罪过。"

这个理由其实连刘备自己都说服不了，但他也只能这样说了。果然，关羽愤愤不平地回嘴道："兄长你看好了，今天不除曹贼，日后必生祸乱。"

刘备沉默不语。刘备原本以为已经从曹操身上找到了答案，但是关羽今天的这一声喝问，又让刘备陷入了沉思。在仁义道德和现实利益之间，到底该做何选择呢？

心理感悟：他人即猎物。

26

一头鹿的分水岭

许田围猎结束了,但这一事件的深远影响却刚刚开始。事实上,偶然性与必然性并存的许田围猎是东汉末年整个政治形势发展演变的一个分水岭。

在许田围猎中,曹操看似是最大的赢家,其实却是最大的输家。

在此之前,曹操虽然把持朝政,唯我独尊,但有当年董卓的恶例在先,曹操的言行与董卓相比,还算不上太过逾矩,相关各方大体上还能相安无事。但曹操射鹿前后的僭越之举却彻底打破了这脆弱的平衡。

首先,这激化了曹操与汉献帝之间的矛盾。

汉献帝自登基后,先后经历董卓之乱,李榷、郭汜之乱,已经习惯了隐忍求存。他原本对曹操寄予厚望,以为他是匡扶社稷的股肱之臣。后来曹操一步步走向专权,但至少表面上还是尊重汉献帝的。这一次,曹操肆无忌惮地撕下汉献帝的脸皮,年轻气盛且头脑灵便的汉献帝无法忍受这样的耻辱,于是就开始积极谋划铲除曹操。

其次,这激化了曹操与汉室忠臣之间的矛盾。

许田围猎的时候,汉献帝虽然哀叹满朝文武,没有一个忠心之人。但其实是因为事出突然,很多人一时反应不过来。事后,很多忠心汉室的大臣对曹操的行为非常不满,也开始想方设法地对付曹操。

人们倾向于从一个人的行为快速判断他的性格特质。这就是"特质推论"。在一项心理学实验中,一位心理学教授让学生们记忆类似于"那个图书管理员帮一个老妇人将杂货送到了马路对面"这样的句子。参与实验的学生们尽管对这个图书管理员毫无了解,却毫不费力就推断出他具备"乐于助人"的性格特质。此后,当教授给这些学生提供一些线索以帮助他们回忆曾经记忆过的句子时,发现最有效的线索不是可以提示"图书管理员"的"书",也不是可以提示"杂货"的"背包",

而是教授根本就没提供、纯粹由学生们自行推断出的那位图书管理员"乐于助人"的特质。

正如上述这位图书管理员被轻易贴上了"乐于助人"的特质标签，曹操的"许田射鹿"，在人们心中与秦朝末年赵高的"指鹿为马"画上了等号，曹操由此"奠定"了自己不可磨灭的"乱臣贼子"的特质形象。

但问题是，曹操此时并没有想当谋权篡位的乱臣贼子。一个人的野心是一步一步膨胀的，曹操还没有达到那个阶段。他虽然挟持了天子，但当时天下具备强大实力的割据势力还有袁绍、刘表、孙策等好几家，都足以与曹操相抗衡。尤其是袁绍，实力远在曹操之上。曹操要是现在就准备篡位，不但挟天子的优势立即丧失，而且会被袁绍等人倒打一耙，以"清君侧"的名义彻底将曹操歼灭。

曹操此时最好的策略应该是老老实实地"扮猪"，因为"吃虎"的时机远未成熟。而他许田射鹿的僭越之举却给自己贴上了最负面的标签，实在是得不偿失。

正如关羽所说的"乱臣贼子，人人得而诛之"，既然汉室君臣上下都将曹操视为"乱臣贼子"，针对曹操的一系列谋杀与暗杀理所当然地就此拉开帷幕。这对身在明处的曹操是一个极大的风险。谁又能打包票说自己是金刚不坏之躯，可以无惧于任何的谋杀与暗杀呢？

城门失火，殃及池鱼。许田围猎给曹操惹来了大麻烦，而刘备多年来苦心经营的良好声誉也面临着崩盘的危险。这是因为特质推论同样也适用于刘备。

刘备此前名声不错，他到许都后，和曹操过从甚密，但由于曹操"奸形"未露，人们对刘备也没有太多的负面观感。但是他在围猎场上公开阿谀逢迎曹操的行为，却足以抵消他此前多年苦心经营的名声。

射鹿事件后，关羽对刘备说的那番话就是一个明显的信号。就连和他有手足之情的关羽都对他表示了隐隐的不满，更何况其他人呢？

刘备此前被曹操的光环所迷惑，但关羽的话却惊醒了他。他结合许田射鹿事件前后的整个情势，深入地反省自我，终于想明白了一件事。学曹操，最多只能成为曹操第二。因为曹操的文采武略远胜自己，而且他又垄断了最有用的资源汉献帝。学曹操，只能生活在他的阴影之下，当他的小跟班，永远也不会有出头之日。

刘备是有着远大梦想的。那个梦想虽然因为现实的艰难与挫折，而蒙上厚厚的灰尘，但它始终停驻在刘备的心灵深处，从未消失。当刘备摆脱了思想上的迷茫后，这个梦想再度跳将出来，激励着刘备要去开创属于自己的事业。

既然学曹操是没有前途的，刘备别无资源，就只能重新回到仁义道德的老路上去。在经历了这么多大风大浪之后，出身寒微的刘备终于在思想上走向了独立与成熟。他坚定地告诉自己，唯贤唯德，能服于人，一定要用自己的良好形象与美好声誉来开辟未来的成功之路。当然，曹操对刘备潜移默化的影响也不是靠下决心就能完全消除的。刘备的决定属于意识层面，而曹操对他的影响属于潜意识层面。很多时候，意识和潜意识之间会发生激烈的博弈。这样的博弈也一直存在于刘备此后的人生旅途中。

就在刘备暗下决心，要告别对曹操的崇拜与迷恋之时，又一个逼他上路的人出现了。

这个人就是大汉国舅董承。

原来，汉献帝回宫之后，在愤怒的驱使下，找来了皇后的父亲伏完。伏完对曹操自然是义愤填膺，两人一拍即合。汉献帝当即写下一封血诏，号召忠臣义士铲除曹操。这封血诏随后被传到了国舅董承手中。董承先后联络了长水校尉种辑、昭兴将军吴子兰、工部郎中王子服、议郎吴硕以及西凉太守马腾。这些人都在血诏上签名，成了"血诏党"的一员。

但董承等人手上均无兵权，马腾虽有雄兵，却远在西凉。这样的实力状况，显然没办法对付曹操。董承召集众人商议，马腾提议拉刘备入伙。

董承毫不客气就拒绝了："这个人虽然是汉室皇叔，却给曹操当爪牙，怎么肯来共谋大事？"董承压根儿不愿提刘备的名字，而是用疏离性语言"这个人"代替，显见他对刘备十分不满。

马腾却说："我觉得这不是他的真面目。围猎那天，我在刘备身旁，正好看见关羽要杀曹操，被刘备阻止。我想他可能是投鼠忌器。"

刘备阻止关羽杀曹操，正可以视为维护曹操的铁证，怎么在马腾眼里倒成了反对曹操的象征了呢？

情境对人的影响很大，人们表现在外的行为往往不是内心真实态度的反应。马腾作为一个血性汉子，在许田当日的情境下，也没有任何血性举动，这让他对自己很不满意。推己及人，他倾向于推测他人也是敢怒而不敢言（*虚假共识效应*）。从而，关羽的激愤言行就被他解读为刘备的真实态度是反对曹操的（*天下皆知刘、关、张兄弟亲如一体*）。

幸好有关羽的意气一怒，又幸好马腾看到了这一幕，否则，刘备的"曹氏党羽"污名之帽就再也摘不掉了。

刘备的兄弟关羽、张飞勇猛无敌,血诏党又正是用人之际,董承虽然心存犹疑,但苦于别无强援,只好答应马腾去试探一下刘备。

这一天晚上,董承趁着夜色,怀揣血诏来到了刘备的住处。

刘备得知董承夤夜来访,吃了一惊,忙将董承迎入门中。

董承开门见山,说:"前日围场之中,云长要杀曹操,将军注目摆手阻止,这是为什么?"董承的这种问法,丝毫没有表露自己的真实立场,从而可以在敌我不明的情境下进退自如。无论刘备如何应答,董承都有回旋余地。刘备虽然猝不及防,但还是显露出了他极善应变的一面,说:"舍弟见曹操僭越,故而发怒。"

人家是问他为什么要阻止关羽杀曹,但他却回答关羽为什么要杀曹。刘备这也是进退自如的应对之策。万一董承是曹操派来试探的,那么刘备随时可以加上一句"舍弟无知,所以阻止",来为自己洗白。

董承心机没那么深,以为刘备已经自表心迹,不由落泪道:"要是都像云长这样赤胆忠心,何忧天下不太平!"

刘备疑心加重,故意说:"曹丞相治国,不是好好的吗?哪里不太平了?"

董承变色道:"你身为大汉皇叔,怎么能这样说话?难道你没看到曹操就像董卓一样吗?"

刘备这才知道董承的真实意图,说:"我是担心有诈,所以这样说。请国舅不要见怪。"

董承拿出汉献帝的血诏,讲明了缘由。刘备见了血诏,就地拜倒,说:"刘备敢不效犬马之劳!"

董承称谢后,说:"请写上您的大名!"

物理学和心理学在很多地方是息息相通的。牛顿第一运动定律(又称惯性定律)说,一切物体在没有受到力的作用时,总是保持原有的运动状态不变,除非作用在它上面的力迫使它改变这种状态。人其实也是一样的。

虽然刘备已决定不再学曹操,但他也根本不想和曹操为敌,或者说不敢与曹操为敌,直到董承拿着血诏上门逼着他做出改变。

刘备的本意是不想签这个名字的。因为他知道,这个名字只要一签上去,就和曹操成了死对头,此后永无宁日。

但是,刘备能够不签吗?

不能。因为刘备是有身份障碍的。所谓身份障碍，就是指一个人的身份对其言行的一种约束。

刘备这一路走来，沾了多少"汉室宗亲"的光，最近又被汉献帝亲口认证为"皇叔"，这又是多么大的荣耀！荣名之后，责任随之而来。现在，汉室有难，怎么着也该是刘备回报汉室，为汉献帝做点什么的时候了。

血诏上面已经签了六个名字了，除了董承和皇室沾亲之外，其他五人都是外人。连外人都签了，刘备是大汉皇叔，怎么能不签呢？

刘备无可推脱，只能在血诏上写下"左将军刘备"这五个字。

心理感悟： 只有"支付"责任，才能"买到"荣耀。

27

英雄眼里无英雄

董承拿到刘备的签名,如释重负,自觉不虚此行,脸上不由浮现了笑容。但刘备却变得异常紧张,连声叮嘱董承:"切宜缓缓施行,不可轻泄!"

董承告辞而去,刘备内心里翻腾激荡,却是再也安定不下来。

刘备这是后悔了。他不但后悔,而且后怕。

一项心理学研究表明,在短期内,"有所作为"更令人后悔;从长期来看,"不作为"更令人后悔。刘备此刻后悔的是自己上了"血诏党"的贼船,就再也下不来了。但如果他今天不签这个名字,日后他一定会更加后悔当初竟然无所作为。这是因为,当人们回忆往事时,在当时显得特别巨大的风险、困难、障碍,后来却显得微不足道了。

在事情刚刚发生的这一刻,当事人刘备却不得不面对内心里的惊涛骇浪。曹操此时并不知情,也毫不设防,他依然与刘备"出则同舆,坐则同席"。如果刘备拼将一死酬汉帝,是有大把机会铲除曹操的。

刘备尽管愿意报效汉室,但却并不想当烈士。这是典型的"生存性自私",即一种以维持生命的存在为第一优先目标的信念规条。

当初,曹操凭着一股青春锐气,想要刺杀董卓,却在不想当烈士的生存性自私驱动下,临阵退缩。此前,刘备被吕布夺了徐州后,忍辱屈身,也同样是这个原因。

这世界上很多人都有梦想,但能够实现梦想的人却不多。这背后的残酷真相是,只有自私的人,才能实现梦想。这种自私首先体现在对自己生命的高度珍惜上。他们希望别人为他们牺牲,而绝不肯为别人牺牲。曹操的名言"宁使我负天下人,不使天下人负我"就是赤裸裸的自私性生存宣言。

不得不说,在曹操、刘备生活的年代,"舍生取义"依然是最主流的选择。曹操、刘备之所以能够在残酷的征战中笑到最后,多多少少也是"得益"于他们的自私。

刘备陷入强烈的认知失调，痛苦无比。为了缓解内心紧张的情绪，他不再外出纵马骑射，而是开始在住处后院种菜，浇灌施肥，忙得不亦乐乎。这其实是一种行为否认。刘备希望借种菜学圃的安稳平静，欺骗自我此前在诏书上签名的行为并非事实。

他的兄弟关羽却很不解了。他明明看到刘备当着董承的面自表"敢不效犬马之劳"，以他风风火火的血性，接下来就该甩开膀子干了。但刘备却浑若无事，干起了农夫的活儿。关羽忍不住问刘备："兄长，您不留心弓马以取天下，为何学小人之事？"

刘备摆摆手，说："这不是你所能理解的。"刘、关、张向来无话不谈，但刘备的心事竟然对关羽也不讲了，可见他的压力有多沉重。

关羽无奈，只好经常与张飞两人外出习练弓马解闷。

这一日，关羽、张飞外出，刘备一个人正在浇菜，许褚、张辽带了十几个兵士，急匆匆来找刘备，说："丞相有命，请玄德公立即去见他。"

刘备顿时吓得魂飞魄散，强自镇定，投石问路道："丞相找我有什么紧要事？"

许褚、张辽说："不知道，丞相只是叫我们赶快来相请。"

刘备虽仍惊疑不定，但多少安了点心。许褚、张辽的答话看似没有透露任何信息，但没信息就是好信息。如果血诏事件已经暴露，曹操就该派人来"抓"自己，而不是"请"自己了。刘备知道曹操有时候心机很深，喜欢玩"猫戏老鼠"的游戏，依然不敢大意。他唯一担心的就是两个兄弟竟然一个都不在身旁，只好单身一人，跟着许褚、张辽去丞相府。

曹操一见刘备，就板起面孔，说："看你在家做的好事！"

刘备一听，曹操果然要对自己玩"猫戏老鼠"，吓得骨头都酥了，心中连连叫苦，痛悔自己不该在血诏上签名。

曹操见刘备脸色大变，突然哈哈大笑道："玄德，你在家学圃可不容易吧。"

曹操这个人，在心情大好的时候，往往会像个小孩子一样，喜欢捉弄人。比如有一次，他家后花园新开了一道门。曹操看了，在门上写了个"活"字，一言不发就走了。众人都不知道什么意思，还是杨修聪明，猜出了曹操的哑谜。门上写个"活"字，就是个"阔"字。原来，曹丞相是嫌园门太宽了。

今天，他逗刘备也是出于同样的心理。可是刘备做贼心虚，差点被吓个半死。刘备一看没事，这才缓了过来。

曹操吩咐用刚熟的青梅煮酒，与刘备对饮。酒至半酣，突然天幕阴云密布，眼看骤雨将至。

曹操站起身来，遥望远空，看乌云翻腾，就像巨龙一般。曹操心中那股英雄之气，顿时油然而生。他一向自诩为人中之龙，而经过了十数年的奋斗，现在已经是位极人臣，就连皇帝也只是他手中的木偶，这样的人生成就，环顾天下，又有几人能够做到呢？曹操虽然出身官宦之家，但不巧他的祖父当过宦官，连带曹操经常被清流人士看不起。但此刻曹操已经可以笑傲所有曾经看不起他的人了。曹操心情激荡，忍不住想到了一个问题："玄德，你久历四方，不妨说说谁是这当世的英雄？"

刘备要是心中无事，以他平常的机变，肯定回一句"丞相您就是当世的英雄"，就把曹操哄开心了。这一幕也就揭过去了。

但此刻的刘备，惊弓之余，只想息事宁人，推脱着说了一句："刘备肉眼凡胎，哪里识得英雄？"

这下曹操不爽了，心想："站在你眼前的我曹孟德，和你出则同舆，坐则同席，难道你就没看出我是英雄？"

曹操说："你不必客气，还是说说吧。"

刘备不便再推三阻四，说："淮南袁术，兵粮足备，应该算是英雄了吧。"

刘备这不是存心恶心曹操吗？袁术刚刚被曹操打得屁滚尿流，连老巢寿春都被曹操占了，被迫逃到淮南。刘备深知这一切经过，但现在竟然当着曹操的面说袁术是英雄，岂不是自讨没趣吗？

刘备确实是存心这样说的，但他的目的不是为了恶心曹操，而是有意贬低自己的眼光，以衬托自己的庸碌平凡。我们知道，在社交场上，人们往往愿意使用自我提升策略来强化自己的优越感。但此刻的刘备因为血诏事件担惊受怕，根本就不敢引人注目。只有让自己显得渺小、庸俗，甚至猥琐，才不会引发他人尤其是曹操的怀疑。这才是刘备的真实目的。

曹操哈哈一笑，觉得刘备的眼光实在太差了，说："袁公路不过是冢中枯骨，早晚被我灭掉，他算得了什么英雄？"说完，目光灼灼，直视着刘备。

刘备只能继续往下说。既然曹操不吃这一套，刘备只能正儿八经地说出他心目中的英雄了："河北袁绍，四世三公，门多故吏，现虎踞冀州，兵多将广，谋士如云，他可以算是英雄了吧？"从实力对比来看，袁绍强于曹操。但是曹操丝毫没有把袁绍放在眼里，说："袁绍色厉胆薄，好谋无断；干大事而惜身，见小利而忘命，算不上英雄。"

刘备只能再举刘表、孙策、刘璋等人，但曹操既然连最厉害的袁绍都否定了，怎么还可能看得上这些更加庸碌无能的人呢？

刘备实在没办法了，只能说："我实在不知道谁是英雄了。"

曹操半是恼怒，半是激动，用手指了指刘备和自己，说出了一句惊天动地的话来："天下英雄，唯使君与操耳！"（从曹操自诩为英雄而深感满足亦可佐证他此时并无僭越称帝之心）

刘备顿时吓坏了，心念电转，任自己再怎么低调掩饰，还是被曹操当作了"英雄"，想必曹操已察知了血诏密谋，今天绕了这么大一圈，终于要揭开底牌了。手一抖，一双筷子瞬间就掉到了地上！

无巧不巧，正在此时，天雷轰鸣，霹雳电闪。

曹操见刘备一脸慌张，疑心大起，冷言问道："玄德这是怎么了？"

刘备警醒过来，立即说："圣人云，迅雷风烈必变。一震之威，竟至于此。我自幼惧怕雷声，只恨无处可避。"

刘备自从受了孔融刺激后，戎马之余，经常翻阅《论语》等先贤典籍，关键时刻终于派上了立场。可见，多读书还是有用的，关键时候就成了救命符。刘备说的这句"圣人云"，出自《论语·乡党》，意为"遇见迅雷大风，一定要改变神色，以示对上天的敬畏"，用在此刻的情形中，倒也十分妥帖。

曹操本人熟读诗书，他对刘备的印象一直停留在"没怎么读过书，也不怎么喜欢读书"的惯性认知中（十八路联军讨伐董卓时），而现在刘备出口成章，毫不生涩，引用孔子的话完全应景，可见他说的必是实话。否则，一个没多少文化的人在这一瞬间是不可能如此逼真作伪的。

曹操不再生疑，对刘备却看轻了很多，再联想起他许田射鹿时对自己的唯唯诺诺，更加认定他不过是个无用之人。从此，曹操对刘备的防范心理也减弱了许多。这倒是刘备的意外之喜。

心理感悟：这世上如果有后悔药，就会少掉太多的精彩。

28

背叛就像一把刀

刘备侥幸躲过了一劫，但对曹操的恐惧之心却日甚一日，他朝思暮想的就是赶快逃离许都，一刻也不多留。

在度日如年中，刘备得知了一个消息。

淮南袁术因得了大汉的传国玉玺，悍然登基称帝。此后众叛亲离，风雨飘摇，只好向他一向看不起的兄长袁绍投诚，准备将玉玺送给袁绍。袁绍攻灭了公孙瓒后，实力大增，野心也随之大增，欣然同意。袁术准备率领残部，从淮南赶往河北，投归袁绍门下。

刘备从这一消息中看到了一个脱身而去的好机会。他立即去见曹操，说："二袁会合，对丞相不利。袁术去投袁绍，必从徐州经过，刘备愿意率领一军，在半路伏击，擒拿袁术。"

曹操当然不愿袁绍坐大，所以必须破坏二袁联合。刘备在徐州数年，熟悉情况，派他前去伏击，确实是最佳人选。而最关键的是，曹操此时对刘备的戒心大减。这几个条件一综合起来，曹操立即同意了刘备的建议。

刘备星夜收拾军器鞍马，急匆匆点齐兵马，立即出发。关羽、张飞从未见刘备如此急性过，大感讶异，刘备这才吐露了真心话："我现在是笼中之鸟、网中之鱼，这一去徐州，就是鸟上青天，鱼入深渊。如果不快点走，等曹操后悔了，就走不了了。"

刘备急急而行，国舅董承闻讯急急赶来相送。董承是担心刘备这一走后，食言而肥，置血诏而不顾。刘备承诺决不背约。董承稍感心安，但还是无比惆怅。

此后，曹操听了荀彧、郭嘉等人的谏言后，果然后悔了。其间，最关键的是郭嘉的态度转变。荀彧一直是劝曹操杀掉刘备的，而郭嘉则要曹操收留刘备以养名声。但郭嘉只是想将刘备当成一件沽名钓誉的道具，绝不希望刘备自立门户，所以这时也劝曹操除掉刘备，以免放虎归山，再难控制。

曹操立即想起自己当年刺董不成后，匆匆逃离的往事，再联想起刘备突然学圃种菜、青梅煮酒时的惊慌失措，觉得刘备一定是心中有鬼。曹操有心召回刘备，但刘备早已远去。

曹操随即给镇守徐州的车胄写了一封密信，要他与陈登父子商议，趁着刘备不备，将其除掉。陈登父子作为内应，帮助曹操剪除了吕布，曹操一直很信任他们。但曹操没想到，陈登父子更是刘备最忠实的拥趸。陈登得讯后，立即将车胄给卖了。刘备一不做二不休，先下手为强，斩了车胄，十分顺利地占领了徐州。

这是刘备第二次拥有徐州。失而复得之后，刘备发誓一定要牢牢守住徐州，绝不再失手。曹操得知刘备杀了车胄自立后，暴跳如雷，当即要出兵讨伐。正在此时，血诏党事发，曹操立时下手，将董承等血诏党尽数捕获，满门抄斩，连董承的妹妹——汉献帝的董贵妃也不放过。

更让曹操痛恨不已的是，刘备竟然也是血诏党的成员！

曹操绝没有想到，刘备竟然隐藏得如此之深，把自己欺骗得如此之苦！痛恨之余，曹操对刘备的看法再度起了变化。从此，曹操将刘备这个静如处子、动如脱兔的卖履之徒真正看作了自己不容小觑的对手！这对刘备来说，绝非好消息。曹操在形势大好的时候，总会得意忘形，犯下大错。一旦他平心静气、郑重其事地来对付一个人的时候，这个人就该倒大霉了。

曹操在血腥镇压血诏党之后，对汉献帝的监管更加严厉。随后，曹操就腾出手来，派出五路大军来讨伐刘备。刘备连忙向袁绍求救，但袁绍却因为最疼爱的儿子得了重病，无心理会。刘备只能胆战心惊地独自迎战最为可怕的对手——曹操！

曹操怀着对刘备欺瞒自己、背叛自己的满腔愤恨，发起了狂风暴雨般的进攻。刘备根本没有还手之力。徐州很快失守，刘、关、张三兄弟再一次被打散。刘备的家眷也落入了曹操之手。刘备匹马出逃，去投奔袁绍。张飞带着几个弟兄再次逃到芒砀山上当强盗。唯有关羽，被围困在土山而无法逃脱。

曹操派张辽去劝降关羽。关羽提出"降汉不降曹"三个自欺欺人的条件后，终于向曹操投降（刘备当初屈身吕布对关羽的影响是不容忽视的）。

这是刘备第三次失去徐州。第一次是失于吕布。第二次是刘备联合曹操，击败吕布后，以为自己可以再领徐州，却被曹操以面圣为由巧妙剥夺。刘备曾经三让徐州，又三失徐州。刘备逃离徐州时，曾经仓皇回眸，以为自己一定会再回徐州。但事实上，这是他最后一次和徐州打交道了。虽然徐州在他的前半生占据了极为重要的地位，但现在他和徐州的缘分已尽。此后，刘备再也没能踏上徐州的土地一步。

刘备又一次遭到了倾家荡产式的惨败。这一年，刘备正好四十岁。

《论语》上说，"三十而立，四十不惑"，刘备不但没有三十而立，而且在四十的时候，再一次失去了所有。他不能不迷惑，自己的人生之路为什么会如此坎坷？为什么总是在稍见起色后，马上痛遭当头棒击？命运到底给自己安排了什么样的人生剧本？那个远大的梦想，还有没有可能实现呢？今后的路，又该如何走下去？

刘备单人独骑，孑然一身，逃亡冀州。这一路上，幸好刘备没有得知关羽投降的消息。否则，这个重大的打击很可能就此扼杀他的人生梦想，让他彻底沉沦。

为什么这样说呢？

刘备显然是个高自尊的人，否则，这么多的坎坷磨难，早就让他自暴自弃了。心理学的研究表明，高自尊的人和低自尊的人在面临失败时，会采取不同的认知策略来缓解失败对自己的打击。低自尊的人很容易被失败打败，认为自己蠢笨无能，从此放弃争斗，全盘接受命运的安排（哪怕是不好的安排）。而高自尊的人则会通过关注自己其他方面的优点来对冲失败对自尊的冲击。一项心理学实验表明，高自尊个体在成就测验中失败时，会更加积极地看待自己在人际关系上的能力与建树。这可以称为"优势缓解"。

刘备经历了比常人多得多的挫败，能够给予他"优势缓解"的正是牢不可破的结义之情。这么多年来，这份兄弟同心的真感情，就是刘备唯一的硬资产。不管刘备是得意还是失意，关羽、张飞一直忠贞不贰、无怨无悔地追随着他。每当刘备失败的时候，一想起这两个生死不渝的兄弟，就会觉得自己的人生至少在这一方面比任何人都成功，从而有效缓解了失败后的自尊损伤，让他得以在困顿挣扎中争取下一次的奋起。

可以说，关羽、张飞的忠诚就是刘备心灵大厦的底座，关羽投降曹操，就等于是抽走了最重要的一根支柱，刘备的心灵大厦必然摇摇欲坠。

刘备一路仓皇，来到冀州。在袁绍的热情接待下，他重拾信心，再一次开始了寄人篱下的生活。

袁绍因为自己没有出兵援手，导致刘备惨败一事，十分过意不去，因此对刘备十分礼遇，以稍作弥补。

这时，天下的形势日趋明朗。曹操在北方基本扫清了除袁绍之外的各股割据势力，曹操与袁绍争夺北方霸主已成必然。

刘备在这个节骨眼上加入袁绍阵营，也意味着他与曹操之间的对手戏并没有因为徐州惨败而结束。

袁绍在刘备的鼓动下，率先对曹操发起攻击。但这一交手，关羽降曹的消息很快就曝光了。刘备又该如何面对最忠诚的兄弟的背叛呢？

心理感悟：自尊的命门就是背叛。

29

兄弟的一封来信

两军交锋，关羽手起刀落，连劈袁绍的两员大将颜良和文丑。袁绍痛失爱将，将气撒到刘备身上，要将刘备砍头泄恨。

关羽的背叛本来会要了刘备的命，但现在袁绍想要刘备的命。自己要死，是一回事；别人要你死，又是另一回事。生存性自私再次出现。刘备急中生智，给袁绍算了一笔账。

刘备说："关羽虽然杀了颜良、文丑，但我可以劝他弃曹来归，明公意下如何？"

袁绍一想，关羽如此神勇，如果能得到他，就算是颜良、文丑复生，也比不上。这简直太划算了。当下也不杀刘备了，立即催他写信劝降关羽。

刘备保住了命后，心中波涛翻涌。他拿起笔，将自己所有的愤懑、不满、酸楚、伤痛全都倾泻在笔端：

> 备与足下，自桃园缔盟，誓以同死。今何中道相违，割恩断义？君欲立功名、图富贵，愿献备首级以成全功。书不尽言，死待来命。

刘备的意思是，我们说好要同生共死的，你现在背弃了承诺，要去追求荣华富贵了。既然如此，我就成全你吧。我愿意把我的脑袋献给你，帮助你达成心愿。

这封信根本不是什么情真意切的劝降信，而是一封失去理智的挖苦信。但奇怪的是，刘备写完这封信后，那种痛不欲生的感觉竟然大大减弱。刘备心情为之一快，又有了活下去的勇气了。

这是为什么呢？

美国纽约州立大学的乔舒亚·史密斯等人就书写对个人身心伤害所产生的影响进行过研究。他们找来一些刚刚遭受恋爱失败、亲人亡故、交通事故等打击的人，要求他们中的一部分人在连续几天内每天花几分钟写一写自己受到的伤害，而另一部分人在每天只需要写下第二天的计划。

之后，他们对实验参与者进行了身体测试和心理评估。结果发现，那些书写过自己的伤痛的人，无论是在身体免疫机能还是在心理健康程度上的得分，都比另一组要高。也就是说，将自己的痛苦诉诸笔端，可以有效地发泄自己的负面情绪，从而缓解心灵的重负。这就是"书写宣泄效应"。

书写其实是一种无拘无束的自我倾诉。伤害过你的人，并不曾真的站在你面前，所以你可以直言无忌，想怎么对他说，就怎么写下来。当所有的不满与愤怒都通过笔端宣泄出来后，心情放空，自然也就雨过天晴了。

美国总统林肯十分擅长运用这一效应。美国南北战争期间，林肯面临着巨大的压力，而他所任命的将领却盛气凌人，不服从他的指挥，甚至当面无视林肯的存在。林肯十分生气，他写了一封信，在信中毫不掩饰自己的愤怒。写完之后，林肯却没有把信寄出去，而是点火烧了。后来有人问他为什么要这样做。林肯说："写完信之后，我的怒气就发泄光了。再把信寄出去，就会伤害对方，并引发新的冲突，这就得不偿失了。"

林肯的做法是很明智的，既能舒缓自己的心情，又不至于造成新的矛盾。但刘备还做不到这样。他的信刚写完，就马上派人给关羽送去了。

刘备的这封极尽挖苦之能事的信，会不会激怒关羽，真正导致兄弟反目呢？

应该说，这种可能性是很大的。

关羽是迫不得已才投降的，并不是对刘备恩断义绝。刘备故意说反话来发泄自己的不满与不解，对关羽的指责根本就站不住脚。

大难临头，你刘备自己就先跑了，根本就没管过兄弟。现在，你却要倒打一耙，把背信弃义的污水全泼到兄弟头上。这怎么能行呢？再说了，兄弟跟着你刘备，辛辛苦苦混了十几年，攻全无克，战全无胜，遭遇的总是失败。这难道不是身为老大的你的无能所致吗？既然你还血口喷人，那咱们就一刀两断，你走你的阳关道，我走我的独木桥吧。

一百个人中有九十九个会这么做。刘备这封信很可能招致鸡飞蛋打的结果。但幸好关羽是那唯一不会这么做的人。

关羽忠义过人，看了信后，立即痛哭流涕，毫不犹豫就放弃了在曹营中得到的一切（包括汉寿亭侯的爵位和曹操赏赐的金银、美女），护送着刘备落入曹操之手的两位夫人，千里独行，过五关斩六将，历尽艰辛，来找刘备。

关羽路过古城的时候，巧遇失散已久的张飞。正如当初关羽不肯原谅张飞因醉酒而导致徐州失守一样，张飞也不肯原谅关羽投降曹操的行为。两人大打出手，幸得二嫂及众人相劝，兄弟俩才重归于好。

关羽和张飞会合后，正要去袁绍处找寻大哥刘备，但刘备却又有新的想法了。

当初，曹操在青梅煮酒论英雄的时候，曾经评论过袁绍。刘备亲自观察袁绍阵营内部的乱象，不得不佩服曹操的精准眼光。刘备判断，虽然袁绍目前实力远胜曹操，但袁曹之战的胜者更可能是曹操。在看透了袁绍的庸碌无能后，又得知关羽、张飞在古城聚拢旧部的消息，刘备就不想再跟着袁绍混了。寄人篱下，依附他人一直都是刘备的权且之举，只要一有机会，他总是想自立门户的。

刘备正在思考脱身之策。他的旧部简雍，如今投在了袁绍门下，给刘备出了一个好主意。

第二天，刘备去见袁绍，说："如今曹操势力渐大，我们不如和刘表联合，共同对付曹操。"

袁绍说："刘表坐拥荆襄九郡，兵精粮足，如果能和我们联合当然好。可是，我曾经派人去见过他，但他无意结盟。"

刘备说："刘表是我同宗的兄长，如果我去劝说他，一定没问题。"刘备已经好久没用"汉室宗亲"的牌头了，现在又派上了用场。

袁绍一听，刘备的这个主意比较靠谱，就答应了。刘备前脚刚走出，去做出行准备，简雍就站出来揭发刘备了。

简雍对袁绍说："主公，依我看，刘备这一走就不会回来了。"

袁绍吃了一惊，简雍本是刘备的旧部，没想到却会在刘备背后说他的坏话。袁绍追问缘故。简雍说："刘表和刘备是同宗兄弟，他留在刘表那里岂不是更好吗？"

袁绍觉得简雍说得有道理，正要把刘备叫回来。简雍却又说："我有一个好办法，可以解决这个问题。"

袁绍忙说："说来听听。"

简雍说："请让我跟着刘备去。一来可以促成和刘表的联合，二来可以监看刘备，看他有什么动静。"

袁绍一听，大喜，连声称好，当即派简雍和刘备同行。

简雍这不是在卖主求荣吗？他为什么要这样做？

其实，这正是简雍的脱身妙策。刘备要离开袁绍，简雍还是愿意继续追随刘备（这也足以说明，刘备虽然屡遭失败，但他的人格魅力依然强大）。但是如果他直接提出要和刘备同行，很可能招致袁绍的怀疑。所以，简雍采取了相反立场策略，用一种别出心裁的方式达到了目的。

所谓相反立场，就是指说服者话语中所表达出来的立场和自己的利益诉求恰好相反。当说服者从相反立场来说事时，别人更容易认为你是客观公正的，从而更有说服效力。

简雍是刘备的旧部，人们自然将他视为和刘备立场相同，利益一致。他一揭发刘备，就发出了和旧主刘备划清界限的信号，站到了袁绍的立场上，袁绍自然很容易就被他说服了。

刘备和简雍巧妙瞒过袁绍，他们根本没去联络刘表，而是向着古城进发，去与关羽、张飞会合。

三位发誓要同生共死的兄弟，在经历了最严峻的情感考验后，久别重逢的那一刹那，又会是怎样的心情呢？

心理感悟：每一封信，其实都是写给自己的。

30

绝境中的绝望

其实，刘备早已原谅了关羽。

这有两方面的原因。

一方面，刘备写了那封挖苦信后，在书写宣泄效应的作用下，怨气已消了大半；另一方面，关羽得信后封金挂印，不惜一路过关斩将，也要重归刘备。这一行为对刘备的自尊带来的补益早已超过了当初他投降曹操带来的损伤。

刘、关、张在古城再次聚首，三兄弟抱头痛哭，恍如隔世。在涕泪横溢后，所有的怨恨与委屈都消散无踪。人们总是在失去后才懂得珍惜，在重新拥有后才明白宽容。从此，刘、关、张三兄弟的情谊更加牢不可破，再也没有人能够将他们分开。

刘备在古城落脚，他的旧部闻讯后陆续来投。赵云原是公孙瓒手下勇将。公孙瓒被袁绍歼灭后，赵云流离江湖，现在也来投奔了刘备。

刘备看看帐下，文有孙乾、简雍、糜竺，武有关羽、张飞、赵云，心情为之一振。刘备随即与割据汝南的刘辟、龚都联合，拥有了一块新的根据地。

刘备的预判很准确。曹操在与袁绍的官渡决战中，以弱胜强，击溃了袁绍，随后又攻破了袁绍的老巢冀州。

袁绍一死，刘备的好日子就到头了。曹操很快调转枪口，对准了这个背弃自己的血诏余党。

刘备一直对曹操超强的能力与实力深怀恐惧，但是要想有所作为，曹操这一关是逃不过去的，只有勇敢面对。

曹操身材矮小，但此前刘备一直觉得他气势宏阔，形象高大。这一次在战场相遇后，刘备对曹操的观感却有了很大变化，觉得他又矮又小，面目可憎。这自然是知觉转换的缘故。当一个人成为我们的敌人后，我们会迅速扭曲他在我们心目中的形象。

曹操见了刘备，气不打一处来，以马鞭指着刘备，痛骂道："我用上宾之礼待你，恩若兄弟，你为什么要忘恩背义？"曹操生刘备的气，一方面是因为他在自己的眼皮底下加入了血诏党，阴谋暗害自己；另一方面，则是关羽不告而别，还杀了曹操手下多员大将。

刘备挺起胸膛，目光炯炯，直视着曹操，大声回骂道："你托名汉相，实乃汉贼。我是汉室宗亲，当然要讨伐你了！"

刘备的这一回击非常巧妙，他并没有直接回应曹操的指责（这是刘备在私德方面理亏的地方，在这一层面上，无论如何都说不过曹操），而是将双方的论辩提升到了另一个更高的道义层面（公德方面），居高临下，指责曹操的不义。以公攻私，无有不胜。曹操原本拥有的道德优势不但涣散消失，而且被推到了道义的反面。刘备用的这个策略，就是"向上提升策略"。

刘备这番硬碰硬的话一说，从此就在心理上确立了对曹操的道德优势，而他的人格也从此得以完全独立。

刘备这张嘴实在是太能狡辩了，曹操一听，气得发昏，怒道："我奉天子明诏，讨伐四方逆贼，你怎么敢胡说八道！"

挟天子以令诸侯，本是曹操万用万灵的幌子。有了这个幌子，谁也没法在最高的政治道德层面胜过曹操。

现在刘备手中已经有了一个足以对付曹操的秘密武器。这就是汉献帝亲手所写的血诏！

刘备轻蔑一笑，说："你的明诏不过是骗人的把戏。我有天子血诏在此。"说完，就开始高声朗诵血诏的内容。

曹操一听，脸色顿时变了。

血诏对明诏，至少是旗鼓相当，曹操的幌子从此在刘备面前就黯然失效了。不过，细究起来，刘备是很对不住他的血诏党朋友的。刘备没有为血诏党出过一丁点儿力，却独自坐享了所有好处。刘备出于生存性自私，明哲保身，觑准机会，先行溜了，而留在许都的董承等人却付出了一千多条鲜活的生命。

曹操一看，嘴巴上打不过，那就拳头上见吧。曹操发动攻击，刘备不能抵挡，仓皇败逃。

刘备一路逃到了汉江边上，一清点兵马，只剩下不到一千人了。但幸好关羽、张飞、赵云拼死拼活，保住了刘备的家眷，没有第四次落入敌手。

刘备眼看好不容易聚拢起来的一点家底，几乎又败光了，心里猛然涌起了一股前所未有的绝望情绪。

这不知道是刘备的第几次失败了。在这近二十年中，刘备屡战屡败，总是在稍有起色的时候，就会遭受一次猛烈的打击，被迫清零重来。虽然如此，刘备还是屡败屡战，从未曾失去过对自己的信心，对未来的憧憬。但是今天的情形却大不一样了。

刘备这一年四十一岁。孔子说："吾十五有志于学，三十而立，四十不惑，五十而知天命……"刘备是十五就知天命，但却三十不立，四十大惑。面对奋斗十七年却一无所有的苍白现实，刘备第一次对天命产生了怀疑。就算天命在我，羽葆盖车之梦能够成真，恐怕也没有多少时间了。

当时人们的平均寿命并不长，那些有所成就的人一般到了三十岁就已奠定了自己一生的荣耀之基，而到了四十岁就基本踏上了自己的人生之巅。而刘备已经四十一岁了，却还是一无所成。眼看去日无多，对手曹操又实在太过强大，张绣、吕布、袁术、袁绍这些豪强均败在（死在）他手中，凭什么自己就能幸免呢？

在持续不断的打击下，刘备经由李定"贵人论"而来的心理能量终于在惨败于曹操后消耗殆尽。

在汉江之畔，刘备对着追随了自己十几年的老部下，流下了痛苦的眼泪。刘备哭着说："诸君皆有王佐之才，随便去投奔谁，都能得荣华富贵，不幸却跟了我刘备！谁想到我刘备命途窘迫，连累了诸君啊！今天我刘备上无片瓦盖顶，下无立锥之地，实在是不敢再耽误各位了。诸君，你们还是离开刘备，各自去投奔明主，赢取功名富贵吧。"

刘备真是绝望到极点了。他一直以为命运是眷顾自己的，否则不会轻易得到关羽、张飞的友谊，陶谦的徐州，汉献帝的皇叔尊称。这一连串的幸运事件，支撑着刘备度过了漫漫长夜。接二连三的重大打击，又让刘备不得不怀疑，此前的幸运也许只是命运欲擒故纵的把戏。再坚强的人，也不能扛过所有的磨难。天意高深难测，人力有时而尽。遣散旧部，就意味着刘备彻底放弃了。刘备已经了无生趣，当这些老部下四散而去后，他准备结束自己的生命，不再抗争，不再奋斗，就在黄土中去寻找从来也未曾拥有过的心灵宁静。

众人听了，感同身受，不由放声痛哭。在这夜色四合的汉江之畔，江风呜咽，传向远方，仿佛也是在为英雄走向了末路而应声唱和。这是何等令人心碎的场面啊！这是何等令人心酸的场面啊！那些从未经历过人生绝境的人们，也许永远不会理解一个奋斗者绝望的哀鸣。

就在压抑沉重的氛围中，关羽站了出来。在经历了降曹归刘的炼狱淬炼后，关羽已经变得十分坚强。他打破了刘备的苍凉心境，说："兄长，你错了！我听说当年汉高祖与项羽争夺天下，多次失败，但后来垓下一战成功，开创四百年基业。我跟随兄长，征战二十年，或胜或负，为什么今天要说丧气话呢？徒惹天下人耻笑！"

关羽的话开了一个积极的好头，整个团队的沉闷压抑的氛围为之一变。但刘备依然万念俱灰，叹气道："我听说'主贵则臣荣'，我连立足之地都没有，真是汗颜，唯恐耽误了你们的前程啊。"

孙乾的情绪也变得激昂起来，接过话头，说："使君您的话不对！人成败有时，却不可灰心丧气。此去离荆州不远，刘表是当世英雄，又是使君您的同宗长兄，为什么不去投奔他呢？"

孙乾一向是个内敛沉静的人，这时说的话却很有激情，仿佛换了个人似的。事实上，不仅仅是孙乾，整个团队都变得积极起来，仿佛惨败才是最好的激励一般。

一般而言，重大的失败会让团队分崩离析，就像不久前的袁绍那样。官渡失败后，袁绍的很多谋臣武将都投奔了曹操。但凡事都有例外。有时候，危机反而更能促进内部的团结。

两者的区别就在于团队的领导者。如果失败不是由于领导者的昏庸无能、倒行逆施造成的，失败反而会加大团体的凝聚力。刘备一直苦心经营自己的名声，而血诏事件后，牺牲者们用淋漓的鲜血造就的道义光芒，尽数倾洒在刘备这个唯一的存活者头上。此时此刻，刘备就代表着汉室的希望，代表着道义的顶峰。失败——在与邪恶势力（汉贼曹操）对抗中的失败——非但不会让刘备的声望褪色，反而平添了他的正义色彩。

这时候的刘备并不是一无所有的。他已经赢得了分量最足的"人和"！

刘备见一众部属在这样的艰难时刻依然对自己不离不弃，无怨无悔，并且积极谋划脱困之策，他的情绪也渐渐好转。刘备决定，派孙乾去荆州，自己和其他人就在这里等待他的好消息。

心理感悟：很多人不是死于绝境，而是死于绝望。

给你来盘大杂烩 / 安逸是最大的痛苦 / 说错话的代价 / 你的身上没有秘密 /
重病遇上老神医 / 半路来个抢跑的 / 抢跑的被人抢跑了 / 一个比一个会吹牛 /
谁中了谁的计 / 有借从来没有还 / 关于投降的争论 / 智商不等于智慧 /
斗气从来无赢家 / 天上掉下个孙妹妹 / 温柔是把杀猪刀 / 玩笑开得太大了

给你来盘大杂烩

刘备的失意激发出了整个团队的报效之心,他们觉得主公的失败就是因为自己没有殚精竭虑、拼尽全力造成的。孙乾正是怀着这样的心情,在刘备面前夸下了海口。

孙乾来到荆州见刘表。

刘表问他:"听说你一直跟随刘备,怎么今天来见我来了?"

孙乾说:"刘使君与明公都是汉室子孙,天下共知。现在刘使君想要全力扶持社稷,只恨兵微将寡。汝南的刘辟、龚都,和使君无亲无故,都愿意以死相报。这次刘使君刚刚被曹操击败,想要到江东投奔孙权。我就劝他说,您怎么能背亲而向疏呢?荆州刘将军,是当世之英雄,天下一般的士人,投奔他就像流水归于大海一般,更何况您是他的同宗兄弟呢!使君因此心动,但唯恐冒犯将军,不敢擅自前来,所以,特意先命我前来,向将军禀告。"

孙乾的这段话,就像是一盘大杂烩,综合运用了"相同立场策略""中间立场策略""示范效应""评价顾忌策略""标签约束效应""好心情效应"等说服手段,代表了他一生中最高的说服水平。

"刘使君与明公,都是汉室子孙,天下共知",将刘表和刘备都划归于汉室宗亲这样一个特殊的群体。就这个群体而言,大家扶助汉室的立场显然是一致的,那么,刘备在抗击汉室宗亲的公敌曹操失败后来投靠刘表,是非常符合情理的。这就是"相同立场策略"。

"汝南的刘辟、龚都,和使君无亲无故,都愿意以死相报",非亲非故的刘辟、龚都与刘备没有利益的关联,他们认同、选择刘备,显然是出于符合基本价值观的判断,是出于公心的,从而也是正确的。这是"中间立场策略"的体现。

同时,刘辟、龚都的言行也成了一种针对刘表的"示范",连非亲非故的刘辟、龚都能这样做，你刘表作为刘备的同宗兄弟，难道还不如他们吗？这是"示范效应"在发挥作用。

"这次刘使君刚刚被曹操击败，想要到江东投奔孙权。我就劝他说，怎么能背亲而向疏呢？"这是运用了"评价顾忌策略"。就刘备而言，和刘表的关系近，是为"亲"；和孙权的关系远，是为"疏"。如果刘备"背亲而向疏"，就可能让刘表得到连自己的同宗兄弟都不能容纳的恶评。刘表不能不顾忌这一点。

"荆州刘将军，是当世之英雄"，这句话给刘表贴上了一个"英雄"的标签。既然你是英雄，就应该有英雄的胸襟和气度，就应该敞开怀抱，去迎接刘备来投。这是"标签约束效应"。

"英雄"的标签，加上"天下一般的士人，投奔他就像流水归于大海一般，更何况您是他的同宗兄弟呢"等于大大吹捧了刘表一番。刘表的心情不免为之一快，也就更加容易接受孙乾的建议了。这是"好心情效应"的作用。

孙乾平素的口才并不如何出众，但这一段话在说服策略的综合整合上，在整个三国中独此一份，无人能出其右。可见，在背水一战、绝无退路的情况下，人往往能够有超常的发挥和奇特的表现。

在孙乾的"大杂烩攻势"下，刘表很快就"缴械投降"了。他很高兴地表了态："玄德就是我的兄弟！我早就想和他相见，却没有机会。他这次肯来，好得很！"

孙乾的说服虽告成功，但他在刘备面前夸下的海口也只是兑现了一半。他可是对刘备说过"非得让刘表出境迎接主公不可"的。

正在这时，孙乾的帮手来了。

蔡瑁是刘表的小舅子，在荆州担任要职，是刘表颇为倚重的左右手。蔡瑁是怎么帮孙乾的呢？

蔡瑁才不想帮孙乾呢！他根本对刘备没有一丁点儿的好印象。这固然是因为他担心刘备来了之后会对自己的地位造成威胁。毕竟，现在的刘备顶着御赐皇叔的名号，担着大汉左将军、豫州牧、宜城亭侯的头衔，声名显赫。事实上，刘备也确实是有连他本人也十分担忧的不良记录。

蔡瑁说："刘备是个心术不正、忘恩负义之徒。他先后投靠吕布、曹操、袁绍，最后都反目成仇，可见他为人恶劣。如果今天接纳了他，必然惹曹操不高兴。曹操如果派兵前来，荆州百姓岂不就要遭受浩劫？不如今天砍了孙乾的头，拿去献给曹操，曹操一定会与主公交好的。"

蔡瑁哪里是来帮忙的，简直是来索命的。如果孙乾不能合理解释刘备的这一连串背叛行为，刘表肯定会担心刘备将来会不会也用这样的方式来对待自己。

面对蔡瑁扔出的这颗重磅炸弹，孙乾毫无惧色，立即加以反驳。他所运用的策略就是刘备曾经用来反驳曹操的"向上提升策略"。

孙乾说："刘使君确实曾投奔吕布等三人，最后也确实和他们反目相向。但这并不能怪罪刘使君，因为这三个人都不是仁义之人。吕布两次弑父，曹操欺君罔上，袁绍不纳忠言，滥杀忠良。像这样的人，怎么能一直侍奉而不加以反抗呢！刘使君赤心报国，言必有信，是忠孝两全的义士，当然要和他们势不两立了。"

刘备的背叛行径，确实是刘表最忌讳的。但孙乾通过给吕布、曹操、袁绍贴上"不义"的标签，反而将刘备的"背叛行为"提升至与"不义行为"做斗争的更高层面上去了。这样，刘备的污点反而被美化为忠信仁义之举。蔡瑁的攻击自然就失去了效力，而刘表内心的疑虑也随之消融。

孙乾紧接着又运用了一次"标签约束效应"和"评价顾忌策略"，让刘表更加坚决地接纳刘备。

孙乾直接对蔡瑁说："刘使君是听说刘将军是汉室苗裔，同宗之兄，宽宏大度，敬老尊贤，爱民惜物，是当世的大英雄，这才千里迢迢前来投奔。你为什么要进谗言而让刘将军蒙上妒贤嫉能的恶名呢？"

在这段话里，孙乾一方面是捧升刘表，几乎用尽了天下溢美之词；另一方面则是棒斥蔡瑁，将他归为用心险恶的奸佞小人之列。刘表听了，一方面是欢心接受，另一方面则唯恐自己的言行稍有不慎，就辜负了这些美好的"标签"。所以，他立即对蔡瑁呵斥道："我主意已定，你不要再来多言。"

蔡瑁只能悻悻然地退了下去，但心中对刘备的恶感却变得更加强烈。

而刘表被孙乾一刺激，为了表示自己确实是当世的英雄，气度恢宏，敬能爱贤，就将原定派人迎接刘备改为自己亲自前往迎接。

没有攻击，就没有反击。如果不是蔡瑁出来搅局，孙乾就不可能如期实现自己的说服目的。凡事往往互为因果。孙乾对蔡瑁的反击，也是一轮新的攻击，势必会引发蔡瑁新的反击。这也为刘备日后在荆州的前景蒙上了阴影。

孙乾回报刘备。刘备得知刘表十分高看自己，自己又将拥有一个落脚之地，抑郁的心情顿时大为缓解，当即与众部属起程前往荆州。

刘表果然践行承诺，亲自出城郭三十里迎接刘备的到来。二刘相见，不胜欢欣。刘表连日设宴热情款待刘备。刘备在荆州顿有宾至如归之感。蔡瑁虽然心中极为不快，但一时也不敢造次。

那么，荆州会成为命运多舛的刘备时来运转的福地吗？

心理感悟：没有疯狂的攻击，就没有精彩的反击。

安逸是最大的痛苦

刘表的热情款待极大地舒缓了刘备内心的伤痛。出于回报心理，刘备很想为刘表做点什么。但刘表治下的荆州，风平浪静，并没有什么事情发生。

一段时间后，有一天，刘表又摆宴招待刘备。忽然，有人来报江夏发生叛乱。刘备立即主动请缨，带领关羽、张飞、赵云前去平叛。这三位猛将去了之后，三下五除二就斩了匪首，还抢回来一匹雄骏之马当作战利品，送给刘备当坐骑。

刘表见刘备及其部属如此神勇，十分欣慰，深觉自己当初收留刘备的决定非常英明。于是对刘备说："荆州虽有南越不时入寇，张鲁、孙权时或觊觎，但贤弟如此雄才，又怕他何来？"

刘备得到刘表的认可，受了激励，忍不住夸口道："弟有三员猛将，张飞可以去巡南越之境；关羽拒固子城，可镇张鲁；赵云拒三江，以当孙权。可保荆州无忧，兄长大可放心。"

刘备这是不拿自己当外人，也不拿刘表当外人才会这样说的。自从到了荆州之后，刘备感恩于刘表的厚待，想踏踏实实地在荆州辅佐刘表，做出一番事业来，也好洗刷自己投奔多人却有始无终的污名。

刘表听了这番肝胆相照的话，颇为感动。

但刘备说这话的时候，没有顾及一旁的蔡瑁。蔡瑁见二刘相得，十分紧张，连忙去找他的姐姐蔡夫人。蔡夫人是刘表的后妻，自从生了幼子刘琮后，天天想着要除掉刘表前妻所生的长子刘琦，好让刘琮继承荆州基业。要达成这一目标，蔡瑁是最重要的外部力量。但刘备一来，蔡瑁的地位直线下降。

刘备的表忠之语，在蔡瑁听来，无异于天雷滚滚。一旦刘表去世，刘备手下的关、张、赵三大猛将一起动手，无人能敌，这荆州岂不就是刘备的了？

蔡瑁将这一层利害关系说给姐姐听后，蔡夫人十分着急，立即对刘表大吹枕旁风。刘表嘴上说"玄德是个仁德之人，不要多心"，听多了之后，心中却生了几分狐疑。

第二天，刘表出城，见刘备的坐骑十分神骏，称赞了几句。刘备本就对刘表的厚待苦恼于无以为报，当下立即将这匹马送给了刘表。

刘表大喜，骑回城中，正好遇到手下的谋士蒯越。蒯越看了这匹马，说："此马名叫'的卢'，确是一匹好马，可惜马眼之下有泪槽，额边长了个白点，恐怕骑了对主人不利。主公还是不要骑了。"

刘表听了蒯越的话，第二天就把马还给了刘备。刘表的话说得很好听："昨天我骑了贤弟送我的马，深感厚意。只是我每日闲坐，用处不多。君子不夺人之爱，敬当送还贤弟。"刘备不知道刘表为什么一夜之间变了卦，但既然他这样说，也只好照单收回。

刘表又说："贤弟久居城郭，恐怕荒废了武备。此去不远，有一个新野县，钱粮颇足，贤弟可引本部兵马，去新野驻扎。"

刘备见刘表的安排合情合理，不疑其他，当即谢过刘表。刘备并不知道，蔡夫人的枕旁风发挥作用了。刘表有意让刘备到新野小县安身，以免在荆州的势力坐大。

刘备重新骑上的卢马，前去新野。路上却有一人拦住了刘备的去路，作了个长揖，说："使君切不可骑乘此马！"

刘备一惊，仔细一看，认得是刘表手下的谋士伊籍。刘备连忙下马请教，伊籍说："我昨天听蒯越对刘表说，此马妨主。所以刘表才会还给你。"这位伊籍，在刘表手下，不太得志，所以来拆主人的台。

伊籍的话给了刘备一个沉重的打击！

刘备自到了荆州，以为找到了一个好的依靠，从此对刘表掏心挖肺，没想到刘表对自己还是虚与委蛇，连一句真心话都没有！

刘备很失望，心情也很复杂，他不想在伊籍面前过度失态，强自抑制着内心喷薄欲发的情绪，哈哈大笑道："凡人居世，死生有命，富贵在天，难道这匹马就能决定我的命运？先生的好意刘备心领了！"

这笑声简直比哭声还难听！这是典型的自暴自弃心理的体现。刘备这一路走来，能够挺过那么多次彻底清零的打击，在很大程度上不能不归功于天命的力量。当频繁的挫折销蚀了刘备对天命的信心后，刘备对自己的信心也降到了最低点。刘表的盛情款待，原本让刘备感到了一阵温暖，让他看到了一线希望，但此次"的卢事件"却让他看穿了刘表的真面目。

　　骆驼显然不是被最后一根稻草压死的，但最后的这根稻草却给骆驼带来致命的痛苦。刘表的还马和支使刘备去新野的行为，与刘备此前遭受的所有挫折相比，简直不值一提。但刘备此时内心已经耗尽了抵御打击的心灵冗余，这一点点的波折就让他产生了怨天尤人的强烈反应。不是说死生有命，富贵在天，那就来吧，我倒要看看这匹马能把我怎么样。

　　伊籍哪里知道刘备心中这一番巨浪翻滚？还以为刘备生性豁达，气度过人，凛然于命运之上，不由对他佩服万分，从此将刘备视为难得一遇的明主，倾心相随。

　　刘备怀着无比郁闷的心情来到了新野。新野只是一个小县，刘备苦笑着嘲讽自己："不要再做什么帝王之梦了，你始终不过是一个当县官的命！"

　　到了新野之后，刘备的心情却有所改观。

　　原来，这新野附近是东汉开国皇帝刘秀的龙兴之地。刘秀的出身与刘备颇有相似之处，都是大汉宗室的偏远支脉。当年，刘秀就是在新野所在的南阳郡与兄长起兵反对新莽，只用了短短三年的时间就取得了天下。

　　刘备遥想先祖往事，多少又受了一点激励。在命运的驱使下，他先后来到了刘邦、刘秀的发迹之地，这或许是一种巧合，但他却选择性地相信，这也许是冥冥中的天意暗示，告诉他仍需努力。

　　刘备和他手下这一帮文武属僚，曾经管领过与荆州相当的徐州。以他们的能耐，治理好一个小小的新野县当然不在话下。

　　在此后的日子中，刘备一直在振奋与颓废、坚信与怀疑、快乐与悲伤、自励与埋怨、激愤与平静、不甘于认命的两极震荡中艰难度日。其间，刘表时不时会请他去荆州喝酒聊天，但两个同宗兄弟之间很难恢复往日那般亲密无间。

　　静水流深，时光飞逝，转眼间，六年多的光阴就这样不咸不淡地过去了。刘备从刚来荆州时的四十一岁，到现在已经是四十七岁了。皱纹悄悄地出现在他曾经光润的额头上，白发悄悄地侵入了他曾经光亮的黑发中。对于一个有着雄心壮志的人来说，安逸是一种最大的痛，虚度光阴是最大的一种苦，就像钝刀割肉一样，每一下都痛彻心扉，每一下都苦及灵魂。此前，刘备虽屡遭失败，但因为疲于奔命而无暇顾及心灵的体会。此刻并无生存危机，所有的心理感应就像寂静深夜中的声响一样，清晰可辨，无处可逃。

　　真不知道，这六年多刘备是怎么煎熬过来的。

六年多来，刘备唯一的收获就是拥有了自己的儿子，这是到目前为止，他唯一存活下来的儿子。此前的屡战屡败，流离浪荡，剥夺了他早日成为父亲的权利，这也是刘备一直深陷逆境所带来的直接恶果。

反观刘备的对手曹操，因为事业进展顺利，膝下早就"听取娃声一片"了，而且个个是人中龙凤（曹丕、曹植、曹彰、曹熊等）。而刘备只在四十七岁上得了这么一个宝贝儿子。

刘备给儿子取个小名叫阿斗，大名则叫作"禅"。很多人根据刘备为儿子取名"刘禅"而断定他此时野心非小。因为当时这个"禅"字的意思都与帝王有关，一个是帝王祭祀大地，一个是禅让。"禅"作为佛教支派之一"禅宗"的指称，至少还要三百多年后才在中国出现（刘禅生于公元207年，而禅宗始祖菩提达摩于南朝梁武帝普通年间，即公元520—527年从印度来到中国）。

但实际上，刘禅刚出生时，刘备非但没有野心勃勃，反而是他意志最消沉的时候。刘备给儿子取这样的名字，是一种被称为"投射"的心理防御机制使然。

所谓"投射"，是指将自己的情感、冲动或愿望归结到另一个人身上。向他人投射的同时也意味着试图将自己的责任转嫁到别人身上。这样做，可以帮助减轻自己的内疚感，但却放弃了个人责任感。

刘备的做法，正如现今很多望子成龙的父母一样，在觉得自己的人生已经再无希望后，只能把希望和责任同时转嫁到子女身上。

刘备给儿子取名象征着帝王之梦的"刘禅"，说明这位历经沧桑的男人在与命运抗争多时后，深深地陷入了疲倦与无奈……

心理感悟：当你放弃责任的时候，其实也放弃了希望。

说错话的代价

就在刘备坐困新野,忍把韶华换了浅斟低唱之时,刘表年事渐高,身体开始出状况了。刘表不得不提前考虑继承人的安排。

这本来并不是一个问题。"立嫡以长"是一条基本的规则。但此时刘表后妻蔡氏一党的势力已经坐大,正处心积虑要将刘表前妻所生之长子刘琦排除在外,扶立蔡氏所生的幼子刘琮为荆州之主。

刘表眼看蔡氏一党咄咄逼人,非常担心自己死后会出现骨肉相残的局面,内心犹疑不决。

这一天,刘表请刘备赴宴。席间两人对饮,刘表想起了身后心事,竟掉下了眼泪。刘表年轻时也是一方俊杰,否则也不可能稳居荆州这么多年。但他天性中有不少软弱成分,选择继承人带来的纷争与烦恼让他不堪重负,以至于在刘备面前潸然泪下。

刘备忙追问缘故。

刘表虽曾对刘备有过防范心理,但看他这六年来一直恭谨有礼,从未有过僭越之举,戒心慢慢就变淡了。刘表之所以要对刘备吐露真言,也是因为他虽身居高位,却很难找到真正可以交心的人。

刘表叹了一口气,说:"玄德,你是我宗亲骨肉,非比外人,又一向老成持重,所以我要和你说说我的心事。我的长子刘琦,虽然贤能,但生性懦弱,不足立事。后妻蔡氏生的幼子刘琮十分聪明。我想废长立幼,但与礼法不符。如果立长子,现在蔡氏势大,必生变乱,因此很难决断。玄德你看如何?"

立储是最大的秘密。刘备见刘表对自己毫不隐瞒,颇为感动。在袒露互惠效应的作用下,刘备也直言快语地说出了自己的真实想法:"自古废长立幼,没有不出乱子的。如果兄长担心蔡氏权重,不妨徐徐削弱,千万不可溺爱幼子!"

刘表听了，默然不语。但可怕的是，蔡夫人自刘备一来，就躲在屏风后面偷听两人谈话。刘备的这番话，一字不落，全都被蔡夫人听在了耳中，从此对刘备恨之入骨。

刘备见刘表并不表态，顿时知道自己失语了，从此再也不对此事发表看法。

此后，刘表因名士许汜来访，又请刘备前来作陪。

这许汜喜欢纵论天下人物。这也是汉末名士的经典做派。席间，谈到了陈登。许汜满脸不屑，说："陈元龙乃湖海之士，骄狂之气至今犹在。"陈登是刘备的故人，在徐州时倾心帮助过刘备。刘备听许汜如此评价陈登，深感不爽，于是就问许汜："您认为陈元龙骄狂，有什么依据吗？"许汜说："我曾路过徐州，去见陈元龙。他毫无待客之礼，很久也不搭理我，自顾自地上大床高卧，而让我坐在下床。"刘备说："你素有国士之风。现在天下大乱，连天子也流离失所。元龙希望你忧国忘家，希望你忧国忧民，伸张匡扶汉室之志。可是你呢，整天忙着购地买房，说的话没有一句有用的。这是陈元龙最忌讳的，他凭什么跟你说话呢？如果当时在场的是我，我会自己睡在百尺高楼上，让你睡地板，怎么会只是上下床的区别啊！"

许汜听了，一张脸涨得通红，他虽然一向能言善辩，此时却一句话也说不出来。刘备在荆州寄人篱下的这些年，十分克制，从未当面撕人家脸皮。他为什么要对许汜毫不客气呢？

这自然是因为陈登有恩于刘备，但这只是其一。更重要的是，刘备心情郁积已久，许汜适逢其会，成了刘备发泄情绪的替罪羊。

刘备这一发作，席间的气氛立刻变得尴尬起来。刘备转念一想，略微后悔自己的失态，于是起身去上厕所，以化解这沉默的气氛。但是如厕时，刘备却受了更大的刺激。

刘备看见自己大腿上赘肉横生，不禁顿生感慨。刚刚他指摘许汜只知道求田问舍，不思匡扶汉室，可自己这几年来又做了什么呢？还不是一样一无所成！

刘备回到座中，情绪波动，无法抑制，忍不住潸然泪下。

刘表见了，急问缘故。刘备忍不住将心事倾诉了出来："我以前千里征战，身不离鞍，大腿上没有一点赘肉。现在天天安逸舒适，大腿上全是赘肉了。眼看日月蹉跎，老之将至，而功业不成，所以伤悲落泪。"

刘备的眼泪，是积攒多年的情绪在偶发事件刺激下的宣泄，这个口子一开，短时间内是不会停歇的，只会带来更多的宣泄。

刘表听刘备这么一说，不由想起了刘备的一件往事。刘表说："我听说当年你在许都的时候，曹操曾经与你青梅煮酒论英雄。贤弟列举了很多当世名士，但曹操都不以为然。最后却说：天下英雄，唯使君与操耳。曹操拥四十万之众，挟天子而令诸侯，却如此高看贤弟，贤弟何必伤悲呢？"

刘表的意思是想通过曹操的高度评价来安慰刘备。但刘表这么一说，更加勾到了刘备的伤心之处。都说刘备是当世英雄，可这英雄却只是谪居新野，一事无成。这又算得上哪门子英雄啊！

刘备再也忍不住了，他借着内心的情绪冲动，直抒胸臆，豪气干云地说道："我刘备要是有了根本之地，哪里会怕天下那些碌碌无为之辈！"

刘表听了，脸色顿时变了。他原本是好意宽解刘备，但刘备这么一说，等于是当面挖苦刘表了。青梅煮酒论英雄之时，刘备也曾提过刘表的名字，但曹操却说"刘表乃酒色之徒，非英雄也"。刘备公然貌天下名士为碌碌无为之辈，打击面太大，把刘表也包括进去了。刘表脸上当然挂不住了。而且，刘备这句话也让刘表怀疑刘备有吞并之意，刘表自然勃然色变了。

刘备知道自己又一次失语了，连忙称醉告退，宿于馆舍之中。

刘表闷闷不乐，退回后堂。

早就对刘备怀恨在心的蔡夫人，得知刘备醉宿馆舍的消息后，立即找来兄弟蔡瑁商议，决意将他除掉。

蔡瑁连夜点起军马去杀刘备。伊籍闻讯，急忙通报刘备。刘备匆匆逃离。

等蔡瑁赶到馆舍，已是人去楼空。蔡瑁大怒，随后却想出了一个极其恶毒的阴招。他找来纸笔，在馆舍墙上题了一首诗：

困守荆襄已数年，
眼前空对旧山川。
蛟龙岂是池中物，
卧听风雷飞上天！

这首诗明显能看出题诗者内心的不满和膨胀的欲望。蔡瑁的这次栽赃非常高明。

刘表闻报，并不相信刘备会做出如此行为，亲自来到馆舍察看。看了之后，刘表顿时怒火腾然而起，拔出长剑，说："我一定要杀了这个不义之徒！"刚要下令缉拿刘备，忽地猛然想起："我和玄德相处这么多年，从来没见过他写过诗。莫非其中有诈？"

蔡瑁的栽赃确实高明，只是他实在太高估刘备的能力了。刘备自小不爱读书，此后虽然读了一些经典，但写诗对他来说，实在是一件力所不能及的事。

刘表一想到这一点，马上心地澄明，知道必是有人设计暗害刘备。

馆舍之外，蔡瑁早已准备好军马，只等刘表看完后，暴怒发作，去新野将刘备歼灭。没想到，刘表从馆舍中走出，却下达了休兵令。

蔡瑁心有不甘，又与其姐谋划。蔡夫人说："你军权在手，为什么不自己动手呢？"蔡瑁得了指示，回去又去想新的办法，誓要搬掉刘备这块拦路石。

又过了一段时间，荆州秋收，仓廪丰足。按照惯例，要举办一次欢庆丰收大会，包括宴会、游猎等活动。蔡瑁筹备完毕，请刘表出席。刘表因身体不适，让两个儿子代为参加。蔡瑁一看有机可乘，连忙说："两个孩子年纪尚小，恐怕在礼节上会有疏失。"刘表说："那就请我玄德贤弟前来主持。"

这正中蔡瑁下怀，他立即去告知刘备，并安排好了暗杀之计。

刘备带了赵云当保镖，前去赴会，根本不知道自己已经命在旦夕……

心理感悟：推己及人其实是一种严重的错误。

34

你的身上没有秘密

幸好有内线伊籍!

伊籍趁宴会上敬酒之际,目示刘备去上厕所。在厕所里,伊籍将自己探听到的消息尽数告诉了刘备:"蔡瑁在东、南、北三处城门都埋伏了人马,唯有西门没有。使君不可久留,请赶快脱身而去。"

刘备大惊,连赵云也来不及知会,立即赶去马厩,骑了的卢马,急急就往西门而去(生存性自私使然)。

但伊籍和刘备都犯了一个致命的错误。既然蔡瑁有心要除掉刘备,为什么不四门设伏,偏偏要在西门留下活口呢?因为西门二里之外,有一条檀溪,河面很宽,水流湍急,挡住去路,正是一条天然的死路。

刘备哪里知道,急匆匆就逃出了西门。门吏飞报蔡瑁。蔡瑁立即带上五百军兵急急追赶。

刘备行至檀溪之畔,不由大叫:"苦也!"正想转头,只见追兵已至,刘备被逼无奈,只好纵马入水。行不数步,水势甚急,马蹄陷落,眼看连人带马就要被大水冲走,刘备情急之下,连挥马鞭,大叫道:"的卢!的卢!不要妨主!"这马极有灵性,知道已经身入险境,努力前游,奋力一跃,竟然跃到了对岸!可见,危机确实可以激发动物的潜能!

都说的卢妨主,却救了刘备一命。刘备从此对的卢倍加爱护。刘备侥幸逃脱,浑身衣衫尽湿。对岸追兵眼看无法追赶,只好悻悻退去。刘备惊魂未定,不知何去何从,只好信马由缰,一路缓行。

忽见对面一个牧童,跨坐于牛背之上,神情轻松,意态悠闲,一路吹着短笛而来。刘备看了,不由叹息道:"我真是不如他啊!"

这个牧童又触发了刘备什么样的思绪呢?

在这个牧童身上，刘备看到了自己的童年。四十多年前，刘备也是一个无忧无虑的乡村顽童。虽然父亲早丧，但有慈母呵护，刘备还是过了一段少年不知愁滋味的日子。自从二十四岁投军以来，刘备在外奔波打拼了二十多年，身经百战，直到鬓角染霜，却依然寄人篱下，一事无成。

将军百战虽未死，壮士廿年未曾归。这二十多年来，刘备戎马倥偬，从未回乡。就在这岁月流逝中，刘备的慈母早已过世，那热心帮助过他的两位叔父也已经过世。亲恩厚谊，均未报答。殷切期望，尽皆辜负。

当然，这也不能都归责于刘备本人的不思进取。他已经足够努力了，但偏偏时运不济，英雄束手，身已飘零久！二十多年来，深恩负尽，死生师友。人生到此凄凉否？刘备深深地叹息，他的眼眶不由自主地湿润了……

刘备正在感伤之际，那个牧童却勒停了老牛，不再吹笛，天真无邪的眼睛直盯着刘备看个不停。

刘备觉得好玩，正想发问，牧童却开口问道："将军莫非是刘玄德？"

刘备大吃一惊，没想到这个素不相识的乡野村童竟然一口叫出了自己的名字！急忙问道："你怎么会知道我的名字？"

牧童说："我老师他们经常聊天，多次提到过您。说有一个叫刘玄德的，是当世英雄，身长七尺五寸，耳朵很大。我看您的形貌特征有点像，所以就大胆问了一声。"

牧童的这句话里，信息量极大。可惜刘备因为急于问清这个牧童的来历，却暴殄天物般轻轻放过了。这一疏忽，给他自己此后的访贤求能增加了极大的煎熬。

刘备问："你师父是什么人？"

牧童说："我师父叫作司马徽，字德操，道号'水镜先生'。"

刘备又问："司马先生现居何处，与谁为友？"

刘备的这个问题，极大地暴露他这七年来在荆州社交生活上的惨淡与萧索。这司马徽是荆州名士，在荆州上流社交圈里名声很大，刘备在这里待了七年，没有道理不认识他。刘备偏偏真就没听说过他。可见刘备因为心情郁郁寡欢，几乎到了离群索居的程度，和外界根本没有什么交往。

牧童说："我师父就在不远处林中居住，他与襄阳的庞德公和庞统是好朋友。"

刘备又问："庞德公和庞统是什么关系？"如果刘备平时稍加留心，这些问题根本无须在这里问牧童。

牧童回答说："庞德公是庞统的叔叔。庞德公，字山民，比我师父年长十岁。庞统，字士元，比我师父小五岁。有一次，我师父在树上采桑叶，庞统来看望他，两个人就坐在地上，谈论古今兴亡之事，从早到晚，都不厌倦。我师父特别喜欢庞统，和他以兄弟相称。"

这个小童，天真无邪，口无遮拦，将他知道的所有情况都和盘托出。这是他的无心之言，毫无恶意，却在听者刘备的潜意识中造成了一种微妙的心理影响。日后，这一影响无声无息地发挥作用后，竟然害惨了庞统。

刘备打听清楚后，说："我正是刘玄德。你可以带着我去看望你的师父。"

牧童带着刘备行了两里多路，来到一个庄前。只听琴声缭绕，司马先生正在里面弹琴。小童正要进去通报，刘备轻声叫住了他，驻足听琴。琴声忽地停了，庄内一人大笑而出，说："琴韵本清幽，忽起杀伐声，必是有英雄窥听！"

玄德又是一惊！只见来人松形鹤骨，器宇不凡，头发灰白，看上去却是一派童颜。这人正是水镜先生。他与刘备素不相识，却一开口就将刘备定位为"英雄"，这让刘备极为受用。而他外形打扮上的仙风道骨，是一个如假包换的世外高人，顿时又让刘备肃然起敬。

刘备还没来得及开口，水镜先生又说："此公今日是幸免大难啊。"刘备再度大惊。其实这一点都不难推断。

这水镜先生，是荆州名士，看似隐居，却没有不问世事。他对荆州高层动态了如指掌。他早知道今日是庆丰大会，刘备是代刘表主持宴会的。而且，荆州的接班人之争已经到了白热化阶段，蔡氏一党对刘琦的排挤，对刘备的敌视，他均了然于胸。换句话说，刘备对水镜先生一无所知，但水镜先生却把刘备摸了个底透。

水镜先生有了这些基本背景，再看看刘备衣衫尽湿的狼狈模样，就能猜个八九不离十了。

刘备不知内情，从牧童猜中他的名字开始，连吃数惊，觉得自己就像是一个没有任何秘密的透明人一样，不由将这水镜先生敬为天人。

水镜先生吩咐小童取来干净衣衫，先让刘备暂时换上，然后两人开始畅谈。

刘备对水镜先生已经佩服得五体投地，当下毫不隐瞒，将刚刚发生的蔡瑁追杀、檀溪脱难之事一一说出。

水镜先生说："我从您的气色神情，就已经知道了。您现居何职？"司马徽其实是知道刘备近况的，他这么问，其实是要为下一步的话题引一个话头。

刘备回答说："我现在是左将军、宜城亭侯、豫州牧。"刘备所说的是一串虚衔，没有一个是实的。他之所以这么说，无非也是要在这世外高人面前挣一点面子。这和当初刘备、张飞初识时，张飞的炫富并无二致，都是自我提升策略使然。

刘备的回答，正中水镜先生下怀。他微微一笑，说："我听说将军的大名已经很久了，为什么现在还在区区奔走呢？"

刘备的脸唰地红了！真是想露多大脸，就献多大眼。司马徽的这句话是很厉害的。一个头衔如此显赫的名人英雄，为什么现在还没能建功立业，还要寄人篱下，任人拨弄呢？

刘备摄定心神，微叹口气说："这是时运不济，命途多舛的缘故啊。"刘备这是为保住自己的面子而采取的一种情境性归因，即将失败的原因归结为天时、命运、环境、他人等自己所不能控制的因素。

水镜先生却毫不客气地否定了刘备的心理防御，说："不是这样的。将军您之所以没能大展宏图，是因为您身边缺少得力之人！"

刘备一听，心想这世外高人可能不太了解自己的情况，回答说："我虽然不才，但手下文有孙乾、糜竺、简雍，武有关羽、张飞、赵云，都是得力之人！"

司马徽摇了摇头，说："关羽、张飞、赵云，确是万人之敌，但不是权变之才。孙乾、糜竺、简雍，不过是寻章摘句的白面书生，不是经纶济世之士，怎么能辅佐您成就霸业呢？"

刘备问："那么，什么样的人才算是经纶济世之士呢？"

司马徽说："就像汉高祖的张良、萧何、韩信，汉光武帝的邓禹、吴汉、冯异这样的人，才是能帮助成就王霸之业的俊杰。"

刘备听了，默然半晌。汉高祖刘邦、汉光武帝刘秀正是他的人生偶像。刘备早就想像这两位先祖一样，成就伟业。但是，又要到哪里去寻找张良、萧何、韩信、邓禹、吴汉、冯异这样的俊杰呢？

刘备叹气道："只怕现今世上没有这等人物啊！"

水镜先生微微一笑，说："将军您难道没听孔子说'十室之邑，必有忠信'？你怎么说现在没有俊杰呢？"

心理感悟：一个人的价值往往体现在人家肯不肯花时间来了解你。

重病遇上老神医

刘备遇到司马徽，就像是重病已久的人遇到了一个神医。既然"神医"司马徽准确诊断出了刘备的"病情"，刘备当然要请他开方下药了。

刘备说："我愚昧无知，还请先生不吝指教。"

司马徽说："将军有没有听说荆襄九郡传颂已久的一首童谣：八九年间始欲衰，至十三年无孑遗，到头天命有所归，泥中蟠龙向天飞。"

刘备摇头说不知。

司马徽继续解释道："建安八九年时，刘表续娶蔡氏，家乱始生。到了建安十三年，刘表就要去世了，基业无存。'天命所归'，就落在了将军您的头上！"

刘备再度大惊，折腰下拜说："刘备安敢当此？"

建安是汉献帝的年号。刘备是建安六年来投刘表的，而此时已是建安十二年。刘备郁郁不得志已经六年多，渐渐丧失了对未来的信念，而这水镜先生竟然说到了明年（建安十三年）刘表死后，这荆州就会归他所有。要不是刘备已经对司马徽有了顶礼膜拜之心，断然会呵斥他是胡说八道！

"神医"司马徽为什么从一开始就将刘备视为英雄，后来又说他是"天命所归"呢？

刘备不知道，他六年前刚到荆州时，就引起了荆州士林的高度关注。这不仅是因为他有着汉室宗亲的头衔和仁德的名声，更是因为曹操在青梅煮酒论英雄时将他与自己并提，称为天下唯一担得起英雄名号的人。

随着曹操逐渐将那些不被他放在眼里的群雄一一扫除，成为天下最有实力的军阀，曹操的论断越来越具有权威性。而刘备巧妙掩饰，机变应对，骗过曹操的那一幕也随之成为传奇。同时，曹操在权势日彰后，渐渐走到了汉室的对立面上。而刘备的血诏党身份对于思想上忠于汉室的荆州名士们是很有吸引力的。所以，虽然刘备流离来归，其实头上是带着耀眼光环的。荆州士人在对刘表深度失望后，还编出了上述童谣来为刘备的上位营造舆论。此后，刘备却陷入了他这一生中最为漫长的消沉期，郁郁寡欢，很少外出交游，荆州士人不得不减少了对他的关注度。

刘表年老无能，蔡氏一党因裙带而兴起后，荆州士人对荆州未来的走向更为关切。曹操虎视眈眈，对荆州的觊觎之心天下皆知。如果荆州由刘表幼子刘琮继位，恐怕很难保全。这时，人们的眼光再度投注于刘备身上。正好此时，许汜来访，刘备对许汜的一番发作以及他的髀肉之叹，在让刘表、蔡氏生疑的同时，也让荆州士人看到了刘备静默外表下那不屈的雄心、不灭的追求。荆州士人再度对刘备燃起了希望之火。

既然刘备是曹操唯一首肯的英雄，那么，选择他为荆州未来之主，显然就更有把握与曹操抗衡，更能保得荆州平安。所以，司马徽决定将荆州最富才华的俊杰之士推荐给刘备，强力辅佐刘备上位。

司马徽想推出哪位荆州俊杰呢？

最佳人选就是他最偏爱的好兄弟——凤雏庞统。

当然，庞统并不是荆州唯一的顶尖俊杰，与庞统齐名的还有一位人称"卧龙"的诸葛亮。但是，诸葛亮虽然才华盖世，却早已一再明确表示自己无意出仕，只想隐居隆中，躬耕怡然。（其实，人们都被诸葛亮蒙在了鼓里。他的眼光比荆州其他才俊之士更为敏锐独到，早几年他就已认定刘备是一个难得的明主，并精心设计了一个很大的局，吸引刘备"上钩"。包括司马徽在内，在不知不觉中都成了诸葛亮的道具。）

司马徽起意要将庞统推荐给刘备，确实是因为庞统的能力足可经世济民，而不是因为自己和庞统关系亲密。只是司马徽身为名士，是绝不会主动上门荐贤的，只能等待合适的时机。人算不如天算，蔡瑁的这一次暗杀行动，反倒促成了司马徽与刘备的相遇。从这个角度来说，蔡瑁也算是一个逼刘备上路的贵人了。

司马徽绕了一大圈后，终于要进入正题了。

司马徽说："现在荆襄之地，就有经世济民的全才人物，将军可以去好好地访求一下。"司马徽的这句话微妙地显示了一种疏离心理。明明庞统是他招之即来的好兄弟，只要他说一声，刘备立时就能得到庞统，但他偏偏要刘备自己去访求。司马徽这是有意要和庞统撇清干系，以免刘备日后得知自己和庞统关系密切后会怀疑自己所谓的荐贤不过是"夹带私货"。

司马徽之所以会有这样的心理，是因为受到了"社会评价顾忌"这一心理机制的影响。作为一个荆州士林标杆式的人物，司马徽十分在意自己的名声，他决不能让包括刘备在内的任何人对他的用心有丝毫的怀疑，尤其是在他自认为刘备对自己和庞统之间关系毫无所知的情况下（其实小童早已透露给了刘备）。

刘备本来认为自己已经被命运判处了"死刑"，但"神医"司马徽却认定并非"绝症"，并且给出了"药方"，你说刘备能不如闻纶音，欣然听从吗？

刘备立即急切地问道："请问是什么样的人？"

司马徽略一踌躇，说了十个字："卧龙凤雏，得一可安天下。"

卧龙就是诸葛亮。可诸葛亮不是早就明确表示不愿出山的吗？司马徽明明知道这一点，为什么还要把诸葛亮搬出来，并且还放在了自己的好友凤雏庞统之前？

这还是由于司马徽对于社会评价的顾忌使然。为了不遭他人诟病，司马徽只能把与庞统齐名的诸葛亮一并推出，并且有意识地将诸葛亮放在前面。根据首因效应，人们往往认为排名在前的人水平更高一筹。卧龙凤雏这样的排列，必然让刘备认为卧龙胜于凤雏。

司马徽这样的做法，是一种标准的"反向歧视"。

所谓"反向歧视"，是指由于某种社会评价顾忌的存在，人们用双重标准来对待不同群体的成员，导致某一本该遭到歧视的群体成员反而受到了优待。

心理学家达顿在一家高档餐厅做的穿衣规范调查，可以说明这一现象。高档餐厅一般会将穿着不太正式的顾客拒之门外。比如，一对白人夫妇，如果丈夫穿着圆领汗衫而非西装，就会被服务员婉言谢绝入内。但如果一对黑人夫妇，丈夫也穿着圆领汗衫，服务员却会因为担心被人误认为是种族歧视而放任黑人夫妇入内就餐。

在上述实验中，规则本是一视同仁的，穿着随便的黑人夫妇本该像白人夫妇一样，受到歧视，被拒之门外，但偏偏获得了超越白人待遇的特别权利。

在现实生活中，还有一个非常典型的例子可以帮助我们理解"反向歧视"。

一位在美国求学的中国留学生，曾经在导师选择上付出了极大的代价。他有意选了一位华裔教授当导师，希望这位导师会因为有着共同的渊源而对自己有所照顾。这位教授为了避免让别人认为自己对来自母国的人有所偏心，反而刻意对来自中国的留学生分外严格。对于其他国籍的学生，什么事都可以通融，但唯独中国留学生必须严格按照规则，不能越矩半分。那位留学生事后为自己的选择痛苦万分。

再回到卧龙、凤雏这件事上。

按照中国人的人情传统，既然司马徽和庞统是好兄弟，那么，司马徽照顾、提携庞统是理所应当的。更何况诸葛亮明显已主动放弃了候选资格。但司马徽在"反向歧视"的推动下，反倒把诸葛亮摆到前头，优待诸葛亮，就相当于对庞统更加苛刻。显然，水镜先生这是为了避免他人的非议，以维护自己公正无私的形象。

司马徽的反向歧视，大大增加了诸葛亮在刘备心中的分量。当然，司马徽也不是傻子，他早已盘算好，既然卧龙是决不出山的，刘备在寻访卧龙碰壁之后，必然会回头去找凤雏。最后，辅佐刘备的还将是他一心要力荐的凤雏庞统。只是司马徽不知道，他本人巨大的影响力加上诸葛亮精妙设计的局，竟然会让刘备不厌其烦，三顾茅庐，将诸葛亮请出了山，而他的好兄弟庞统则根本没得到出场亮相的机会。

刘备听了司马徽的介绍，如获至宝，立即追问道："卧龙、凤雏，到底是谁呢？"

刚刚还畅所欲言的司马徽却不肯多说了，只是拍手大笑道："好！好！"

刘备再问。司马徽却说："天色已晚，将军先暂宿一夜，明日再说。"

司马徽这就是在故弄玄虚，欲擒故纵了。这就是高人高妙的地方。知无不言，言无不尽的人，显然不能维持世外高人的超然权威。

心理感悟：在高人和故弄玄虚之间隐隐约约藏着一个等号。

半路来个抢跑的

司马徽成功诱导刘备燃起求贤访能之念后，安然入眠，而刘备却像落水的人捞到了救命稻草，雄心万丈的梦想再度复活。这一夜，他翻来覆去睡不着，反复想着司马徽所说的卧龙和凤雏到底是什么人，能不能帮助自己平定天下。

到了夜半时分，刘备依然无法入睡。忽听到有人敲门而入。刘备凝神倾听，只听到水镜先生问道："元直从何而来？"一个人回答道："我一向听说刘表是英雄人物，特地去拜见他，没想到竟是徒有虚名。所以告辞而归，再去另投明主。"

司马徽呵斥道："这是你自己把砖块当成了美玉，自取其辱，怪不得别人！你想要找的明主，其实就在眼前，为什么要去找刘表呢？"

那人听了，连连称是。

刘备听到"明主近在眼前"，顿时将"明主"和自己联系起来了，这自然是昨天司马徽灌输的结果了。在这一认知前提下，刘备很自然地就将这个正在寻访明主的人与"卧龙、凤雏"联系在一起了。一想到天亮了就能见到这个人了，刘备更加兴奋得睡不着觉了。

第二天，刘备早早起床去见司马徽。刘备问："昨夜是什么人来了？"司马徽说："是一个寻访明主的人，已经走了，去别的地方了。"刘备又问姓名，司马徽又是连声"好！好！"应付。司马徽说了这么多"好！好！"，后来就被人称为"好好先生"。

刘备见司马徽怎么也不肯说，不由想到，干脆请司马徽出山辅助自己，不就行了？什么卧龙、凤雏，不就都来了吗？刘备开言相邀，却被司马徽一口拒绝："我是山野闲散之人，不堪大用。自有胜我十倍者会来帮助将军扶助汉室的。您还是好好去访求吧。"

刘备想，既然卧龙、凤雏都在荆襄，名声又很大，访求应该不会太困难，也就不强求司马徽了。

正在此时，赵云率军找寻刘备来到了此地。刘备于是和赵云一道，回归新野，并写信将自己的遭遇告诉了刘表，派孙乾送去。刘表震怒，要杀蔡瑁，被蔡氏和孙乾劝住，只能痛斥一番，别无他法。

刘备正要去寻访卧龙、凤雏，有人却找上门来了。

这一天，刘备经过新野市集，忽听一个人放声长歌：

> 天地反覆兮，火欲殂；大厦将崩兮，一木难扶。
> 山谷有贤兮，欲投明主；明主求贤兮，却不知吾。

这歌谣的挑逗性极强，正撩拨到刘备心境中的最痒之处！

"天地反覆兮，火欲殂"，这"火"就是指汉室的"火德"，暗喻汉室将衰。刘备早二十年前就已被黄巾军张角启蒙了。随后歌中口口声声的"明主"，更是让以身自代的刘备心旌摇曳。

刘备第一个念头就是卧龙、凤雏出现了！刘备定睛一看，只见此人年纪不大，气宇却不凡，正符合刘备心目中的贤人形象。刘备立即向前，将此人邀至县衙叙谈。

但这个人既不是卧龙，也不是凤雏，而是原籍颍川的一位名士徐庶。徐庶的水平虽然比不上卧龙、凤雏，却也是个难得的杰出人才。徐庶与卧龙、凤雏都认识，而且与卧龙诸葛亮还是特别要好的朋友。此前一段时间，徐庶四处寻访明主，想要一展英才，最近来到荆州见刘表，却发现刘表徒有其表。那日刘备夜宿司马徽庄上时，夜半来投的正是徐庶。徐庶听了司马徽指点后，回去略一打听，就探明司马徽所言的"近在眼前的明主"就是刘备，因此主动上门，高歌一曲吸引了刘备的关注。

徐庶这横插一杠，简直就是搅局。司马徽刚刚安排好了一场"跑步比赛"，参赛选手是诸葛亮和庞统，而诸葛亮只是个摆设，冠军内定是庞统的。但司马徽还没发令，斜刺里就冲出了徐庶，抢跑到了前面。不论是卧龙还是凤雏，都被他半路"截和"了。

徐庶的行为还一下子拉低了名士的身价。本来名士都是要摆好架子，等着明主上门访求的，现在徐庶主动"送货上门"，明主得了便宜，哪里还会屈尊枉顾呢？

徐庶担心自己这一次又会看走眼，未敢直接报出真名，而是换了个假名"单福"。同时，他多了一个心眼，要先试探刘备一番，看他到底是不是名副其实的明主。从这一点来看，徐庶的眼光比诸葛亮、司马徽要差不少，不能从刘备此前的言行做出正确的预判。

刘备与单福交谈后，深觉此人见识出众，才能卓越，远远胜过了孙乾等人，立即邀他留下，共举大事。

但单福还是要先验一下货的。单福问："我刚才见使君所骑之马十分神骏，我想再看一眼。"

这个小要求，刘备当然不会拒绝，当即命人将的卢牵了过来。单福看了后，说："这虽然是匹千里马，却有妨主之嫌。"

刘备说："哪里是妨主，分明是救主！"就将马跃檀溪的事说了一遍。

单福说："今日不妨，日后一定要妨。不过，我有一个办法可以禳除。"

刘备说："愿闻其详。"

单福说："使君可以先将此马让给亲近之人骑行，待妨死了那人，再收回自乘，自然就无事了。"

刘备的脸色一下子就变了，立即吩咐下人上茶送客。

单福惊讶道："我千里来投使君，为什么要下逐客令呢？"

刘备淡淡地说道："你刚刚来到此地，不教我躬行仁义，却教我做损人利己之事，我当然要赶你走了。"

单福哈哈一笑，说："我听说使君一向有仁义之名，不知究竟，所以相试耳！"

刘备成功通过了"明主测试"，从此单福欣然就任军师，倾力辅佐刘备。

当刘备在新野过安生日子的时候，他最大的对手曹操并没有闲着。在这段时间里，曹操将整个北方彻底平定，终于可以腾出手来对付屯驻南方的刘备了。

曹操派大将曹仁、李典等人屯兵樊城，虎视荆州。曹仁派吕旷、吕翔二将对新野发起攻击。在单福的巧妙指挥下，二吕大败而归。曹仁大怒。此前曹军与刘备作战，从未失败。曹仁绝不相信刘备实力大增，亲自率领大军来攻新野。徐庶巧妙用计，击败曹仁，并顺势攻占了樊城。

单福指挥的这一仗，是刘备在抗曹斗争中第一次取得大胜。这一次胜利，极大地鼓舞了刘备阵营的信心，也自然而然地将单福奉上了神坛。刘备的雄心极度膨胀，从此将卧龙和凤雏彻底扔到了脑后。

攻下樊城后，刘备与县令刘泌相见。这刘泌也是汉室宗亲，他摆脱了曹操的控制，归到刘备门下，自然是分外高兴。双方宴饮。其间，刘泌的外甥寇封侍立在旁。

刘备打了大胜仗，心情愉悦，看谁都很顺眼。这寇封长得英气勃勃，面容俊朗。刘备见了，先自喜欢了三分。绝对不要小看外貌的影响力，要知道，长得帅或长得美的人，更容易在初次交往中给他人留下好印象。

但寇封还不仅是沾了长相的光。刘备问了寇封的姓名后，内心突然起了一个强烈的念头，想要将寇封收为义子。

如果刘备在一年前要这么做，不会有任何人提出异议。毕竟，一个年近五十的老男人，必须考虑子嗣的问题了。如果自己实在生不出来，收个干儿子也是个不错的选择。可是甘夫人不久前已经为刘备生下了儿子刘禅。刘备已经有了一脉相承的继承人了，为什么还要再收一个义子呢？

最关键的因素是刘备看中了寇封名字中的这个"封"字！

刘备的亲生儿子叫刘禅，寇封被收为义子后，改名刘封，"封""禅"相连，即"封禅"！

前面我们说过，"封禅"是大功昭昭的帝王专属之事。此前，刘备用"禅"为儿子命名，是消沉状态下的一种心理投射。但此刻，得单福之助，樊城大捷后，刘备的整个心境发生了天翻地覆的变化。从羽葆车盖之梦开始，一直到司马徽所称的荆州童谣，一连串的幸运吉兆，都被并在一起，构成了一条威力巨大的预言链。刘备深深觉得，天命必然应在自己身上，未来的辉煌必然指日可待！

在这样的独特心境下，刘备才会对寇封名字中的"封"字十分敏感，并立即将它与"禅"连在一起，触发了极为美妙的畅想。

刘备是不是真的时来运转了呢？这是不是他在度过了极其郁闷压抑的六年后，对于生命中偶然绽放的阳光反应过度了呢？

心理感悟：人生中，意外才是最正常的。

抢跑的被人抢跑了

刘备对于封禅的美好想象带来了一种想象成真效应。

心理学的研究表明,仅仅是想象某一行为,就会让人认定这些事情更有可能发生。在实验中,那些想象成功的参与者比想象失败的参与者,对自己的表现有更高的期望。参与者的实际行为也会受到想象结果的影响。那些想象自己成功的参与者的表现更好。而且,从生物心理学的角度来看,美好的想象可以有效克制抑郁。

幸好刘备对未来的美好想象为他储备了足够的心理能量,否则他很可能挺不过命运即将施加给他的又一次重大打击!

再说曹操闻报说曹仁大败,丢了樊城,简直不敢相信刘备草鸡变凤凰的事实。

曹操的谋士程昱了解徐庶的底细,他献上了一条釜底抽薪的毒计。曹操依计而行,将徐庶的母亲骗到许都。但徐母忠于汉室,痛骂已经通过许田围猎自我确立了汉贼形象的曹操。曹操只能将徐母囚禁,然后再让程昱冒用徐母的名义给徐庶写信,诱骗徐庶来许都探母。

信是这样写的:

近汝弟康丧,举目无亲。正悲凄间,不期曹丞相使人赚至许昌,言汝背反,下我于缧绁,赖程昱等救免。若得汝降,能免我死。如书到日,可念劬劳之恩,星夜前来,以全孝道;然后徐图归耕故园,免遭大祸。吾今命若悬丝,专望救援!更不多嘱。

徐庶看了这封信,泪如泉涌,心如刀割,丝毫没有怀疑信的真假,立即拿着信去向刘备辞行。

实际上,以徐庶对自己母亲品性的了解以及他本人的聪明敏锐,他应该能够看出这封假信的破绽。

信中徐母的口气自艾自怜，柔弱难禁，和她年轻守寡，一手将两个儿子拉扯长大的坚强形象极为不符。而曹操也不会无缘无故将母亲骗到许都。这必然和徐庶大胜曹仁有关。

结合这两点，徐庶应该能想到，其中必然有诈。但关心则乱，再聪明的人，当至亲之人陷入险境后，也会"大智若愚"。

徐庶一心认为，自己只有一个选择，那就是赶快去许都解救母亲！其实，他完全陷入了聚焦性错觉。当一个特定选择的某一方面在人们的脑海中特别突出时，人们会倾向于忽视该选择的其他方面。

徐庶只想到了到许都可以救母亲，却根本没想到这一个选择却可能直接害死自己的母亲！

徐庶见了刘备，将自己的真实情况倾囊相告后，直接提出了辞行救母的请求。刘备顿时傻眼了。徐庶已经成了他不可或缺的精神支柱，他未来的梦想大厦全都要寄托在徐庶身上，怎么能接受徐庶骤然离去，而且是去最可怕的死敌曹操那里？！

刘备的眼泪顿时就下来了。人人都说刘备爱哭，而这一次，他真正是伤心到底了。眼看徐庶来了之后，自己的事业总算有了起色，此后的宏图大计，正要逐一施展，却一下子又被曹操逼到了悬崖边上！

刘备哭着说："元直，我知道母子乃天性之亲，我不留你。只希望你探母之后，速去速回，还能再来与我相见。"

徐庶去心似箭，立即就要辞行而去。

刘备却又挽留说："先生，我实在是舍不得你走。你在新野再留一夜，明日一早我为你饯行。"

徐庶虽然担心夜长梦多（毕竟这几乎等同于投敌行为），但也不便拒绝刘备这最后的请求，只好答应刘备再留一夜。

徐庶回营去收拾随身物事，孙乾却偷偷地提醒刘备说："主公，徐元直是天下奇才，而且熟知我新野虚实，如果就这样让他去许都投曹，我们可就危险了。不如强留住他不放！这样，曹操就会杀了他的母亲。徐母一死，徐元直必然一心为母报仇。"

孙乾的话，听上去用心险恶，却是对刘备最贴心的话。刘备怎么会不懂其中的利害关系呢？徐庶乍一来辞行，刘备猝不及防间答应了徐庶，随即却感到了深深的失落与懊悔。他随即提出的挽留徐庶再住一宿，就是一个补救措施。刘备希望能用这抢回来的时间再思考一下如何应对。

如果按照曹操那名闻天下的"宁使我负天下人，不使天下人负我"的行事规则，那就该毫不犹豫地强留徐庶，如果他不从，干脆杀了他，以免他到许都后反戈一击。

可是，就连曹操自己都不这样做了。否则，当初他绝不会轻易放了关羽来找刘备。事实上，这句话只是曹操在误杀吕伯奢一家人后，在强烈的认知失调催动下的自我辩护。这并不是曹操一贯的行事规则。许田围猎后，曹操的僭越之举虽然向全天下宣示了他的控制力，却也让他人气大跌，招来了极大的负面评价和一大批敌人。徐庶的母亲正是因此才会对曹操的威逼利诱毫不动容。

曹操纵放关羽，就是要向天下宣示他的重诺与仁德，弥补名声上的损失。曹操能够做到的事情，刘备是绝不想输给他的，况且，此时的刘备比曹操更需要一个好的名声。可是，刘备面临的情形和曹操还是大为不同的。曹操失了关羽，手下依然猛将如云，而刘备要是失了徐庶，就等于天塌了。要知道，徐庶可是刘备唯一的希望！

徐庶对母亲的深深眷恋，触动了刘备对自己母亲的强烈思念。这是一种典型的启动效应。刘备的慈母已经故去，再也无法体会到儿子对她的拳拳之爱。己之所痛，不施于人。刘备怎么能忍心让徐庶重蹈自己的覆辙，而留下永生永世的遗憾呢？

刘备咬了咬牙，说："让曹操杀了徐母，而我却因此得以任用她的儿子，实在是大不仁。强留下徐庶，断绝他的母子之道，实在是大不义。我宁可死了，也不做这不仁不义的事！"

这是刘备这一生中最为艰难的一个选择，也是最为仁义的一个决定！这一刻，刘备真正成了大仁大义的化身！孙乾及身边众人都被刘备深深地感动了，慨叹不已。

徐庶在忐忑不安中与刘备对饮一宿。次日一早，刘备果然没有食言，立即送徐庶上路。

刘备与徐庶并马而行，来至长亭。刘备下马，举杯相送，含着眼泪说："刘备分浅缘薄，不能与先生相聚。唯有祝愿先生好好侍奉新主，以成就功名。"

徐庶听了这祝福的话语，心如刀割。刘备的仁义之举，令他深深感动，在互惠原理的驱动下，徐庶忍不住许下承诺："我因顾念母亲而去，并非为了功名。纵使曹操相逼，我徐庶终身不为他施设一谋！"

刘备听了，颇感欣慰。徐庶虽去，却不会增强曹操的实力，这已经是不幸中的万幸了。但他随即又想到，徐庶离去，自己再度不堪与曹操对敌，不由心灰意冷，长叹了一声，说："先生去后，我也将远遁山林了。"

徐庶急忙宽慰刘备，说："使君乃天下英雄，不可如此灰心，应该再去访求贤人辅佐，共图大业。"

刘备黯然道："天下的贤人，哪里还有比先生您更厉害的。"

徐庶心中一动，正要说出一个人的名字，却又踌躇不提，只是说："我不过是一介庸才，何敢当此重誉！"

刘备送了一程，又送一程，不肯与徐庶话别。徐庶又是感动，又是焦躁，一再辞行。刘备只能与徐庶握手告别。徐庶骑马远去，刘备遥望徐庶的背影，涕泪四溢，连声说："元直去了，我又该怎么办呢？"

刘备痴痴地望着徐庶的背影远去，终至不见，却依然举目遥望，根本不想打马回府。是啊，断绝了唯一的希望后，回去又能干什么呢？刘备内心的忧伤如大江奔流，无可抑制。辛苦遭逢年半百，身世浮沉雨打萍，每有壮志必遭损，事到临头总成空。这样的人生，这样的际遇，生又何欢，死又何惧？

刘备心乱如麻，痴痴远望，忽然却看到了徐庶拨转马头往回疾驰的身影。刘备以为是自己的幻觉，定睛一看，竟是真的。刘备喜极而泣，大叫道："元直他回来了！元直他回来了！"

徐庶怎么就回来了呢？

原来，徐庶一直疾驰到了看不见刘备的时候，才相信刘备是真心放自己走了！孙乾都能想到的，他怎么会想不到呢？仁者无敌！徐庶被刘备博大的胸怀深深地折服了。一个宁可让自己受伤受损，也要成全他人母子之义的人，难道不是真正的仁者吗？

徐庶因此纵马回驰，但他并不是留下不走了，而是想要为刘备推荐一个才能远胜自己的贤人，希望刘备能够得到他的辅佐而成就大业。

心理感悟：这世上没有一种放弃不会得到回报。

一个比一个会吹牛

徐庶推荐的这个人，正是水镜先生司马徽曾经对刘备说过的卧龙诸葛亮。

徐庶一直认为诸葛亮是不愿出山的，但还是向刘备推荐了他，这完全是为了回报刘备的大仁大义，甚至有一点不惜出卖朋友的嫌疑。而为了让刘备宽心，徐庶更是对诸葛亮大加溢美之词。

诸葛亮本人经常自比管仲、乐毅，这已经被人视为自傲之举了，但徐庶偏偏还要添油加醋，说诸葛亮有经天纬地之才，百倍胜过自己，堪称天下第一人，就连管仲、乐毅也比不上他。徐庶的说法虽然夸张，但和司马徽当初说的"卧龙、凤雏，得一可安天下"相互契合。刘备在失去一根救命稻草后，急于找到另一根救命稻草。在内心的强烈需求驱动下，刘备自然倾向于深信不疑。

作为旁观者的关羽，深知管仲、乐毅之丰功伟绩，却有点不以为然。就从这一刻起，关羽就认定了诸葛亮是个胡吹一气的家伙而留下了负面的第一印象。

徐庶特别交代刘备，诸葛亮只能上门去请，而不能随便召请来见。这是因为徐庶深信诸葛亮不肯主动出山，但这又无形中提高了诸葛亮的身价。徐庶荐完诸葛亮，还清了欠刘备的人情债，顿觉浑身轻松，再次告辞而去。但他又突然想起，如果刘备乘兴去请，却被诸葛亮拒之门外，岂不还是要埋怨自己做事不靠谱？

一想到这，徐庶决定自己先去诸葛亮隐居的卧龙岗，希望凭着自己的面子，先去给刘备疏通一下，以免刘备事后吃到闭门羹。

徐庶赶到卧龙岗说明来意，却被诸葛亮狠狠数落了一通！

刘备本是诸葛亮盘算已久的"猎物"。早几年前，诸葛亮就开始精心布置一个不愿出山的局，目的就是要吸引刘备登门求贤，以便增加自己的分量，从一开始就得到刘备的重视与重用。眼看收网在即，却被徐庶横插一杠，捷足先登，你说诸葛亮生不生气？现在，徐庶"自投罗网"，诸葛亮当然要借题发挥了。

不过，诸葛亮内心还是充满喜悦的。他知道，徐庶这一走，就给自己腾出了位置。而徐庶这一荐，更是为自己脸上贴足了金。接下来，他要做的就是什么也不做，坐等刘备上门。

再说刘备，在经历了徐庶的半途而别后，又很快得到了最佳替代者——卧龙的确切信息，内心反而变得更加快乐了，觉得那个美好的梦想离得越来越近了。这正是神奇的中断效应带来的美妙感觉。

心理学的研究表明，某种愉悦体验在经历了短暂的中断后，反而能给人带来更大的愉悦感。这就是中断效应。

研究人员曾经从一位歌手的几首流行歌曲中截取片段，然后串烧在一起，组成一首六十秒长的新歌曲。作为被试的听众被分为两组。一组从头至尾，连续听完六十秒。而另一组则在听了五十秒后，转而听十秒钟的吉他弹奏，再听完歌曲的最后十秒。结果，后一组遭遇过暂停的听众表现得更为喜欢这段六十秒的串烧，他们愿意支付前一组两倍的价钱去参加这位歌手的演唱会。

当然，中断效应要发挥作用，中断的时间就不能太长，否则不但不能带来更美妙的体验，反而会造成当事者的绝望。

现在，刘备对于美梦成真的幸福感更强了。他立即着手准备去请诸葛亮出山。正在这个时候，平素很少出门的司马徽却主动登门来拜访刘备了。

司马徽是来探看徐庶在刘备这里的发展情况的。没想到，他晚来一步，徐庶已经辞别而去。刘备说明情形后，司马徽大叫不妙。

原来，以司马徽对徐母为人的了解，知道她无法承受徐庶受骗而来为汉贼效力的耻辱感。为了不成为儿子投鼠忌器的负担，徐母肯定会自杀了断。后来的情形果然如司马徽所料。徐庶在母亲自缢后，心伤若死，从此就行尸走肉般苟活于曹营之中。一代大才，就此埋没，令人无限唏嘘。

刘备又说起徐庶临走之前曾经力荐诸葛亮一事。司马徽忍不住说了一句："徐元直啊徐元直，你走就走了，又何苦惹他出来呕心沥血呢？"

这句话再一次验证了司马徽内心认定诸葛亮是不想出山的。如果诸葛亮自己愿意出仕，就谈不上什么呕心沥血。这也说明当初司马徽确实是拿诸葛亮当幌子，实际上是要举荐凤雏庞统的。不过，在徐庶先后两次搅局（**第一次是捷足自登，第二次是力荐卧龙**）后，身为归隐高人的司马徽自重身份，也就顺其自然，不再干涉了。

刘备再度向司马徽打听诸葛亮的能力。司马徽说："诸葛亮常常自比管仲、乐毅，其雄才伟略，深不可测啊。"

关羽再一次听到旁人转述诸葛亮的自矜之语，再也忍不住了，问道："我听说管仲、乐毅是春秋战国时的名人，功盖寰宇，诸葛亮如此自比，岂不是太过了？"

司马徽淡淡地看了他一眼，说："以我看来，用这两个人来比拟，确实有所不妥。"

关羽一喜，正要点头，却听司马徽又说："我想要用另外两个人来比拟。"

关羽追问是哪两个人。司马徽说："我看只有兴周八百年的姜太公和旺汉四百年的张良才比得上他！"

名士都是有脾气的，你关羽一介武夫，竟敢妄加质疑，我索性就把诸葛亮说到天上去，看你还能说什么？当然，这在无形中对诸葛亮的身价又是一次强力提升！

关羽果然被噎住了。而除了刘备之外的人都惊呆了。

姜太公和张良的功绩远超管仲、乐毅。关羽连诸葛亮自比管仲、乐毅都不能接受，更何况是姜太公和张良呢？司马徽说完，自顾自走了，生性傲慢的关羽则大生闷气，从此对这些人留下了"一个比一个会吹牛"的恶劣印象。这笔总账，最后自然是要算到诸葛亮的头上的。

唯独刘备高兴得不得了！他早已认定了诸葛亮是徐庶的唯一替代人选。诸葛亮的能力越是高超，就越是符合刘备的期望。

在社会人际关系中，存在着一个最小兴趣法则，即对于发展、维持关系兴趣较小的人拥有更大的权力。

正因为诸葛亮摆出这种"不情愿卖家"的姿态，反而让刘备更加求贤若渴。

其实，诸葛亮并不是刘备的唯一选择。当初，司马徽可是向他推荐过两个人选的。一个是卧龙，一个是凤雏，这两个人能力相当，无论得到了哪一个，都可以帮助平定天下。

可奇怪的是，刘备却根本没有把凤雏庞统当作徐庶的另一个替代性选择。这又是为什么呢？

这固然是徐庶和司马徽相继接力，给诸葛亮抬轿子的结果。但我们不要忽略了另外一个重要因素，这就是司马徽家的那个小童当初的无意之语对刘备的潜意识造成的微妙影响。

当初小童口无遮拦地告诉刘备，司马徽和庞统关系很好，以兄弟相称。这一无心之语，相当于在精于世故的刘备的潜意识中埋下了一个钉子。

关系好，当然要相互照应。这是进化积淀于中国人基因中的强烈印记。所以，后来司马徽推荐卧龙、凤雏时，刘备在潜意识中就已经把凤雏视为司马徽的私交，而看轻了他的真才实学。再加上司马徽拉诸葛亮当幌子，刘备关注的重点更加集中在"首当其冲"的诸葛亮身上，而忽略了庞统。这种深入潜意识的忽略，并不会骤然消失，而是会持续相当长的时间。这也给庞统后来的事业发展造成了极大的阻碍。

种种因素，阴差阳错，造就了诸葛亮无可替代的局面。刘备自然是不惜屈尊纡贵，连续登门拜访诸葛亮，唯恐错失这一个可以让自己梦想成真的高人。其实，如果当初刘备真的听懂了那个小童的话外之音，他完全不必如此大费周章。

小童曾经告诉刘备，司马徽等一帮人经常聊天，屡屡提及刘备。这群人中就包括诸葛亮在内。这足以说明，这帮荆襄名士早就在关注刘备了。换言之，当刘备在寻找贤人的时候，贤人们其实也在寻找刘备。明主和贤人，本来就是要互为呼应，相辅相成，才能成就大业。刘备要是早知道了这一点，也就不用太过担心诸葛亮不肯出山了。

尽管关羽、张飞都认为刘备放低身段去请一个嘴上无毛的年轻人，是大失面子的，但刘备本人却很高兴。在司马徽的激发下，刘备的美好想象再一次升级，将自己延请诸葛亮等同于当年周文王访求姜太公了。

周文王就是请了三次姜太公，才终于延揽得手。似乎能力越强的人，就越是难请。反过来，越是难请的人，能力也就越强。能力高低和延请难度其实并不存在正相关的关系。这是人类最为常见的错觉相关，但大家都深信不疑。刘备在这一信念的支撑下，乐此不疲，先后三顾茅庐。而诸葛亮两次故意避而不见，第三次才和刘备相见，并最终答应了刘备的请求。

刘备欣喜若狂。他立即想到自己的先祖刘邦，就是在四十八岁那一年起兵抗秦，八年后成就帝业，而他自己眼看也要四十八岁了，此前虽然岁月蹉跎，但好在一切都还不算太晚。现在天下无双的诸葛亮已经成了他的军师，天下必然有望了。

也许有人会嘲笑刘备这种近乎"自欺欺人"的幻想激励。但这也正是刘备能够扛过不计其数的逆境的重要原因。

逆境从来不是外在的，而只是内心的感受。无论客观环境如何不利，你都可以让自己顺应接纳。一味地抱怨自弃，只能让打击更为痛苦，无法忍受。刘备经常性地从逆境中寻找到积极因子，并化作对未来的美好想象，这支撑着他一路向前，走到了很多人都不敢想象的高点，而他的脚步依然没有停歇。难道我们不应该为他这一路的勇气与坚持鼓鼓掌吗？难道我们不应该从他的身上汲取这样的力量与智慧吗？

心理感悟：有时候，越是不在乎别人，越是能赢得别人的在乎。

39 谁中了谁的计

刘备还是高兴得太早了。

"三顾茅庐"固然让他得到了天下第一的谋士诸葛亮，但也埋下了一个未来可能彻底改变天下形势的隐患。这个隐患，经过时间的发酵和情势的催化，不但直接决定了三顾茅庐的四个直接当事人——诸葛亮、刘备、关羽、张飞的命运，甚至也影响了曹操、孙权、司马懿、吕蒙、陆逊等当世大部分风云人物的命运。

不过，我们还是先来说眼前的事。

刘备得了诸葛亮之后，欢欣异常，忍不住又把当年对关羽、张飞用过的"食则同桌，寝则同榻"那一套又用在了诸葛亮身上。诸葛亮自然是倍受感动，但关羽和张飞看在眼里，却很不是滋味。

在三顾茅庐的前后，关羽和张飞已经对诸葛亮有了很不好的第一印象，认为他胡吹一气，故弄玄虚，目中无人，刘备对诸葛亮的一再推崇，更是触发了关、张二人的嫉妒心理。

心理学上有一个禀赋效应。一旦人们拥有了某样东西，不管是一件具体的物品还是一种抽象的权利，人们对这样东西的价值评估就会大大增加。而当人们在不得已的情况下，失去了这样东西时，这种价值评估的提升程度就会更加明显。成语"敝帚自珍"其实正是禀赋效应的一种具体体现。

"食则同桌，寝则同榻"本是关羽、张飞的特权，但享用这项特权二十多年后，多少也有些审美疲劳了。现在诸葛亮一来，就成了这项特权的新主人，在禀赋效应的作用下，关、张二人自然对诸葛亮深为不满。但刘备却沉浸在喜得高人的喜悦中，丝毫没有注意到两位兄弟的情绪变化。

这一天，刘备正在与诸葛亮高谈阔论天下大势，刘表派人来请刘备去荆州。原来，刘表手下镇守江夏的猛将黄祖被东吴孙权击杀，刘表自感年老体衰，无力应对，因此请刘备商议。

刘备带着诸葛亮、张飞一起前往荆州，面见刘表。

刘表满脸倦色，见了刘备，勉强露出一丝笑容，说："我近来身体多病，眼看去日无多，不能理事。贤弟你可以接替我啊。我死之后，贤弟你就来当这荆州之主吧。"

虽说这种情形刘备早几年在徐州就领教过多次了，但他听了还是吓了一跳。此前蔡瑁苦苦相逼的那一幕依然历历在目，刘备知道这荆州继承权的博弈异常惨烈，怎么敢轻易蹚进这浑水呢？刘备连忙摇头推辞道："兄长何出此言？小弟哪里当得了这份重任。"

一旁的诸葛亮听了，却有点急了，频频目视刘备应允下来。刘备却置之不理。当初，诸葛亮和刘备在隆中时，就曾提出要占有荆州，作为争霸天下的基本。刘备曾表示不忍，却被诸葛亮理解为托词。而这一点也是荆州士人的共识。当初司马徽也明确说过，"到头天命有所归，泥中蟠龙向天飞"会应在刘备的身上。现在机会主动送上门来了，诸葛亮当然要鼓动刘备赶快接受了。

回到馆驿，诸葛亮对刘备的拒绝大为不解，忍不住发问。刘备说："我深感刘景升收留之恩，尚未报答，怎么忍心乘危而夺取他的地盘呢？"

这种心情是初出茅庐、未经世事的诸葛亮很难理解的。如果诸葛亮知道刘备铁了心不这样干，他是绝对不会答应刘备出山的。巧妇难为无米之炊，志士难伸无基之志，这是很浅显的道理。但此刻木已成舟，诸葛亮只能用一句"真仁慈之主也"来安慰自己的失望心情。只是，诸葛亮不知道，刘备日后在这方面还会带给他更大的失望。

两人正在闲述，人报公子刘琦来访。刘琦和他父亲一样，是来寻求刘备的帮助的。蔡氏一党，要扶刘琮上位，必然要除掉刘琦。刘琦无策自保，所以来找刘备。

这是一个乱麻般的问题，古往今来难倒了多少英雄豪杰。刘备倒不是不想帮刘琦，但以他的政治智慧，还不足以提供良策。刘琦苦苦哀求，刘备只好向他眼中的第一高人诸葛亮求教。诸葛亮当然不愿意帮助刘琦上位了，他处心积虑就是要让刘备占有荆州的。刘表家的内斗越是惨烈，对于刘备反倒越是有利。所以，诸葛亮以"外人不便干涉家务事"为由淡然拒绝了。

诸葛亮的拒绝却让刘备动了一点心思。自诸葛亮出山之后，虽然言谈甚称刘备之意，但刘备一直没有机会见识诸葛亮真刀实枪的智慧。刘琦面临的这个难题，正好给了刘备一个检验的机会。

刘备趁着送刘琦出门之际，附耳对他说了几句。刘琦大喜而去。次日，刘备推说腹疼难忍，委托诸葛亮去刘琦处回礼。

刘琦见了诸葛亮，再次旧话重提："继母难容，请先生赐教活命之策。"诸葛亮拒绝后，就要起身告辞。刘琦再次挽留，诸葛亮始终以一句"这不是我所能谋划的"加以推搪。

刘琦只能说："既然如此，我就不敢烦劳先生了。"诸葛亮顿时放松下来，刘琦却又说："我得了一本罕见的古书，先生可有兴趣一阅？"当时，书籍是非常珍贵的东西，没有哪个读书人对于罕见古书不感兴趣的。刘琦的这一提议，果然引起了诸葛亮的兴趣。

两人于是登梯到了后面的一座阁楼上。诸葛亮问刘琦书在何处，刘琦却跪了下来，再次恳求诸葛亮赐教活命之策。诸葛亮明白自己中了刘琦的圈套，十分恼怒，转身要走，却见阁楼门后的胡梯已经被人抽走，无法下楼了。

谁能想到，诸葛亮出山之后，未施一计，却先中了刘备的一计？

刘琦再度苦苦哀求，诸葛亮被逼无奈，只能给刘琦出了一个主意："申生在内而亡，重耳在外而安。现今黄祖刚刚战死，江夏无人把守，公子何不效仿重耳，请求屯兵江夏，避祸自保呢？"

申生和重耳都是春秋时晋国国君晋献公的儿子。晋献公的宠姬骊姬要立自己的儿子为太子，想方设法谋害申生和重耳。申生固守而死，重耳外逃而生，最终成为名声显赫的晋文公。

刘琦大喜，依计而行，果然如愿以偿。而刘备也得以第一次领略诸葛亮那非同一般的政治智慧。

刘备见诸葛亮果然名不虚传，欣喜异常，经常把"我有幸得了诸葛先生，真是如鱼得水啊"挂在嘴边。关羽、张飞听了，更是不豫，直言不讳地对刘备说："诸葛亮年纪轻轻，有什么真才实学？兄长，你对他敬重得有点过头了！"刘备却说："你们懂得什么，我自有道理。"

正好这时，有人给刘备送来了一些牦牛的尾毛。这牦牛尾毛可是编织的上好材料。刘备不由兴致大起，竟然自己动手用这些尾毛编织起帽子来。编织手艺是刘备未发迹时的拿手技艺，自刘备从军后，戎马倥偬，早已放下多时了。但这是刘备的童子功，重拾起来，依然是娴熟无比。

刘备怡然自得，沉浸在编织之乐中，却把诸葛亮气坏了。诸葛亮还以为自己看走眼了，三顾茅庐都没能检验出刘备的真面目来。如果刘备是一个声色犬马、吃喝玩乐之主，那自己岂不是误托终身了吗？

诸葛亮急忙对刘备说："明公，您是不是放下了远大志向，只想这样玩玩就算了？"刘备吓了一跳，忙把已经是半成品的帽子往地下一扔，说："诸葛先生，我只不过是暂时用来消磨时间罢了。"

诸葛亮正色道："明公，您自己衡量一下，您和刘景升相比怎么样？"

刘表虽然无能，但广有荆襄之地，而刘备立足的小小新野，还是属于刘表的地盘。刘备想了想，说："我不如他。"

诸葛亮又问："明公，您再衡量一下，您和曹操相比怎么样？"

刘备想也不用想，说："我确实比他差远了。"

诸葛亮说："既然都比不上，明公您想过吗，一旦曹兵前来，您只有数千人马，拿什么去抵挡呢？"

诸葛亮这一番话，就如当头棒喝一样，惊醒了刘备。刘备在得意中淡忘了自己的身份，淡忘了自己的使命，淡忘了他自己总结出来的"勿以恶小而为之"的人生信条。刘备脸上一阵发热，连忙谢罪说："先生说的是。请先生指教。"

诸葛亮说："现在最要紧的就是赶快招募兵士，由我来操练，以备不时之需。"刘备当即表示同意。

那么，刘备好端端地为什么会心血来潮，编织起帽子来，以至于挨了诸葛亮一顿数落呢？

原来，这就是"进步陷阱"在作怪。人们在完成某个目标的过程中取得进步后，有时候会精神松懈，并影响最终目标的实现。刘备自得了诸葛亮，又确认了其智谋过人，越发觉得天下在望，多年来持续紧张的神经随之大大放松。所以，一看到牦牛尾毛，他的玩乐之心油然而生。这其实也不是多么了不得的大坏事。但诸葛亮却紧张得不得了。毕竟，他精心设局，选择了刘备，压上了自己一生的赌注，以他对自身未来的期许，他绝不容许出一丁点儿的意外。

好在刘备从谏如流，立即按照诸葛亮的建议，开始招兵募马，精心操练。

心理感悟：在成功之前喘的那口气也许会要了你的命。

40

有借从来没有还

曹操派夏侯惇率领十万大军,直奔新野而来。刘备急忙找来关羽、张飞商议如何迎敌。关、张二人见刘备开口就是"诸葛先生",闭口就是"如鱼得水",心中一直有气。现在赶上有事了,张飞忍不住就说了一句俏皮话:"大哥,这有什么打紧,你派'水'去,不就解决了?"

刘备一愣,随即明白张飞所说的"水"是指诸葛亮。刘备急忙劝道:"诸葛先生是出谋划策的军师,上阵厮杀当然要靠两位兄弟的。"为了避免引发纠葛,刘备先让关、张退出,再请来诸葛亮商议。

诸葛亮聪明过人,早就觉察到了关、张二人对自己的不服气。这对于立志大展宏图的诸葛亮来说,显然是一个很不利的因素。但真正的高手,能够从任何不利因素中发掘出积极的因子,借势转化,化不利为有利。

诸葛亮说:"夏侯惇有何可怕?我担心的是您的两位兄弟不肯听我调遣。主公,如果您需要我来行兵布阵,那就得借您的剑印一用。"

刘备请诸葛亮来,是想让他当军师的。所谓军师,就是参谋。发号施令还是刘备自己掌控的。此前徐庶就是这样,只是出谋划策,并不越俎代庖。而诸葛亮提出要借刘备的剑印,看似要为自己增加威信,实则是要代替刘备的军事统帅地位。

一般而言,任何一个下属提出这样的僭越要求,必然会遭到主上的拒绝,并且会招致猜忌与怀疑。所以,几乎没有人敢对主上提出这种有"瓜田李下"之嫌的要求。但诸葛亮初生牛犊不怕虎,竟然直截了当地对刘备说了出来。诸葛亮有十成的把握,认定刘备不会拒绝自己的请求。

刘备果然如诸葛亮所料,毫不犹豫地将代表自己权力的剑印交给了诸葛亮。这是为什么呢?

这其实是蜜月效应所带来的必然结果。在人际关系中,当两个人的关系日渐亲密，在感情升温阶段，亲密关系人的任何要求都有可能得到许可。

刘备和诸葛亮正处于情好日密的阶段，诸葛亮精心包装的光环和他为刘琦解困的初露锋芒，都让刘备折服不已。刘备对诸葛亮的能力已经深信不疑，认为由他来发号施令，必然强过自己百倍。而且，刘备也确实担心关羽、张飞纵横半世，不肯奉从年轻的诸葛亮的号令。所以，刘备很放心地将剑印交给了诸葛亮，以帮助他树立威信。

只是刘备不知道，和诸葛亮打交道要特别注意，因为他借东西从来是不还的。这一次刘备的剑印是这样，后来草船借曹操的羽箭也是这样，空口借孙权的荆州更是这样。

诸葛亮有了剑印，就很好办了。关羽、张飞本来是想抗命不从，一心看诸葛亮笑话的。但诸葛亮指了指剑印，刘备又帮腔说了几句，关羽、张飞即便内心更加不满，也只能依令行事。

当然，诸葛亮故作强势，也有不得已的苦衷。因为，以几千人马迎战夏侯惇的十万大军，无异于以卵击石。但诸葛亮又是绝不能失败的。徐庶、司马徽已经将他吹到天上去了，只要一打了败仗，所有的光环都将破灭。诸葛亮的职业生涯就会戛然而止。

所以，一生谨慎的诸葛亮只能冒险行事，谋划了出山后的第一次火攻——火烧博望坡。夏侯惇中计惨败。

诸葛亮初战告捷，威信初立，但他知道，这只是行险所致，并不牢靠，如果曹操再派大军前来，新野这个弹丸之地，恐怕很难抵挡。诸葛亮思前想后，决定还是要劝刘备趁早夺了刘表的荆州，作为抗曹的根本。

没想到刘备在历经百转千折后，拿定主意，要和曹操对着干，反其道而行之。这样，道德仁义就成了刘备牢不可破的限制性信念。刘备再一次否定了诸葛亮的提议，说："我深感刘景升之恩，实在不忍心这样做！"

诸葛亮听了，内心一片苍凉。明明在隆中对时，刘备是默许要夺了荆州和益州作为立身之本的。否则，诸葛亮跟着你一个无立锥之地的人出来混什么？刘备的坚定拒绝让诸葛亮深感无奈，他只能说："现在如果不夺取荆州，日后后悔莫及。"

刘备说："我宁死也不做不仁不义之人！"诸葛亮心里暗暗叹了一口气："如果你没有王霸雄图，把我折腾出山干什么呢？"黯然退下。

之后，刘表病势更趋沉重，又派人来请刘备商议后事。这一次，刘备担心诸葛亮继续劝自己夺取荆州，索性不带诸葛亮去了，只带着关羽和张飞，星夜前去荆州。

刘表见了刘备，吐出一句话："贤弟，我已病入膏肓，今托孤于贤弟。我子无能，我死之后，贤弟可摄荆州。"

如果诸葛亮在旁听见了这句话，必然如获至宝，一定极力撺掇刘备应允下来。这是他内心的倾向性认知的必然反应。但一直坚守仁义道德的刘备，却听出了不同的意味。

首先，刘表说自己是"托孤"，摆明了是把自己的儿子托付给刘备，让刘备辅助自己的儿子治理荆州。其次，刘表用了一个"摄"字（贤弟可摄荆州），摄是"暂时代理"的意思，并不是真的让刘备担当荆州之主。

由此可见，刘表终究还是想把荆州传给自己的儿子的。但他又为什么连续多次，口口声声要让刘备来摄理荆州呢？

实际上，这正是刘表的老谋深算之处。自刘备来到荆州后，人望日增，荆州士林对其倾慕不已。后来刘备又请出了一直不肯出山的卧龙诸葛亮。即便没有蔡氏一党的谗言，刘表也会对刘备心生忌意。刘表唯恐刘备挟诸葛亮之智、关羽、张飞、赵云之勇，在自己死后夺了荆州。几番深思熟虑后，刘表觉得不如索性亲口对刘备挑明让他摄理荆州。如果刘备是个深藏不露的背信弃义的小人，事先再怎么防范布局也是无济于事。但如果刘备确实如他自己宣扬的那样力行仁义道德，那么，不管他答不答应摄理荆州，他都会顾忌社会舆论的负面评价，也就不敢强夺自己的基业。

总之，一句话，刘表赌的就是刘备是一个言行一致，注重名誉的君子。如果刘备是，他就赌赢了；如果刘备不是，他就输了。

刘表的这番话，顿时让刘备深感压力。此前，他一再表明自己绝无僭越篡夺之心，这次当然更是要为自己洗清了。刘备立即拜于刘表的床榻之下，说："备当尽竭忠诚，扶助贤侄，安敢以摄荆州之重任乎？"

这正是刘表最想要的结果。很多人都因为刘表年老后的无能表现而对他十分轻视。但他这一"托孤妙招"却显露了他还是有几把刷子的，否则怎么可能雄霸四战之地荆州数十年呢？

刘备在诚惶诚恐之余，对于刘表的这一招心领神会，感触极深，日后也用在了自己的托孤上，而且青出于蓝而胜于蓝。

刘备力辞后，匆匆赶回新野。诸葛亮问起经过，不由慨叹刘备又错了一次绝好的机会。诸葛亮说："主公，您这一次不接受荆州，我担心大祸不远了。"

诸葛亮现在不会知道刘备的心情，但几十年后在白帝城，他就真真切切吃到了"托孤"的分量。也只有到了那个时候，诸葛亮才真正体悟到刘备这一刻的内心挣扎。

再说夏侯惇惨败而归，曹操十分恼怒，心有不甘，决定亲率百万大军征讨刘备，顺便扫平江南。诸葛亮所说的"大祸"果然即将临头。

刘表在一片风声鹤唳中撒手西归。蔡氏一党趁乱扶立刘琮继位。但曹军百万下江南的消息一传来，蔡瑁等慌作一团，竟然力劝刘琮向曹操投降。曹操凭空得了荆州，骄狂更甚，立即命曹仁、曹洪为先锋，引大军十万，杀向新野，要将刘备、诸葛亮彻底剿灭。

刘备、诸葛亮得知刘琮献了荆州后，内心的情绪苦涩难言。但事到临头，也顾不得后悔埋怨，诸葛亮只能再次冒险行事，又放一把火，烧了新野，借助火势，击败了曹兵先锋。

诸葛亮知道，曹操大军随后即到，于是和刘备率兵撤往樊城。

心理感悟：身临其境，方能感同身受。

41

关于投降的争论

曹操对樊城发动攻击,刘备仓皇撤退。从新野跟着刘备撤至樊城的百姓以及樊城的百姓共十余万人,认准了刘备是个仁义之主,继续跟着撤退。虽然这又是一次失败,但刘备的心情似乎却不怎么坏。

这有两个原因。

第一,诸葛亮连续两次神奇地以少胜多,以弱胜强,已经让刘备对他产生不切实际的信任。刘备认为,只要有诸葛亮在,就一定能够力挽狂澜。

第二,刘备力行仁义道德,而十几万百姓的生死相随让他第一次感受到了万民归心的滋味。

刘备镇定自若,诸葛亮却气得要吐血了。他百般劝说刘备夺了荆州,作为抗曹的根本,但刘备就是不听。曹操大军压境,势不可当,饶是诸葛亮足智多谋,也是难挽败局。可是,这个一向自比管仲、乐毅的人,又正处于年轻气盛、好胜心切的阶段,怎么可能接受自己的失败呢?这甚至让诸葛亮有点懊悔自己当初的出山决定了。

百姓们携家带口,行动缓慢,直接影响了刘备的撤退速度。曹操探知后,立即精选五千骑兵,疯狂追击刘备。诸葛亮眼看情势危急,找了个理由先走一步,赶到江夏去向他曾经施惠过的刘琦求救。在他的潜意识中,是想远离这无可避免的惨败,不要和自己沾上边儿。

简雍见诸葛军师先走了,这个心思灵便的谋士顿时知道大事不妙。他立即占了一卦,希望借助神秘的天意来劝说刘备赶快撤退。简雍对刘备说:"这一卦是大凶之兆,就应在今夜。主公,您赶快弃了百姓,撤退吧。"

刘备说:"这些百姓,从新野跟着我一路到此,我怎么忍心抛下他们呢?"其实,刘备带着他们,反而对百姓的伤害更大。如果百姓四散,躲避在山野之间,曹兵暂时还顾不上分心抢掠。但百姓和刘备的军马同行,自然也就成了曹兵的主要攻击目标了。

刘备一路行至当阳的时候，时近黄昏，曹操的五千铁甲，快马飞骑，追上了刘备！

这是刘备创业以来，遭受的最大规模的一次惨败！不但再一次妻离子散，部众流离，而且十几万百姓也跟着惨遭涂炭。

幸好张飞紧相跟随，保护刘备撤至长坂河畔的树林中。但刘备的两位夫人和儿子阿斗，以及糜竺、糜芳、简雍、赵云等人都不知去向（关羽事先已经先去江夏找刘琦借兵了）。

刘备这一路走来，好日子总是不长久，稍微见了一点起色，很快就会遭到新一轮的打击。但神奇的是，再大的打击，也从来没有彻底击垮刘备。而这些年来，在残酷的征战中家破人亡、万劫不复的豪强大有人在。这其中确实有幸运的成分，但和刘备本人坚韧不拔、永不放弃的主观意志也是分不开的。如果刘备也像一般人那样稍败即馁，怨天尤人，以他经历的磨难之多之重，就算刘备有一百条命也早就完蛋了。

人往往不是死于逆境，而是死于绝望。刘备总是能够在暗夜中看见光亮，总是能在绝望中看到未来的希望，这正是他屡败屡战，愈挫愈勇的动力之源。这也正是后人最需要从他身上汲取的精神力量。

刘备此刻最大的寄托就是诸葛亮。这个被司马徽推崇为可以与姜太公、张良相媲美的绝世高才，让刘备第一次觉得那个久远的梦想已经近在咫尺。诸葛亮提前远走江夏，看似未能与刘备同甘共苦，却微妙地让刘备保留了对于诸葛亮的神奇想象。

如果诸葛亮和刘备共同罹遭这一次惨败，不可避免地会对诸葛亮的权威形象造成伤害。在场和不在场带来的心理效应是完全不一样的。诸葛亮的不在场，既保住了他的威名，也保住了刘备的希望。更进一步，诸葛亮远在江夏的确定性也强化了刘备对他的寄托不会落空。否则，如果诸葛亮在乱军中也像简雍、赵云等人一样，不知所踪，就会对刘备造成致命的打击。

所以，刘备尽管悲伤难掩，但绝非痛不欲生，而是自信依然。这个时候，张飞单人独骑，驻守在长坂桥头，一方面保护刘备在河边小树林中暂歇，一方面收拢己方逃脱的军马。

这时，糜芳面带数箭，从乱军中狼狈逃出，看见张飞镇守长坂桥，急忙赶来。糜芳一见刘备，立即向刘备报告了一个坏消息："主公，赵云反了，去投奔曹操去了！"刘备听了，大怒呵斥道："胡说八道，子龙跟我这么久了，怎么会背反而去呢？"

原来，糜芳亲眼看见赵云不退反进，向着曹操阵营拍马而去，当即判断赵云背叛了刘备。根据一个人的行为来判断他的性格特质，这是人类心理中最为常见的认知模式。但是，人们往往是"以一己之心，度他人之腹"。实际上，赵云担负着保护刘备的两位夫人以及儿子阿斗的重责，被乱军冲散后，赵云自感失职，愧对刘备，故而掉头转向曹营，希望决一死战，以死来报答刘备的知遇之恩。糜芳的判断，恰好暴露了他潜意识中的投降倾向。当面临艰危局势，投降就会成为他的可能性选择，故而他会在情势未明之际对赵云做出如此判断。糜芳潜意识中的投降倾向，就像一颗种子，在十一年后遇到了"适宜的土壤"，竟然"开花结果"，变成了现实——背叛关羽，向东吴孙权投降。这也彻底地改变了糜芳的命运走向。

刘备同样在毫不知情的前提下痛斥糜芳，却是因为他根本就不敢相信这样的事实，根本就不愿意接受这样的事实。

糜芳不敢回话，一旁的张飞听到了，却大不以为然。张飞心想："赵云虽然是故旧之人，可是二哥关羽不更是故旧之人吗？当初不也投降了曹操。"关羽投降曹操这件事，对于张飞的刺激极大，虽然兄弟二人后来重归于好，但还是深深铭刻于张飞的潜意识中。所以，张飞不假思索地就回道："他一定是看我们势穷力尽，反投曹操，以图富贵！"

刘备接着为赵云辩护，也是为自己辩护："子龙是在我患难之际跟随我的，他心如铁石，岂是富贵所能诱惑的？"

糜芳一看有张飞帮腔，也来劲了，说："我是亲眼看到他投曹操去了。"

刘备当然知道眼见为实的分量，但他还是坚持为赵云辩护："子龙这样做，必定是有缘故的。如果谁再敢说子龙背反，立斩之！"刘备这样说，实际上已经接受了"赵云投曹"的行为事实了，但还是要给赵云找理由。而且，刘备下了封口令，不许糜芳再提他亲眼所见的事实。

张飞对刘备掩耳盗铃式的遮掩很不以为然。以他疾恶如仇的性格，哪里咽得下这口气。他丝毫不顾刘备的禁令，说："我自去乱军中找他，撞见了，就一枪刺死他！"

刘备急忙拦住张飞，说："兄弟，你别搞错了！当初颜良就是猝不及防，才被你二哥误杀了！子龙一定不会背弃我的，你任他自去，不要相逼。我觉得子龙一定不会背弃我的。"三人成虎，在张飞的坚持下，刘备的信念已经有所动摇，"任他自去，不要相逼"其实已经是对赵云降曹的一种默认，但刘备兀自重复"子龙必不弃我"，无非是自我安慰、自我欺骗罢了。（另外，幸好关羽不在此地，没有听到刘备说这句话。否则关羽也会被气惨了。诛颜良是关羽的一大人生亮点，是他走向神坛的重要一步，如果颜良真的是像刘备所说的，因为未做防备而被关羽误杀，那关羽的神奇光环岂不减色许多？）

这君臣三人关于赵云降曹的争论，并非空穴来风，而是暗示了一种危险的信号，说明在这一场惨败面前，刘备的组织中出现了可怕的信念动摇。

再说赵云，怀着必死之心，在长坂坡上七进七出，斩杀曹将无数，不但自身毫发无损，还侥幸救出了阿斗。但糜夫人还是死于乱军之中。

赵云血透战袍，杀出重围，来见刘备。谣传不攻自破，赵云用自己的实际行动证伪了糜芳、张飞的臆测，有力地稳固、加持了刘备的心灵大厦。刘备见赵云平安归来，内心的喜悦与感激怎能用言语来加以表述？

赵云随后又解开盔甲，从怀中抱出犹自酣睡的阿斗，双手递给刘备。这一瞬间，赵云简直就是刘备的再生父母，刘备对赵云达到了感激涕零的程度！在强烈的情感冲击下，刘备想也没想，就将阿斗往地上一扔，说了一句："为了你这小小孺子，差点损我一员大将！"

赵云听了这番感人肺腑的话，当即泣拜于地，大声说："我赵云虽肝脑涂地，也不能报主公知遇之恩！"

很多人都将此视为刘备刻意收买人心之举，但其实这是刘备近乎本能的一种反应。在这电光火石的一瞬间，他未经深思熟虑就做出了这个举动。这是因为赵云的忠贞不贰、恪尽职守是当前刘备最需要的东西。如果赵云真的降曹而去，恐怕刘备阵营很快就会人心涣散，作鸟兽散了。赵云在最危急的时刻挽救了整个组织！

另外，刘备是席地坐于树下，虽然随手将阿斗扔在地上，由于高度有限，动作也并不生猛，不会对阿斗造成严重伤害。后人责怪刘备这个举动影响到了阿斗的智商，纯属无稽之谈。

心理感悟：你的眼睛看到的往往是你脑子中已有的景象。

42

书到用时方恨少

　　曹兵随后掩杀而来，张飞独当长坂桥，一声大喝，吓死了曹军小将夏侯杰，吓退了百万曹军。赵云、张飞的壮举激励了整个刘备阵营。众人奋勇拼杀，护着刘备逃至刘琦镇守的江夏，总算是得到了喘息修整的机会。

　　这个时候，曹操的老毛病又犯了。他向来是败不馁，胜必骄的。他本来应该一鼓作气，将刘备尽数歼灭，永绝后患的。但他却认定刘备已是瓮中之鳖，垂死之羊，不足为患。他将目光投向大江之东的孙权。只要将东吴灭了，统一中国的梦想也就圆满了。于是，曹操给东吴孙权写了一封恐吓意味很浓的信。少不更事的孙权和一帮未见世面的大夫们一下子就吓傻了。

　　孙权虽然害怕，但也不甘将父兄打下的江山拱手相让。于是派鲁肃到江夏找有着丰富抗曹经验的刘备、诸葛亮打探曹操虚实。诸葛亮遭此大难，本来只能徒唤奈何，但鲁肃一来，又给了他绝地反击的一线生机。诸葛亮用言辞说动鲁肃，一路跟着他去了东吴。诸葛亮先后用激将法说服孙权、周瑜合力抗曹，随后又"巧借东风"，帮助周瑜火烧赤壁，再一次以弱胜强，大败曹操。

　　随后，诸葛亮立即回转江夏，调兵遣将，先后派赵云、张飞前去重要关口埋伏，等着伏击溃败而逃的曹操。诸葛亮又派糜芳、刘封等人到处去抢夺战利品，但却唯独不派关羽任何差事。

　　诸葛亮这样做，就是要利用这个机会摆平关羽。此前，他火烧博望坡、火烧新野已经收服了张飞，但生性骄傲的关羽依然很不服气。诸葛亮知道，自己要想在刘备这里建功立业，扬名立万，必须要搞定关羽。

　　以诸葛亮的智谋水平，要搞定关羽可以有很多种办法，但诸葛亮却采用了一种硬碰硬的方式。这就是他已经在东吴屡试不爽的激将法！所以，他故意不为关羽分派任务，以激怒关羽。

关羽早在三顾茅庐时就对诸葛亮很不满了。现在看他故意不调派自己，果然发飙了，质问诸葛亮为什么连糜芳、刘封这些二流货色都派出去了，却唯独不派他这个排名第一的大将。

诸葛亮却说："我听说当年你在曹营时，曹操待你不薄，我本想派你去镇守华容道，但又担心你会顾念旧情，放跑曹操。"

诸葛亮知道，有刘备在，关羽就算立了十个军令状，也是杀不掉的，因为刘备一定会为关羽求情。但只要关羽真的在华容道放走了曹操，那么，诸葛亮事先预料的一切全都灵验如神，关羽自然就会对他心服口服。所以，诸葛亮的真正用意是通过激将法，先把关羽逼上死路，让他服软，然后再放他一条活路，以此收服关羽。

关羽被激怒后，立了军令状，领命而去。刘备搞不懂诸葛亮为什么非得逼着关羽立军令状。他了解关羽的脾气，知道关羽一旦义气上头，确实有可能会放走曹操。而军令状并非儿戏，刘备担心关羽真的会因此陷入绝境，于是急忙来找诸葛亮询问。

诸葛亮敢于揭关羽的老伤疤，敢于用激将法来刺激关羽，其底气来自三个方面。

第一，刘备对诸葛亮的信任与推崇。刘备不但给了他最高的礼遇，而且毫不犹豫地将象征最高权力的剑印也给了他。诸葛亮多少有点恃宠而骄了。

第二，赤壁大战的提升作用。诸葛亮在赤壁大战中大放异彩，发挥了重要的作用，取得了辉煌的成功。这成功使得诸葛亮的威信空前高涨，也使得诸葛亮的自信爆棚。

第三，诸葛亮的个性与关羽一样，也是一个非常骄傲的人。

大家对前两点可能不会有意见，但说到第三点，可能会有疑议。谁说诸葛亮是一个骄傲的人？有证据吗？

证据当然有了，而且有两个。

首先，诸葛亮在隐居隆中时，经常把自己比作管仲、乐毅，但人们却都不怎么认同他的说法。（*亮每自比于管仲、乐毅，时人莫之许也。*）管仲、乐毅是春秋战国时期的名人，都立过彪炳史册的丰功伟绩，诸葛亮在默默无闻的时候，就敢把自己和这两个大人物相比，你说他骄傲不骄傲？

其次，诸葛亮曾经对自己的好朋友徐庶、石广元、孟公威说，凭你们的能力学识，如果去做官，是可以当到刺史、郡守这一级别的高官的。当徐庶他们反问诸葛亮对自己的未来如何评判时，诸葛亮却笑而不语。联系他经常自比管仲、乐毅，显然诸葛亮认为自己未来的职位和成就都会远远超越他的这几位好朋友。你说他骄傲不骄傲？

综合这几个因素，关羽越是对诸葛亮不服气、不满意，诸葛亮就越是要让他看看自己的厉害！这才是诸葛亮要对关羽采用激将法的原因。

诸葛亮心里的这番算计是不能对刘备实话实说的。他对刘备说："主公，你不用担心，我夜观天象，曹操命不该绝，我是特意让云长去做这个顺水人情的。"

刘备一听这"天象说"，顿时放心了。这之后，曹操果真像诸葛亮预料的那样，逃到了华容道；关羽也果真像诸葛亮预料的那样，把曹操和他的部下全都给放跑了。

关羽垂头丧气，回来交令。

诸葛亮立即变了脸，拿着军令状说事，非要砍关羽的脑袋。他这是逼关羽服软。只要关羽一低头认错，诸葛亮就会放过他。但关羽生性傲慢，又存心与诸葛亮斗气，怎么肯认输？

刘备冷眼旁观，心里"咯噔"一下，这诸葛亮的所为怎么和他私下里对我说的不一样呢？刘备第一次在心里给诸葛亮打上了个问号，他到底为什么要这样做呢？

但眼前的僵局容不得刘备多想，他只能站出来做和事佬。

刘备说："军师，我们兄弟三人当初结义之时，誓同生死。今天关羽犯法，罪当一死，只是这样把他杀了，有违当初的誓言。望军师暂时记下他的过错，容他日后将功赎罪。"

刘备的急智与口才均是上上之选。他这番话的妙处在于，并不袒护关羽，承认关羽确实犯了死罪，从而维护了诸葛亮的管理权威，同时又找出了一个和他本人休戚相关的理由（誓同生死）。这样，如果诸葛亮非要按军令状杀掉关羽，那就得把刘备一起杀了，才符合当初的誓言。刘备是这一伙人的主心骨，杀掉刘备，那还玩什么呢？大家直接散伙算了。

刘备的这一求情是很难拒绝的。诸葛亮虽然没能达到让关羽服软的目的，但也只能放过他了。

而这一放过了关羽，诸葛亮就是"偷鸡不成蚀把米"了。

首先，关羽虽然保住了脑袋，但面子却丢了个精光。关羽是死要面子活受罪的人，怎么可能不怀恨在心呢？

其次，关羽事后得知了诸葛亮对刘备说过的"天象说"后，就觉得自己整个被诸葛亮当成猴儿给耍了。这对关羽的自尊心是极大的伤害，他也由此对诸葛亮更为不满了。

最后，关羽觉得，只要有大哥刘备在，诸葛亮就是再有能耐，也奈何不了自己，也就更加不把诸葛亮放在眼里了。

诸葛亮和关羽的关系由此走向彻底的恶化。刘备的和稀泥，就短期而言，效果不错；但就长期而言，却是为整个组织埋下了巨大的隐患。

说起来，这还是因为刘备读书实在太少了。如果他知道"将相和"的故事，结果就会大不一样了。

战国时期的赵国，廉颇、蔺相如两大重臣不和。廉颇是一员猛将，浴血奋战，立过很多功劳。蔺相如出身贫贱，后来得到机会，出使秦国，完璧归赵，又陪着赵王和秦王在渑池相会，勇敢机智地维护了赵王的尊严。赵王因此封蔺相如为上卿，位在廉颇之上。廉颇认为蔺相如不过是靠耍嘴皮子上位的，很看不起他，对他很不服气，处处和他作对。但蔺相如始终以赵国的国家利益为重，宽宏忍让，最终感动了廉颇。廉颇负荆请罪，两个人结成至交，达成了将相和的和谐局面，这也被传为一段历史佳话。

用骄傲征服骄傲，往往是聪明人出于对自身能力的高度信任的第一选择，但这只是同一层次的竞争。更高明的办法是站到更高的层次，俯视对手，从而轻易将其折服。这也是向上提升策略的一种运用。蔺相如就是利用国家大义的高层面，成功消融了廉颇咄咄逼人的纠缠。

书到用时方恨少。如果刘备知晓这段"将相和"的佳话，他就会更加敏感，及时觉察关羽和诸葛亮斗气的危害性，并且能高屋建瓴，站在更高的层面，协调好诸葛亮和关羽两个人之间的关系，促成"将相和"的再次上演。

但可惜的是，刘备错过了这个大好机会。而让他隐隐感到不安的却是，诸葛亮大权在握后那种咄咄逼人的控制欲……

心理感悟：控制欲的背后是心灵深处的恐惧。

43

智商不等于智慧

年轻气盛的诸葛亮没能通过华容道事件收服关羽而耿耿于怀,他当然是憋着劲儿要继续寻找机会用激将法摆平关羽。

但眼前最紧要的是趁着曹操兵败,赶快抢占荆州的地盘。诸葛亮与刘备移兵油江口,准备拿下由曹军大将曹仁镇守的南郡。在这一次赤壁大战中,东吴方是主力军,东吴主帅周瑜当然不甘心让刘备白捡这个大便宜,也起兵相向。

双方会面,周瑜咄咄逼人地问刘备:"玄德公移兵在此,是不是想攻打南郡?"

刘备哈哈一笑,说:"我是听说公瑾要取南郡,特意前来相助的。当然,如果都督您没有此意,那我是一定要攻打的。"刘备这个回答是以退为进,守中寓攻,非常巧妙。

周瑜冷笑一声,说:"我东吴费了这许多力气,打败曹操,怎么会放过南郡呢?"

刘备说:"胜负不可预定,我是担心都督不能攻取啊。"周瑜少年得志,又正处于春风得意的时刻,最受不了他人的轻视。这一性格特点,诸葛亮在东吴时早就摸透了,并且利用这一点屡施妙策,牵着周瑜的鼻子走。刘备经诸葛亮事先提醒后,当下也如法炮制。

周瑜果然中计,内心的傲气立即被激发出来,说:"我怎么会攻不下南郡?要是我攻不下,任由玄德去取!"

刘备再次大笑道:"都督此言,子敬、孔明都在此为证。都督您可别后悔啊!"

周瑜用兵多年,当然知道兵无定势,刚才那句话冲口而出后,他其实已经后悔了,但刘备这么一逼,周瑜为了维护颜面,只能硬撑到底,说:"大丈夫一言既出,驷马难追,有什么好后悔的。"

人际交往中的气场是此起彼伏的。周瑜这一硬气,刘备可就心里打鼓了。等周瑜一走,刘备立即对诸葛亮说:"刚才军师让我如此作答,可如果周瑜真的攻下了南郡，不就麻烦了吗？想我刘备，孤穷一身，无立足之地，如果拿下南郡，就有了容身之处。现在放手让周瑜去取，岂不坐失良机？"

诸葛亮听了刘备的话，一阵大笑，揶揄道："主公，当初我几次三番，让您尽早拿下荆州。主公就是不听，怎么今天又想要了？"

诸葛亮这话说得有点放肆，可见刘备的礼遇和他自己取得的一系列成功，确实让他有点得意忘形了。刘备听了，面上一红，微感不快，但两人依然还在蜜月期，也就不以为忤，说："荆州以前是刘景升的地盘，我不忍心夺取。但现在是曹操的地盘，那还有什么好顾虑的呢？"

说来说去，还是"仁义道德"在起作用。刘备不是不想夺占荆州，但他始终顾惜自己的声誉。他所坚守的这一原则，惯性作用越来越大，牢牢束缚住了他的手脚。但荆州经过刘琮降曹这一出后，刘备认为其所有权已经发生了流转，他的道德顾忌也就随之解禁了。

可是，在诸葛亮看来，荆州始终就是荆州，姓刘姓曹并没有什么太大的区别。两者间的认知差距导致了诸葛亮始终没能把准刘备的心理脉络，以至于在后续的很多事件中，诸葛亮的谋划应对都不能完全称刘备之意。

此后，周瑜兴兵攻打南郡，却被曹仁用毒箭射伤。周瑜将计就计，诈死蒙骗曹仁。曹仁中计，前去偷营，被周瑜击退。周瑜随即挥兵再攻南郡，不料却已被诸葛亮派赵云趁乱攻克。诸葛亮随后又用缴获的兵符，诈称曹仁求救，诱引镇守襄阳的夏侯惇出兵，趁势将襄阳也夺了。

周瑜这一气非同小可！虽然自己有言在先，但眼看胜利在望，诸葛亮却违背约定，提前插手，利用自己正面吸引曹军的机会，轻而易举地抢占了两座城池。周瑜不顾箭伤，召集众将，就要对刘备发起报复性攻击。

正在此时，鲁肃奉孙权之命前来探看军情。鲁肃担心孙权和刘备开战会让曹操得利，阻止了周瑜。

周瑜愤恨不已，说："我东吴用计策、损兵马、费钱粮，却让刘备、诸葛亮捡了现成便宜，岂不可恨至极！"

鲁肃说："都督，且让我去找他们说理去。如果说不通，再动兵不迟。"

鲁肃见了刘备，说："曹操引百万大军下江南，主要是为了对付皇叔。我东吴杀退曹兵，救了皇叔，这荆襄九郡，理应归我东吴。现在皇叔您用了诡计，夺占南郡襄阳，让我东吴空费钱粮，恐怕于理不合。"

鲁肃的逻辑立脚点和刘备是一样的，认为自刘琮降后，荆州的所有权已经转到了曹操的手上。现在东吴击败曹操，理应拥有荆襄九郡。如果诸葛亮也认识到了这一点，反驳其实也很容易。

诸葛亮只需说："赤壁之战，乃孙刘联手之作，并非东吴一家之功。如果不是我借了东风，周郎纵有妙策，岂能成功？你东吴已经占据了江东六郡八十一州，犹自贪心不足。我主刘皇叔，尚未有立足之地，取个南郡襄阳，岂不天经地义？况且我们已让周瑜先行攻取，周瑜中箭败退，我们这才动手。仁至义尽，并无违理之处。"

如果诸葛亮这样说了，鲁肃绝无还手之力，而且荆州的归属日后也不会有争议。既然荆州是曹操的地盘，孙刘两家都是破曹有功，那么，武力或智力占先者得之，应无异议。

但诸葛亮的回答却让刘备大失所望。诸葛亮说："荆襄九郡，并非东吴之地，而是刘景升的基业。我家主公是刘景升之弟。景升虽然过世，儿子还在，我家主公以叔叔的身份辅佐侄儿，取了荆州，有何不可？"

诸葛亮这是不承认荆州所有权的流转，还是将荆州作为刘表的资产。这样固然也能抵挡鲁肃的责问，但又把刘备重新推入了好不容易挣脱出来的道德陷阱。

鲁肃说："如果是公子刘琦占据荆州，确实在理。可是我听说刘琦一直在江夏镇守，不在此处！"鲁肃的思路这是被带到了诸葛亮的轨道上，不再坚持荆州是曹操的地盘了。所以，他新的质疑就是刘备是不是打着刘琦的旗号来夺占荆州。

诸葛亮说："公子刘琦就在此处。"一挥手，吩咐下人请刘琦来见。过不一会儿，刘琦满面病容，被人搀扶出来。鲁肃一见他酒色过度，时日不久，心里顿时有了主意，说："公子若是不在了，又当何论？"

刘备听到了这句话，心里那个懊恼啊！在诸葛亮设定的框架中，刘琦要是死了，他作为叔父，受制于道德仁义，还是不能合情合理地占有荆州的。但话已至此，刘备再巧言能辨，也没有办法了，只能听任诸葛亮应对。

诸葛亮自己也被绕进去了。他愣了一下，没想到鲁肃会这么直截了当，只好回答说："公子在一日，我们守一日。公子若不在了，别有商议。"

鲁肃非常坚定地说："若公子不在了，必须将城池还给我东吴！"

诸葛亮没话说了，只好答应："就按子敬说的办！"

对诸葛亮来说，眼前这场风波就算是糊弄过去了。按照他的战略计划，他是要辅佐刘备兴复汉室，统一天下的。别说是荆州，就是东吴的江东六郡八十一州，将来也是要夺将过来的。现在只要稳住了东吴，赢得了发展时间，等到刘备势力渐强，以后就是刀兵相见了。但自信满怀的诸葛亮却没能想到，人算不如天算，后来的事态发展远远超出了他的计划。此刻他对于荆州归属的临时解决，最终酿成了弥天大祸。

刘备虽然对此不甚满意，但一时间也已无法更改，只好听之任之了。刘备依然沉浸在对诸葛亮的美好想象中，不愿直指其非。但其实刘备错了。他既然已经领悟到"勿以恶小而为之"的道理，就应该开诚布公，好好找诸葛亮谈一次，把自己的不解与不满坦诚相告。这样，所谓的君臣相知才不会流于空谈。

诸葛亮随即又先后派赵云、张飞等将攻占了零陵、桂阳、武陵等三郡。关羽眼看他人立功，又坐不住了，主动要求去攻打长沙郡。这是诸葛亮机心暗藏的必然结果。他还是想用激将法来彻底收服关羽。

心理感悟：糊弄的对象从来就是自己。

44

斗气从来无赢家

诸葛亮对关羽说:"子龙取桂阳,翼德取武陵,都是带了三千兵马去的。长沙太守韩玄没什么本事,不足为道。只是他手下有一员大将,叫作黄忠,虽然年近六旬,须发皆白,却有万夫不当之勇。云长此去,不可轻敌,必须多带军马。"

诸葛亮这摆明了在刺激关羽。如果他是真心要提醒关羽不要轻敌,那么,根本就没有必要提赵云和张飞两个人所带兵马多少。

在人的心理中,存在着一种根深蒂固的数字锚定效应,人们往往会无意识地将一些并不相关的数据作为其他判断的基准。

美国麻省理工学院曾经组织过一次拍卖会。拍卖的东西有法国葡萄酒、无线键盘等。拍卖之前,研究人员让参与拍卖的学生在竞价之前,写下自己的社会保障号码的最后两位数字。比如,一个学生的社会保障号码最后两位数是55,研究人员就会问他是否愿意以55美元买下拍卖品。最后,研究人员询问学生们最多愿为各种拍卖品出多少钱。

结果非常令人震惊。社会安全保障号码最后两位数字较大的学生的竞价竟然比后两位数字较小的学生的竞价平均高出百分之三百!而稍微理性思考一下,就能知道,拍卖品的价格和社会安全保障号码的最后两位数字是毫无关系的,但数字锚定效应却神奇地发挥了作用。

诸葛亮既然着重提出了赵云、张飞都仅仅用三千兵马就取得了胜利,那么"三千"这个数字就成了一个基本标准。你关羽要想在功劳上盖过赵云和张飞,要想在诸葛亮面前证明自己的能力,就不能超过三千人马。

诸葛亮紧接着说长沙太守韩玄不足为道。这就是在暗示关羽,就算你带了三千兵马攻占了长沙,也不算什么本事,因为韩玄没什么花头,赢了他也是胜之不武。

随后,诸葛亮进一步加大了刺激关羽的砝码。他又提到了黄忠——一个年近六旬、须发皆白的老将。关羽纵横天下，击败过无数名将，怎么会将一个老家伙放在眼里？诸葛亮的提醒看似善意，却不如说是蔑视关羽。

关羽本来就对诸葛亮一肚子气，现在看他阴阳怪气的这一番话，更是气不打一处来。一激动，关羽的倔脾气就冒出来了，说："你为什么要长他人锐气，灭自己威风？量黄忠一个老卒，有什么了不起的。我也不用三千兵马，只带着我自己部下的五百校刀手，定斩黄忠韩玄，攻克长沙！"

刘备一听，吓了一大跳！带着五百人去攻打一个长沙郡，这不是在开天大的玩笑吗？刘备急忙劝关羽不要意气用事。但关羽的脾气是你越劝，他越犟。刘备后来不敢再劝了，唯恐自己再多说几句，关羽连这五百校刀手都不带了，孤身一人就去攻打长沙郡。

诸葛亮打的还是老算盘，先用激将法挑起关羽的情绪，给他出难题，然后趁机看他的笑话，希望以此达到压制、收服关羽的目的。

诸葛亮的做法却让刘备心中的问号变得更大了。诸葛亮到底为什么要铆足劲儿和关羽过不去呢？刘备自己用兵，从来不是这样玩的。但刘备自己用兵，从来也没怎么赢过。而诸葛亮自来了之后，一连三把火，帮着刘备扭转颓势，强力上扬。一想到这儿，刘备又说不出什么来了，但诸葛亮和关羽两个人的斗气还是让他觉得很别扭。

诸葛亮料定，关羽此去绝无胜算。他只带了五百个人，长沙郡只要坚守不出，就一点办法也没有。而且，关羽颇为轻敌，一旦遇到了武艺高强的黄忠，胜负还真不好说。诸葛亮也担心，万一关羽有个闪失，刘备会怪罪自己滥用激将法，所以，他马上弥补了这个漏洞，向刘备建议，说："云长此去，只恐有失。请主公带领大军随后前去接应，以取长沙。"

这倒正合刘备之意。两人当即整肃兵马，向长沙进发。

关羽来到长沙，与黄忠鏖战一天，不分胜负。第二天，关羽和黄忠继续大战。激斗正酣之际，好运降临到了关羽头上。黄忠马失前蹄，摔到地上。按照关羽往常的脾气，肯定是不假思索，一刀就把黄忠砍了，长沙郡也就到手了。但奇怪的是，关羽这一次竟然没有杀黄忠，而是让他回去换马再战。

关羽为什么不杀黄忠，放弃唾手可得的攻取长沙的大好机会呢？

黄忠的救命恩人其实不是关羽，而是诸葛亮。

如果没有诸葛亮事先的激将法，黄忠的这条命早就没了。关羽好胜心极强，他担心,如果自己是靠着黄忠马失前蹄这样一个偶然事件而获胜,诸葛亮事后一定会拿这个说事,说自己的胜利是侥幸得来的,是运气好,算不得什么本领。关羽有心让诸葛亮哑口无言,就放了黄忠,非要光明正大、真刀实枪地击败黄忠。

第三天,黄忠知恩图报,不忍心将关羽射死,只是射掉了关羽头盔上的红缨。但关羽和黄忠的互不伤害,引发了长沙太守韩玄的怀疑。韩玄一怒要杀黄忠。这惹恼了另一员大将魏延。魏延杀了韩玄,救了黄忠,将长沙献给了关羽。

关羽的运气真是好得不得了。诸葛亮本来是等着看关羽笑话的,没想到一系列的机缘巧合后,关羽竟然真的就用五百校刀手拿下了长沙,反过来给诸葛亮出了一个大难题。

年轻气盛的诸葛亮一心想看关羽的笑话,怎么肯让关羽看自己的笑话?诸葛亮实在咽不下这口气。可是,关羽轻松攻克长沙,却是板上钉钉的大功一件。诸葛亮根本没有任何理由奈何他。

诸葛亮看着关羽得意扬扬,趾高气扬,不由气急攻心,转眼再看到站在关羽旁边,自以为献城有功、志得意满的魏延,顿时气不打一处来。要不是这个魏延多事,自己怎么会落到如此尴尬的境地?

诸葛亮当即大喝一声,道:"来人,将魏延这个背主弃义的小人推出去砍了!"

诸葛亮的这句话,顿时让所有在场的人都惊呆了!

人的不满情绪往往会沿着人际关系中的等级,从高到低传递。最底层最弱小的那个人,就是最终的替罪羊。这也就是我们俗话里常说的"柿子专拣软的捏"。

此时此刻,诸葛亮奈何不了关羽,魏延就成了替罪羊、出气筒了。

刘备眼见诸葛亮再一次故伎重施、滥用权力,终于控制不住情绪了,急忙阻止道:"军师,魏延献城有功,你为什么要杀他?"

上一次在华容道事件的处理上,刘备给足了诸葛亮面子,那也是因为关羽确实违反了军令。这一次刘备却绝不允许诸葛亮滥杀无辜了。他不再是为魏延求情,而是质问诸葛亮为什么要这么做。

诸葛亮自出山后,一路顺畅,不免恃才而骄,恃宠而骄,恃功而骄,肆意挥洒他在智力上的优越感。他绝没有想到,刘备竟然会毫不客气地质问自己!

诸葛亮急中生智,说:"食其禄而杀其主,是不忠。居其土而献其地,是不义。魏延不忠不义,所以我要杀他!"

诸葛亮这个理由,听起来冠冕堂皇,但其实一点道理也没有。

不久前，张飞攻取武陵郡。武陵郡的巩志也是杀了太守金旋，献了城池。刘备后来任命巩志担任武陵太守。巩志的行为和魏延的行为如出一辙，但此前诸葛亮却毫无异议。怎么到了今天，标准就发生了一百八十度的大转变了呢？

刘备一听，心想："这可不行，要是都像你这样，把主动来投降的都杀了，以后谁还来投奔我啊？"脸色一变，正要说话，诸葛亮也已经发现自己的话站不住脚了，急忙又吐出一句，说："我看魏延脑后有反骨，日后必反，不如今日杀了，以绝后患！"

诸葛亮说这句话本来是想为自己辩护的，没想到这句话更加站不住脚。按照他的逻辑，魏延日后必反，不如今天杀了，那么每个人日后都要死的，不如大家今天就都别活了。

诸葛亮慌不择言，说出了他这一生中最为荒诞可笑的一句话。可见，一个人在恼羞成怒的状态下，是何等的慌不择言！

但刘备毕竟还是要倚重诸葛亮的，他不能让诸葛亮下不来台。所以，刘备紧接着转换语气，不再继续批评，而是说："军师，如果杀了魏延，恐怕此后降者人人自危，还望军师宽恕他吧。"

诸葛亮眼看无地自容，看到刘备给的台阶，当然是立即就坡下驴了。但他为了给自己撑场面，还是说了一句："我今天饶了你的命，你一定要尽忠报主。如有异心，我好歹取你脑袋！"魏延诺诺连声，却满心委屈，根本不知道自己错在哪里。

这一次"长沙事件"，可谓是诸葛亮早期的一大败笔，带来了诸多恶果。

首先，关羽冷眼旁观，知道诸葛亮其实还是冲着自己来的，内心十分不满。诸葛亮和关羽的关系就此成为一个死结。

其次，诸葛亮对魏延的嫉恨一直延续下去，终其一生，都没有厚待魏延。魏延满怀郁闷，最终被逼上了造反的死路。

而更重要的是，诸葛亮的无节制炫智和超强控制欲终于引发了刘备的担心，两个人的蜜月期由此提前结束。这实在不是一个让人愉悦的好消息……

心理感悟：权力在遇到阻力之前，是不会停止侵略的步伐的。

45

天上掉下个孙妹妹

　　荆襄初定，刘备迎来了他这一生中最为快意的时光。但他这个人，每逢喜事霉头多，总是会有大煞风景的意外发生。这一次自然也不例外。

　　首先是这时，公子刘琦突然死了。这本来也不是什么大不了的事。诸葛亮当初和鲁肃约定，荆州的归属是以刘琦的生存为限的。现在刘琦前脚一死，债主鲁肃后脚就上门来了。

　　鲁肃开门见山，对刘备提出了交割荆州的请求。刘备一向以"仁德信义"行走天下，饶是他巧言机变，也无法拒绝鲁肃。这件事就只能落在诸葛亮身上了。

　　诸葛亮却变了脸色，呵斥道："子敬，你好不通情理！须知'天下者，非一人之天下，乃天下人之天下也'。我主公刘皇叔，乃汉室贵胄，又是刘景升之弟，弟承兄业，有何不可？你家主公，不过是钱塘小吏之子，坐拥江东，贪心不足，还想吞并汉上九郡。这刘氏天下，我家主公姓刘的，倒没份？赤壁破曹，也不是你一家之力。要不是我借来东风，江南被曹操攻破，别说二乔被曹贼掳掠，子敬，就是你的家眷恐怕也保全不了！我以为你深知古今，明辨是非，没想到非要我把话说透，你才省悟！"

　　诸葛亮这一番强词夺理，一下子镇住了鲁肃。鲁肃哑口无言。如果上一次鲁肃来交涉荆州归属时，诸葛亮就说这番话，也就不会有今天的争端了。但放到今天来说，诸葛亮就是仗着自己伶牙俐齿在无理取闹了。

　　刘备听了，暗暗叹了一口气。要是以这种方式占了荆州，传了出去，他的无赖污名就洗不脱了。

　　鲁肃想了半晌，说："当初刘皇叔兵败当阳，是我鲁肃带着诸葛先生渡江去见吴侯。周公瑾要发兵攻打荆州，是我鲁肃相劝不要伤了两家和气。后来皇叔答应待刘琦公子去世后，就归还荆州，也是鲁肃在旁做证。现在皇叔食言失信，我鲁肃回去后必然是死无葬身之地了。但玄德公恐怕也是要受千秋万代的耻笑了吧。愿皇叔三思！"

鲁肃知道自己的辩才和诸葛亮相差太远，他只能死死抓住刘备爱惜声誉这个软肋，不管你诸葛亮说什么，刘备食言失信总是无可否认的事实。

刘备面上一阵红，一阵白，表情很不自然。诸葛亮看在眼里，转念一想，又想出了一招。

诸葛亮说："子敬，我们也不为难你。这样吧，我让我家主公给你立个文书，暂借荆州为安身之地，待皇叔攻占了别处城池后，就将荆州交还给东吴。"

鲁肃本是落水的人，一听来了根救命稻草，当然如获至宝。但他已经上过诸葛亮一回当了，这次谨慎了很多，继续问道："请问诸葛先生，你攻占了何处城池，就还我荆州？"

诸葛亮说："中原急未可图，西川刘璋暗弱无能，我家主公有意图之。若得了西川，那时就还荆州。"诸葛亮说的倒是实话，这一战略意图他在隆中时就曾经对刘备说过。但他这样说，等于又卖了刘备一次。刘备囿于道德，不忍夺取同宗刘表的荆州。而西川刘璋，也是刘备的宗室兄弟，诸葛亮明着说刘备正要图谋西川，岂不也是大违道德仁义？

看来，诸葛亮为了挽救前一次的失误，这个坑是越挖越深了。而他让刘备立下借荆州的文书，更是错上加错的重大失策。本来荆州归属尚有争议，刘备占了也就占了。现在，你这文书一立，大名一签，就等于是公开承认了荆州的所有权是属于东吴的。虽然诸葛亮从来就没打算归还，但这在情理上就是在给自己挖坑。

鲁肃一听刘备肯立文书，当然愿意。而刘备虽然内心不愿，但不立文书已经下不来台了，只能一一照办。

鲁肃拿着文书去见周瑜，却被周瑜一顿数落。周瑜说："这文书又无期限，实属无赖。子敬，你又上诸葛亮的当了！如果吴侯一时震怒，怪罪下来怎么办？"

周瑜倒不是在吓唬鲁肃。孙权一怒之下，真有可能这么办。毕竟，破曹主要是东吴之力，但最后的结果却是东吴仅得自保，而好处几乎全被刘备捞走了。究其缘由，诸葛亮就是鲁肃一力推荐给孙权的。这是一切的源头，鲁肃确实是无处可逃的。

鲁肃又气又惊，手脚冰凉。好在周瑜和他是过命的交情，关键时候还是会拉他一把的。

没过多久，刘备又遇到了一件倒霉事。这一次，是他的原配夫人甘氏去世了。

此前，他另一位夫人糜氏在当阳惨败中罹难。刘备年近半百，中年丧妻，重又成了单身汉。

刘备的坏消息，就是周瑜的好消息。周瑜得知此信后，立即有了一条妙计。

原来，孙权有一个妹妹，正当妙龄，豪气犹胜须眉，立志非英雄不嫁。周瑜的妙计就是用孙权之妹做"诱饵"，引诱刘备到东吴成亲，然后趁机将他扣为人质，以此交换荆州。

周瑜为什么要单挑孙权的妹妹当诱饵呢？

道理很简单，当时的婚配讲究门当户对。刘备早就跻身于封疆大吏的行列，确实只有孙权的妹妹才配得上他。只有这样的结亲，才具备足够的可信度。换了别的女子，是很难蒙过刘备，诱其上当的。

孙权同意了周瑜的计划，并且派吕范前去说合。

人在家中坐，福从天上来。这样的好事刘备不止遇到过一次，比如当年陶谦的三让徐州。这一次的天赐姻缘，并没有让刘备大感意外，但他的第一反应却是拒绝！

刘备为什么要拒绝呢？

这是"过度合理化效应"的必然反应。刘备占领荆州的行为，因为诸葛亮的言辞不当，而被蒙上了一层不光彩的面纱。老实人鲁肃几次三番被诸葛亮耍弄，让刘备对东吴颇感愧疚。现在，东吴不但不以为忤，反倒要将一个正当妙龄的郡主来给自己当续弦，这就大大超过合理的限度了。刘备无论如何是不敢接受这一份天上掉下来的大礼的。

但吕范只用一句话就打动了刘备。

吕范说："两家共结秦晋之好，则曹贼不敢正视东南也！家国之事，两全其美，何乐而不为？"

吕范的意思是，你这个老婆，不是为自己娶的，而是为曹操娶的。你要是和孙权成为郎舅之亲，两家和睦联手，曹操就不敢再打江南的主意了。

刘备当然知道，曹操虽败，实力犹存，觊觎之心，绝无停歇。自己虽然占了荆州，但如果同时与曹操、孙权为敌，腹背交困，前景堪忧。而如果自己与孙权结了亲，共抗曹操，那么，这荆州也就"借"得心安理得了。

刘备这么一想，内心的结也就打开了。当然，他也不傻，肯定也会思考一下这会不会是一个陷阱。但转念一想，谁又会拿自己亲妹妹的婚姻大事开玩笑呢？也就相信了东吴方面的诚意。

刘备同意后，吕范还是面临着另一个巨大的难题——请刘备到东吴成亲。

按照一般的婚娶规矩，女方是被迎娶到男方家中成婚的，而不是相反。吕范的理由是：吴国太十分宠爱这最小的女儿，舍不得分离，因此要请皇叔到江东成亲。

刘备并非从男欢女爱的角度，而是根据政治利益的考虑答应婚事的。为了一劳永逸地解决荆州争端，与孙权建立坚固的抗曹联盟，就是龙潭虎穴也要闯上一闯。而诸葛亮又适时地为他占了一个大吉大利之卦，给他打了包票。

信念是动力之源。刘备怀着对自己美好未来的信心和对于诸葛亮神机妙算的信心，踏上了那艘去东吴成亲的命运之船……

心理感悟： 对于绝大多数人来说，利益可以消除任何的恐惧。

46

温柔是把杀猪刀

为了确保刘备此行安全无虞，诸葛亮做了精心安排。他派智勇双全、精细过人的赵云作为刘备的贴身保镖，并且给了赵云三个锦囊。这是诸葛亮第一次使用锦囊。如他所说："你们什么也不用知道，只要到时打开锦囊，依计照办就可以了。"

到了江东，赵云打开第一个锦囊，依计行事，将刘备前来东吴成亲的消息广为传播。这也许是史上最早的"病毒式营销"，利用人们好传名人八卦的心理，很快就让东吴首府人尽皆知。孙权、周瑜谋划此策，是暗中行事，但一经公开，就成了事实。社会舆论压力由此成了刘备的第一把保护伞。

孙权之母吴国太知道后，对孙权拿妹妹的终身大事开玩笑极为不满，狠狠呵斥了孙权一顿。吴国太见刘备相貌堂堂，气度不凡，十分喜欢，于是转假为真，招认刘备为婿，成了刘备的第二把保护伞。

有了这把保护伞，刘备一时半会儿就死不了了。孙权不甘失败，周瑜又想出了新的一计。

刘备与孙小妹成亲后，孙权以关爱为名，大送金帛珍玩。没想到，这一计的威力竟然比前一计要大得多。

刘备年少时贫困，起兵后又整天疲于奔命，为生存而拼搏，哪里享受过如此安乐的生活呢？

任何一个人，都难以抵挡贫困后得到的享乐之诱惑。刘备和孙小妹虽是政治婚姻，但也两情相悦，孙权又刻意给他营造了纸醉金迷的氛围，刘备可就彻彻底底失陷在温柔乡里了。这是神机妙算的诸葛亮也始料未及的。

人生得意须尽欢，可刘备着实还没有到得意的阶段，却"梦里不知身是客，一晌贪欢"。这一段时光，是刘备坎坷一生中极为难得的一个休止符。从人性关怀的角度，我们不应该对刘备有任何指责。但是从一个奋斗者，从一个政治家的角度，刘备确确实实是迷失在"温柔乡"中了。

忠心为主的赵云看在眼里，急在心里，但就连他也不怎么见得到刘备了。眼看光阴似箭，已到年底。赵云打开第二个锦囊，依言紧赶找到刘备，诈称曹操大兵压境，杀向荆州。

对刘备来说，这是最有效的解药，一下子让他从温柔乡中惊醒过来。刘备顿时想起了自己的未竟梦想，马上就想回到荆州去。但此时的他，已不再是心无挂碍。他和孙夫人浓情蜜意，如胶似漆，难舍难分。这是老男人新娶娇妻的正常反应。刘备不想抛下孙夫人，私自和赵云逃回荆州，但要想说服孙夫人和自己私奔，难度却大得很。

因为孙夫人并不知道这看似美满婚姻背后的政治黑幕。如果刘备想要带着她一起走，孙夫人必然会向母亲和兄长辞行而导致刘备的"私奔计划"曝光。

那么，刘备该如何来处理这个两难的问题呢？

哭笑歌叹是最好的吸引注意力策略。刘备决定用"哭"来对付夫人。他回到内室，故意当着孙夫人的面暗暗流泪，以引起孙夫人的注意。

孙夫人果然发问："丈夫为何烦恼？"

刘备说："我一生飘零，活着不能侍奉双亲，真是大逆不道。眼看新年将到，想到不能祭祀祖宗，心伤难抑，因此流泪。"

刘备本想根据江南风俗，诈称到江边祭祖，骗夫人一起逃回荆州的。但孙夫人恰好听到了赵云和刘备的对话，她素来是颐指气使的率直脾气，说："你不要瞒我了，我全都听到了。刚才赵子龙说荆州危急，催你赶快回去呢。"

刘备一听，心里反而更加高兴了。既然夫人已经知道情况危急，那就更容易说服了。

刘备立即跪了下来，对夫人求告说："夫人既然已经知道了，我就不敢隐瞒了。荆州危急，我如果不回去，万一荆州有失，岂不惹天下人笑话？可是如果我回去，又舍不得夫人。所以这才烦恼。"

刘备这样说，话里的潜台词是：回归荆州，就意味着必须和夫人分离。孙夫人是被娇宠惯坏的公主脾气，一向认为自己无所不能，没有任何规则可以束缚自己。刘备的潜台词立即激发了她的逆反心理。再加上她和刘备正处于感情的蜜月期，舍不得与丈夫分离，脱口就说："我既已嫁给了你，自然是你去哪里，我就跟去哪里。"

刘备暗暗高兴，顺着话头说："夫人之心，我也了解。我也想和你一起走。可是，你母亲和你兄长怎么肯放你走呢？你若是可怜我，就先放我走。我就是战死沙场，也会永远记得你的恩德的。"

这句话又释放了一句潜台词：如果你要跟我走，就必须征得吴国太和孙权的同意。而这两个人是不会放你走的。除非你能想办法说服他们。

孙夫人果然再起逆反之心，说："你用不着烦恼。母亲向来宠我，等我向母亲哀告，她一定会同意让我跟你一起回荆州。"

刘备大喜，再进一步，说："即使母亲同意，恐怕你哥哥也不会同意啊。"

孙夫人其实并没有想明白为什么兄长孙权会不同意自己跟着刘备回荆州，但她的思考模式在刘备的诱导下已经走上了逆反之路，孙权越是不同意，她回荆州之心反而越强烈。

孙夫人说："这有什么要紧，眼看就是元旦。我和你告知母亲，就说元旦日去江边祭祖，然后借机而去，不告诉我哥哥不就行了？"

刘备大喜。第二天和孙夫人一起对吴国太禀明祭祖之事，然后在元旦日带着赵云等一干随从，直奔荆州而去。

孙权随后发现刘备不告而别，大怒中连续派出几批人马，追赶刘备。此时，孙夫人成了刘备的第三把保护伞。孙夫人借着自己平素作威作福的气场，接连镇住了孙权的几路追兵，一路保护刘备平安回到荆州。

孙权和周瑜的算计再度落空。周瑜"赔了夫人又折兵"，气得箭疮复发，口吐鲜血。而孙权也是暴怒不已，想发兵攻打荆州，却又忌惮曹操南下。冷静下来做了一番安排之后，责令鲁肃再去索讨荆州。

刘备顺利回到荆州，席不暇暖，鲁肃又上门了。

刘备得了夫人又占地，觉得很过意不去，不知道该如何应对鲁肃。诸葛亮给他出主意，说："鲁肃要是提起荆州之事，主公你就放声大哭，剩下的事我来办。"

在荆州归属这件事上，诸葛亮一错再错，出的都是馊主意。但就是再馊，刘备也得生吞下去。当然，这也不能全怪诸葛亮。刘备的要求太高也是很重要的因素。刘备既要面子，又要里子；既要占据荆州，又不能影响名声。这是很难做到的。但诸葛亮将自己包装成了无所不能的化身，刘备对他有很高的期望也是情理之中的事情。

刘备见了鲁肃，不得不按照诸葛亮的办法，痛哭流涕，搞得鲁肃一头雾水，无所适从。诸葛亮在幕后听了一会儿，觉得差不多了，就走了出来，问鲁肃："你知道我家主公为何痛哭吗？"

鲁肃茫然摇头。诸葛亮说："当初刘皇叔应许你取了西川，便还荆州。但又想到西川刘璋是宗族之弟，同为汉室骨肉，如果兴兵去取，又担心别人唾骂；如果不去攻打，还了荆州，又无处容身。可要是不还，尊舅（指孙权）面上又不好看。因此是多处为难，不甚烦恼，所以才会泪出痛肠啊！"

诸葛亮这么说，是因为他已经意识到了自己的前言之失以及给刘备造成的困扰，故而加以弥补。但这番话，正好触动了刘备的痛处。刘备刚开始还是半真半假地哭泣，被这番话一撩拨，真的伤心难掩，搥胸顿足，哭了个痛快。

都说男人最见不得女人落泪，但其实男人最见不得男人落泪。鲁肃哪里见过这阵仗，一时手足无措。鲁肃这一次索讨荆州，自然又是被诸葛亮忽悠过去了。不过，这虽然换来了短期的安耽，却给刘备最为看重的名声造成了长久的伤害。

> **心理感悟：** 匮乏是一种诱惑力，富足是一种免疫力。

4.7 玩笑开得太大了

此后,周瑜想用计策攻取荆州,却被诸葛亮识破击败。急怒攻心,一病不起,英年早逝,东吴一时无力索讨荆州。诸葛亮登门吊孝,并借机与滞留东吴的庞统会面,给了他一纸荐书,邀请他来为刘备效力。

庞统在东吴备受冷遇,自然萌生去意。庞统号称"凤雏",是与诸葛亮齐名的人物,他见诸葛亮出山之后,发展顺风顺水,自然会有攀比之意。庞统滞留东吴,就是想在东吴做出一番事业。但鲁肃虽然多次推荐,无奈孙权见庞统相貌古怪,又嫌他性格轻狂,不予采用。庞统又不愿投奔曹操,别无选择之下,只好来投刘备。临别之际,鲁肃给他写了一封推荐信。

庞统拿着两封重量级的推荐信,却不想拿出来。在他看来,如果堂堂的凤雏先生要靠着诸葛亮和鲁肃的推荐信,才能得到刘备的重用,岂不是一个笑话?

庞统不声不响地来见刘备。但即便庞统不声不响,刘备也应该对这个名字记忆犹新,肃然起敬。此前,水镜先生司马徽对刘备说过"卧龙凤雏,得一可安天下"。刘备对卧龙诸葛亮极为看重,十分礼遇,应该没有任何理由轻视慢待与卧龙齐名的凤雏。

但奇怪的是,刘备见庞统主动来投,竟然毫不激动,非常冷淡地就把他打发了。

刘备淡淡地对庞统说:"现在荆襄基本安定,一时也没有什么空缺。此处往东北一百三十里处有一个耒阳县,还缺一位县令,先委屈你到那里去干一阵吧。以后要是有什么别的空缺,我再考虑安排。"

庞统听了,内心冰凉,失望透顶,但却一句话也没有解释,默默前去耒阳上任。

刘备的这一做法,哪里还符合当初那个求贤若渴的明主形象?刘备这到底是怎么了呢?

这主要是因为"睡眠者效应"在作怪。

我们知道，信息来源对于信息的说服力具有很强的相关性。同样一个信息，如果是由一个权威人士发布的，其可信度就会很强；相反，当发布者是一个无名小辈时，人们就不太容易采信。随着时间的推移，当人们逐渐淡忘了信息来源与信息本身之间的联系后，就会出现说服效力的逆向变化。那些由权威人士发布的信息的影响力会逐渐下降，而那些由无名小辈发布的信息的影响力就会逐渐增大。这就是"睡眠者效应"。

"卧龙凤雏，得一可安天下"这句话是司马徽说的。司马徽被刘备视为世外高人，其影响力当然是巨大的。但在睡眠者效应的作用下，这句话的说服力就慢慢减弱了。

与此同时，另外一个无名小辈说过的一句话的作用力却大大加强了。这个无名小辈就是司马徽家里的小童。小童告诉刘备庞统和司马徽是好朋友，两人以兄弟相称。兄弟举荐兄弟，兄弟推崇兄弟，很难说其中没有猫腻。

司马徽和小童分别说的这两句话，都发生了说服效力的逆向转变，却又形成合力，对庞统的形象矮化起到了叠加强化的作用。这也使得刘备之于庞统的能力判断的"睡眠者效应"异常巨大。

这就是刘备对庞统十分冷淡的重要原因。而且，另外还有一个因素对此也有助推作用。

刘备在赤壁之战后也自认为是天之骄子，其确信程度远远超过孙权。刘备占了大片地盘，不缺谋士，也不缺武将，有的是替代性选择。刘备的心态不由也变得傲慢自得起来。这样，他就更不把庞统放在眼里了。

总之，庞统来得真不是时候。

但我们从庞统的悲惨遭遇中却可以领悟到逆境的可贵性。刘备给人的印象一向是谦虚谨慎，礼贤下士的。但在事业小成之际，他也会变得庸俗，沦为当初他自己最看不起的袁术之流。我们可以由此推断，如果刘备出身高贵，或者发展顺遂，恐怕他的尾巴早就翘上天去了。可是，傲慢自大对于一个立志于建立雄大伟业的人是一种致命的伤害。曾经不可一世的袁术，早就灰飞烟灭了。这就是一个最有说服力的负面典型。刘备不是超人，他也会得意忘形，也会沉溺声色，如果不是他这一路历尽坎坷，恐怕他也走不了这么久，走不了这么远。所以，他其实应该感谢逆境常在，让他不至于小富即安，微功即骄。

不过抛开刘备本身的变化不谈，如果诸葛亮就在近旁，提醒刘备一声，庞统的遭遇也许不会如此凄惨。那么，诸葛亮又到哪里去了呢？

诸葛亮的行踪颇为诡异，他自东吴吊孝回来后，早就禀明刘备，出去巡查荆襄诸郡了，而且迟迟不归。这很难不让人认为他故意避开庞统来投的这个时间节点。从他一贯喜好控制一切的做派推断，他是有意避而不见，让庞统不得不通过自己的推荐信得到刘备的任用。这样，他就可以凭此恩惠，始终压庞统一头。

但是诸葛亮没想到，庞统竟会如此硬气，根本就不拿出推荐信，对刘备的冷淡也没有半句嘲讽不屑，直接就来到了耒阳县任上。

庞统其实是憋了一口恶气。他到任后，故意不理政事，整天饮酒作乐。很快就有人将庞统的恶劣表现报告给了刘备。

刘备大怒，立即派张飞和孙乾去耒阳巡查验证，一旦查实，当场处置。

张飞与孙乾来到耒阳，见庞统果然宿酒未起。张飞火冒三丈，派人将庞统叫到大厅上听候发落。

庞统睡眼惺忪，衣冠不整地来到厅上。张飞怒道："我兄长派你当县令，你怎么敢纵酒作乐，荒废一县大事？"

庞统哈哈一笑，道："将军认为我耽误了县里的什么事情？"

张飞怒道："你到任多日，一天也没处理过公事，怎么还敢问我耽误了什么事情？"

庞统轻蔑一笑，说："量这百里小县，会有什么大不了的事情？将军你先坐一会儿，我现在就来发落。"庞统随即叫来公差小吏，将多日积压的公事全部呈报上来。

只见庞统手中批判，口中发落，耳内听词，曲直分明，并无分毫差错，百姓全部叩首拜伏，把张飞、孙乾看得目瞪口呆。

庞统处理完毕，把笔一扔，对张飞说："所废之事何在？曹操、孙权，吾视之若掌上观纹，量此小县，何足介意！"

张飞这才见识到庞统的真才实学，知道大哥刘备看走眼了，亏待他了，连忙说："先生大才，我真是有眼不识泰山。"

庞统随即拿出鲁肃的推荐信。张飞更是羞愧，带着信，急忙回报刘备。

刘备听了张飞的介绍，拆开鲁肃的信一看，只见上面写着：

> 庞士元非百里之才，使处治中、别驾之任，始当展其骥足。如以貌取之，恐负所学，终为他人所用，实可惜也！

刘备这才惊醒过来，想起当初司马徽所说的"卧龙凤雏，得一可安天下"，不由懊悔，连声道："屈待大贤，吾之过也！"

正在这个时候，诸葛亮回来了。他见了刘备，第一句话竟然是："庞军师近日还好吗？"

刘备正在懊悔之中，听了诸葛亮这句没头没脑的话，先是一头雾水，很快又清醒过来，明白了诸葛亮的潜台词。

刘备脸色一变，冷冷地说道："我最近派他去当耒阳县令，他整日饮酒作乐，不理正事。"

诸葛亮哈哈一笑道："庞士元可不是百里之才，他胸中所学，不在我之下，我曾经给他写过一封推荐信。难道他没有给主公看？"

原来诸葛亮判断，刘备看了自己的推荐信，肯定会按照优遇自己的规格，也任命庞统为军师的。

刘备听诸葛亮这么一说，内心更是不豫。他有眼不知大才，冷落庞统，本来正在责怪自己愚蠢可笑，诸葛亮这么一说，刘备自然就把责任归结到他的身上了，以求心理平衡。

但诸葛亮也不能说是无辜的替罪羊。东吴吊孝后，诸葛亮早就该把庞统的相关情况完全告诉刘备。这样，庞统来投，即便诸葛亮不在，刘备也不会做出安排庞统去当县令这件足以让天下人笑掉大牙的糗事来。

诸葛亮依仗过人才智，先后多次耍弄关羽、鲁肃。刘备虽有所不满，但并没有太过在意。但这一次，诸葛亮实在是玩得太过火了。他故技重施，耍弄庞统，却不想竟耍到了刘备的头上。除了他自己悉知掌控一切之外，所有的人都被蒙在鼓里，都成了他所导演的戏剧中的小丑！

刘备当然知道，诸葛亮确实是不世出的天才，自从请他出山后，自己确实交上好运了，形势一天好过一天。但是，诸葛亮超强的控制欲和炫耀欲却也让刘备忍无可忍了。

此前，诸葛亮是无可替代的。但现在，与诸葛亮齐名的庞统也来了，还在误打误撞中强悍地证明了能力。刘备暗下决心，以后要好好任用庞统，以此制衡诸葛亮。

刘备当即请回庞统，拜他为副军师中郎将，与诸葛亮共赞方略。

心理感悟：傲慢是一种会导致人际失明症的病毒。

相反也是一种模仿 / 谁是谁的棋子 / 心结是怎样打开的 /
高手算不了自己的命 / 愧疚带来的后遗症 /
又吃了一记闷棍 / 梦想在苦涩中成真

相反也是一种模仿

傲慢会将所有的幸运拒之门外。

因为傲慢，刘备差一点错失让"卧龙、凤雏"二贤合璧的机会。而他的最大对手曹操，也为傲慢付出了惨重的代价。

赤壁惨败后，曹操很快恢复了元气，新近又击败了西凉马超，曹操"胜必骄"的老毛病再次发作。西川张松千里迢迢，拿着整个西川的地形图，主动要献给曹操。但不巧正好赶上曹操的"发病期"。曹操十分傲慢，又见张松容貌丑陋，更是不屑，竟然没给张松好脸色。张松献媚不成，大伤自尊，出言不逊，顶撞曹操。曹操大怒，要将张松斩首。幸好杨修为他求情，但还是挨了一顿乱棒。

曹操就这样错失了一个攻占西川的良机。张松又气又急，怎么也咽不下这口气，顿时起了强烈的报复之心。

张松盘算了一下，要靠自身的力量，直接报复曹操是不太可能的。那就只能通过帮助他的对手来实施间接报复。

曹操当前的主要对手就是刘备、孙权。张松一向眼界很高，唯有曹操，才是他心目中的天下雄主。但现在他要报复曹操，就只能考虑刘备、孙权了。而刘备"仁义"名声远播，人望很高，张松越想越觉得是最合适的人选，当下拨转马头，直奔荆州而去。

再说诸葛亮占住荆州后，按照他的战略设想，早就在惦记着西川了。这次他得知张松被曹操乱棍打出，转而直奔荆州的消息，马上做好了周密的安排，就等着张松入套。

张松刚到荆州地界，赵云、关羽先后在路边迎候。随后，刘备又亲率诸葛亮、庞统迎接。张松和刘备素昧平生，本无资格享受如此隆重的接待礼遇。在正常状态下，过度合理化效应会提醒机敏过人的张松，其中必然有诈。但此时张松正好处于验证性偏见占主导作用的心理状态，刘备的这一系列礼遇，正好验证了张松的内心倾向。张松不但不觉得过分，反而更加坚信刘备就是自己最值得投靠的主人。

在诸葛亮的授意下，刘备绝口不提西川之事，只是一味给张松戴高帽、说闲话，哄得张松心怀大畅。诸葛亮、庞统则一唱一和地诉说刘备无处安身的不平待遇。

一连三日，刘备只是好酒好菜好招待。张松要告辞而去，刘备又在十里长亭设宴为他送行，依然不提西川之事。

刘备既已充分表明自己无欲无求，他对张松的厚待礼遇，在曹操所为的衬托下，可就成了莫大的惠益了。张松不是个没见过世面的人，如果不是曹操无意中为刘备抬轿子，这三天的礼遇未必就能感动张松。张松过意不去，心里的话实在憋不住了，刘备却又十分及时地添了一把火。

刘备说："叙谈三日，获益良多。今日相别，不知何时能再听到您的指教呢？"说完，竟然潸然泪下。

张松被深深感动了："刘备如此宽仁爱士，这样的主人错过了岂不太可惜了！"于是说："我也想朝暮侍奉在皇叔身侧，只恨身不由己！我看荆州东有孙权、北有曹操，也不是长久之地。益州（西川）沃野千里，民殷国富，智能之士，久慕皇叔之德。如果起荆襄之众，长驱西指，则皇叔霸业可成，汉室可兴也。"

刘备连忙摇头说："我刘备何德何能？益州刘璋也是汉室宗亲，恩泽久布，他人岂能动摇他的基业？"

张松正色道："我可不是卖主求荣。今天遇到明公，不敢不披肝沥胆，实话实说。刘璋虽拥有益州之地，但生性暗弱，不能任贤用能。再加上张鲁在汉中，时时侵扰，益州人心离散，都在期盼明主。我这次出来，本想结纳曹操，没想到曹贼恣狂无礼，所以特地前来拜见明公。明公如果能先取西川为基业，再北图汉中，收复中原，就能匡正汉室，名垂青史了。明公如果真有取西川之意，我愿效犬马之劳，作为内应！"

张松着重点明自己"不是卖主求荣"，但他的行为，无论是结纳曹操还是输诚刘备，都是不折不扣的"卖主求荣"。

这种否定性掩饰通过将可能引发负面影响的真实想法冠以一个否定性前缀以作掩饰，在人们的日常交往中屡见不鲜。

比如，"我不是要多管闲事……""我不是吓唬你……""我不是想冒犯你……"等都是耳熟能详的例子。但这些看似否定的表达，显露的真实目的却是肯定意味的。当你听到这种否定性掩饰时，直接把否定词去掉，就明了对方的真实意图了。

人们之所以喜欢用否定性掩饰，是因为潜意识知道，将要表达的内容可能会给对方或自己带来负面的感受或影响。

刘备一听张松说得如此赤裸裸，深感不安，连忙说："刘备深感厚意，只是刘璋与我同是汉室宗亲，如果攻打西川，恐怕会惹天下人的唾骂！"

你所苦苦坚持的东西，往往会变成对你的束缚。刘备汉室宗亲的身份障碍再一次发挥作用，成了束缚他手脚的绳索。

张松却只将刘备的话语当作场面上的托词，毫不掩饰地继续说："大丈夫处世，当努力建功立业。明公如果今日不取，等到被他人取了，后悔可就晚了！"

这句话是有潜台词的。放着这么好的地盘，又有人诚心给你当内应，你如果还不动手，可就是傻子了！错过了这个机会，以后你肯定会后悔！

一旁的诸葛亮、庞统暗自为张松叫好。他们早就想说这番话，但张松作为局外人，说出来的效果当然要好得多。

刘备似乎动心了，说："我听说蜀道崎岖，车马都不能并行，如果我想攻取，该用什么办法呢？"

听起来，刘备已经接受张松的提议了。否则，他为什么要问攻取之策呢？但在场的张松、诸葛亮、庞统都误解了他的真意。

刘备根本就没有放弃自己的原则。他刚才的话，其实是一种以进为退的心理防御机制，叫作"保护性转移"。这是以貌似更为深入的接纳来微妙地表达拒绝的一种心理防御机制。

如果刘备继续以自己坚守仁义道德为由，拒绝张松的提议，就会显得愚蠢而不合时宜。刘备不愿意自己的形象遭到污化，就将话题转移到另一个明显超前的领域，以切断原有话题。实施保护性转移后，表面上进到了建立在原有话题基础之上的延伸领域，但其实却是一种不易觉察到的拒绝。在现实生活中，很多不明白这一心理防御机制的人，往往做出错误的判断。

张松一阵激动，连忙拿出当初本来要献给曹操的图册。刘备展开一看，凡地理行程、远近阔狭、山川险要、府库钱粮，全都已一一注明。有了这一图册，攻取西川虽然不能说易如反掌，但也是容易很多了。曹操要是知道自己慢待张松，竟会失去这么好的一个宝贝，一定会气得吐血。

张松献了地图后，以为刘备已无异议，又说："明公，您可迅速进兵。我还有两个心腹挚友，叫作法正、孟达，可以一起当您的内应！"

刘备既然已经选择了"保护性转移"，一时无法越轨，只能说："青山不老，绿水长流。他日事成，必当厚报！"

张松大喜，告辞而去，一路上谋划着如何帮助刘备尽快夺了西川。而在场的诸葛亮和庞统也十分高兴。他们一直未能说服刘备克服仁义道德的束缚，没想到竟被张松搞定了。两人摩拳擦掌，准备在攻打西川的战役中大展身手。

张松回到西川后，极力忽悠刘璋邀刘备入川，以攻汉中张鲁。刘璋手下黄权、刘巴识破张松引狼入室的阴谋，苦苦劝谏，但刘璋暗弱不明，还是入了张松的彀。张松又建议刘璋派法正为使者，延请刘备入川。

法正与张松暗通款曲，到了荆州，自然大力劝说刘备趁机攻占西川。刘备眼看木将成舟，更加担心自己声誉受损，不敢再用"保护性转移"，而是十分坚定地拒绝了法正的提议。

法正虽然不解，但还是理解为刘备的托词。席散后，诸葛亮送法正回馆驿休息，两人密商如何夺取西川。

刘备久久坐着，并不离席。庞统就说："当断不断，乃愚人也！主公高明，为何犹疑不决呢？"

刘备意味深长地看了庞统一眼，说："今与我水火相敌者，曹操也！操以急，吾以宽；操以暴，吾以仁；操以谲，吾以忠。每与操相反，事乃可成。若以小利而失信义于天下，吾不忍也！"

相反也是一种模仿。

自从刘备领悟到效仿曹操只能成为曹操第二之后，他就决定和曹操对着干。凡是曹操所为，他都从相反的方向去做。刘备通过"反曹论"，旗帜鲜明地树立了仁德无匹的招牌。这块招牌再加上汉室宗亲的名头，才成就了今天的刘备。

刘备以天下为己任，当然希望多占地盘。无论是荆州还是益州，他都是想要的。他希望身边的绝顶谋士能够帮他想出一个不违背仁义道德的夺地良策，而不是苦苦劝他不顾道德仁义的限制。他此前已经对诸葛亮表示过，但诸葛亮始终没有领会他的深意。今天，他趁着和庞统独处的机会，直截了当地说这一番话，并不是没有用意的。

庞统听了，若有所思。但他真的懂得了刘备的深意了吗？

心理感悟： 人们往往看不懂"以进为退"的把戏。

谁是谁的棋子

刘备囿于汉室宗亲的身份障碍和道德仁义的限制，一再口头拒绝抢占西川，但法正毕竟名义上是来邀请他"入川援手"的。这个"援川不夺川"的理由，恰如关羽当年的"降汉不降曹"，有效形成了"自我欺骗"，让刘备得以用"援川"的名义消融内心的防御而整点兵马，准备入川。

人们总是习惯根据一个人的行为来判定他内心的真实态度。诸葛亮、法正，也包括曾被刘备耳提面命的庞统，无一例外地认为刘备最终还是被"夺川"的愿景打动了。

诸葛亮十分兴奋，摩拳擦掌，想要再一次大显身手，实现自己在隆中时提出的战略规划。但没想到，刘备却给了他当头一棒。

刘备决定，让庞统担任随军军师，却让诸葛亮留守荆州。

诸葛亮一向以为入川作战的军师非他莫属。没想到，卧龙和凤雏合璧之后，刘备拥有了选择腾挪的空间，竟然让诸葛亮镇守荆州，而把开辟新疆域的立功机会给了庞统。

刘备的这一决定，用意极深。

众所周知，在同等付出的前提下，攻与守的收益成效是很不一样的。守成是题中应有之义，并无多少功劳可言。相反，攻则充满了无知与风险，而一旦功成，就会名扬四海，光芒万丈。此次刘备入川，打着援川旗号，刘璋毫无设防，再加上有法正、张松、孟达等关键人物当内应，成功的概率非常大。一旦功成，庞统的业绩（*攻取益州*）就完全可以和诸葛亮（*攻取荆州*）平起平坐，也和两个人的名望基本相符了。

很显然，刘备这是要力挺庞统来制衡诸葛亮。诸葛亮想把庞统当棋子，没想到自己却成了刘备的棋子。

诸葛亮立即就想透了这一点，内心一阵冰凉，也深深地感到刘备的可怕。人总是会落入基本归因错误的陷阱，诸葛亮只是觉得刘备变了，却不知道刘备的变化正是因为他自己无节制炫智的直接后果。

在大将的选择上，刘备也是别有用意。刘备选了魏延、黄忠两人跟随自己入川，关羽、张飞、赵云这几人都留守荆州。

刘备选择魏延，还是要强化对诸葛亮的制衡。诸葛亮因为长沙之战而对魏延有着极深的偏见，但刘备此举意在表明，虽然诸葛亮对魏延不待见，但我刘备却很看重魏延。这不但让魏延感激涕零，而且在组织内部明确传达了"诸葛亮说了不算，当家的永远是刘备"的微妙信号。

刘备选择黄忠，一方面是出于对他能力的信任（战长沙时与关羽对战不落下风），另一方面则刻意建立了一个由新人组成的团队。关羽、张飞、赵云是刘备起家的班底，跟随刘备多年，屡立战功，诸葛亮"新官上任三把火"，帮助刘备占有了荆州，也是功勋卓著。而庞统、魏延、黄忠初来乍到，为了争得立身之基，当然有更大的动力去建功立业。

同时，关羽留在荆州，也是对诸葛亮的一种牵制。刘备知道，自从华容道事件后，这两个人明着还算和气，暗着却互不服气。有关羽在，诸葛亮自然不能随心所欲。当然，这并不能算是刘备的妙手。任由手下的核心人物斗气比拼，看似有效，但实在不能说是组织之幸。

刘备的这番安排，让诸葛亮大失所望，深受打击，但一时也别无他策，只能眼睁睁地看着刘备带着庞统、魏延、黄忠，在法正的陪同下，亲率三万大军一路入川。

这一路上，庞统欣喜若狂。他在起步上已经输给了诸葛亮，只能在后程发力追赶。庞统憋着劲儿要赶快建功立业，以证明自己身为凤雏，与卧龙齐名绝非偶然。在兴奋驱动下，庞统私下与法正频频商议，如何趁着刘璋不备，快速攻占益州。

行至半路，张松秘密派人送信给法正，约定等到刘备、刘璋在涪城相会之际，就除掉刘璋。法正急忙找庞统商议。庞统顿时想起了刘备那天对自己说的"反曹论"，立即说："此事决不能现在告诉主公。等到二刘会面后，我再见机行事，禀告主公。"

二刘在涪城相会，各述兄弟之情，言谈甚欢。刘璋全无心机，大笑道："可笑黄权、刘巴等辈，不知宗兄您的心意，妄加猜疑。今日相见，宗兄真乃仁义之人也！得兄大助，我还怕什么曹操、张鲁啊！"

刘璋的话，会被很多人视为天真幼稚，但他这样说，无意中强化了刘备的"仁义"标签，更加束缚了刘备的手脚。

接风宴后，庞统决定对刘备摊牌。他对刘备说："主公来日设宴回请刘璋。我暗中埋伏刀斧手一百人，听主公掷杯为号，就在筵席上杀了他，然后一拥而入成都。"

刘备看了庞统一眼，知道他还是没懂自己的心意，又想起刘璋一片赤诚地称自己为"仁义之人"，不由冷冷地说道："刘璋是我同宗兄弟，诚心对我，再加上我初到蜀中，如果这般行事，恐怕是天怒人怨。您的计谋，大为不义，就是春秋时的霸主恐怕也不会采用的。"

庞统脸上一红，连忙为自己开脱道："这不是我的意见。这是法正收到了张松密信，说事不宜迟，必须速战速决。"这也是典型的基本归因倾向。

正在这时，法正也来入见。法正唯恐刘备认定自己是卖主求荣，也为自己分辩道："我们也不是为了自己，只不过是顺从天命而已。"

刘备已被刘璋的标签强力约束，只是一再坚守自己的"道德情操论"。庞统、法正二人无奈退下。

庞统、法正眼看良机在前，大功在望，怎么肯轻易放过呢？二人一番商议后，庞统立功心切，果断地说："事不宜迟，势在必行，我们也由不得主公了！"当即吩咐魏延准备好在次日筵席上舞剑，寻机刺杀刘璋。

次日席间，魏延起而舞剑助兴。刘璋这边张任立即拔剑而起，说："舞剑必须成对，我愿做伴！"

庞统随即目视刘封。刘封拔剑加入。西川诸将泠苞、邓贤等人也纷纷拔剑而起，场面一时大乱。

刘备大惊，急忙站起喝道："我们兄弟相会，又不是鸿门宴，哪里用得着舞剑助兴？！诸将赶快收剑，不从者，立斩之！"

诸人见刘备动怒，这才悻悻而退。刘璋深受感动，起身抱住刘备，垂泪道："吾兄之恩，誓不敢忘！"刘璋做出迎刘备入川的决定，一直顶着内部巨大的反对。谁不愿意自己的决定最终被证明是正确的呢？更何况刘璋是个懦弱的人，本身就极度缺乏承担压力的心胸呢。刘备的表现，正好可以证明他的正确，缓解他的压力，这自然就使得他感激涕零了。傻人有傻福，这倒又增加了刘备内心的认知失调。

宴罢，刘备就把火气转发到庞统身上，说："我以仁义躬行天下，你再也不要这样做了！"庞统受此训斥，脸上一阵红，一阵白，心情复杂难言。

刘璋这边诸将，却为己方成功粉碎了刘备的"鸿门宴阴谋"而欢呼鼓舞，并想趁势劝说刘璋赶快清醒过来。但刘璋一心为刘备辩护，说："吾兄刘玄德，绝不是这样的人。"当然，这其实也是为他自己辩护。诸将说："就算刘备没有吞并之心，他手下的人未必就没有这样的想法！"刘璋说："你们不要再多说了，谁也离间不了我们兄弟之间的感情！"诸将只能无言而退。

接下来，二刘在涪水关相聚欢饮多日，一直平安无事。这一天，忽有战讯报来，汉中张鲁兵犯葭萌关。刘璋就请刘备前往支援。刘备等了多日，终于等到了足可证明自己确实是为"援川"而来的机会，自然兴奋不已，立即慨然应允，引本部兵马杀往葭萌关。

刘璋手下诸将，反复劝刘璋严令各处大将紧守关隘，以防刘备兵变。刘璋开始不从，但架不住诸将轮番劝谏，只好命蜀中名将杨怀、高沛二人严守涪水关。刘璋随后回到成都。

心理感悟：无论是赞美还是批评，都只不过是镣铐的代名词。

心结是怎样打开的

刘备在葭萌关击退张鲁进犯后，一连数月无事。刘备想想自己远离荆州，却在蜀中无事可做，内心不免滋生焦虑。正在此时，曹操又再兴兵，攻打东吴。对刘备来说，这本是坐山观虎斗的好事，但他却既担心曹操胜了之后会转而攻打荆州，又担心东吴胜了之后也会攻打荆州。于是找来庞统商议。

庞统得知这一讯息，电光火石间灵感乍现，突然想到了一个绝妙的办法。他强忍兴奋，口气沉稳地对刘备说："主公，你不用担心。荆州有诸葛亮在，无须多虑。主公如今在葭萌关日久，只是消磨时间，不如借这个机会退归荆州吧。"

庞统立功心切，在葭萌关无事可做的悠闲时光早已让他心急如焚。他当然不是真的想劝刘备回归荆州。他是想到了一个足以让刘备克服心魔，打响征服西川第一枪的妙策。

刘备一直进退两难。听庞统这么一提议，立即心动了，说："这倒是个办法。不过，我们怎么对刘璋说呢？"

庞统说："主公，你只需写信给刘璋，说曹操攻打孙权，孙权向我方求救。我与东吴有婚姻之亲，不能不帮。张鲁不过是个无能之辈，无须多虑。我这次兵回荆州，要和孙权共破曹操，奈何缺兵少粮，望贤弟看在同宗面上，速发精兵三四万，军粮十万斛，助我一臂之力。"

庞统的这个办法是对互惠法则的巧妙运用。刘备亲自率兵入川来帮刘璋，这是对刘璋的恩惠。现在，刘备有事了，反过来刘璋就有义务回报刘备。如果刘璋拒绝回报，内心必然愧疚。而只要一愧疚，就不能觍着脸再要刘备继续为自己卖力了。

刘备一听，觉得很有道理，当下如庞统所言，写了一封信给刘璋，派人火速送往成都。

刘璋见了信，竟然不觉有诈，当即要按照刘备所说的数目准备兵粮。但他手下的一众文武却非常反对。刘璋软弱，不能决定。一番争议后，刘璋最后决定援助刘备老弱军士四千，军粮一万斛。

庞统本来料定刘璋是不会答应的，因为他的一大帮手下都对刘备十分抗拒。这样一来，他就可以借机煽动刘备的怒火，从而进一步说服刘备与刘璋开战。而现在这四千老弱军士和一万斛军粮也让刘备勃然大怒，他对着使者破口大骂："我费心耗力，为你破敌，等我有事了，你却吝惜财物，简直是忘恩负义！"顺手就将回信撕了，吓得刘璋的使者抱头鼠窜，连夜逃回成都。

刘备一向以仁德、沉稳著称，这一次为什么会如此失态呢？

其实，这是刘备内心压抑已久，两极分化的情绪的必然喷发。虽然刘备一再强调自己奉行仁义，并打着"援川"的旗号入川，但他的潜意识中始终是觊觎西川的。入川之后，刘备一直被牢牢困在葭萌关，进退失据，内心十分窝火。此次刘璋在互惠往来上的欠缺，正好给刘备提供了一个很好的发泄口。

对刘备来说，最难的就是打开仁义的心结。这件事，诸葛亮忙活了很久，一直没成功，但庞统却成功做到了。

那么，庞统是怎么做到的呢？

庞统运用的策略叫作"道德排除"，即通过将对方置于道德失范的位置上，从而为己方实施谴责或攻击提供合理的借口。这是威力非常巨大的一招，可以硬生生地将攻击"包装"成反击。

刘备并不是不能对刘璋发起进攻的。刘备只是不能置仁义于不顾，无缘无故对刘璋发起进攻。此前诸葛亮多次说服刘备抢占荆州失败，也是这个原因。如今刘璋的行为不太符合互惠法则，等于让自己违背了道德。刘备自然就有足够的理由撕破脸皮，大光其火。而只要这个心结一打开，接下来的事情就好办了。

庞统一阵狂喜，此前设想好的第二步谋划立即涌上心头。庞统故意挑刘备说："主公，您一向以仁义为重，如今该当如何？"

刘备一愣，喃喃道："如今该当如何？"

上策是立即遴选精兵，连夜袭击成都；中策是假称回师荆州，诱骗涪水关守将杨怀、高沛前来送行，趁机将二人擒拿斩杀，先夺下涪水关，再向成都发起攻击；下策则是连夜退回荆州，徐徐图谋西川。

刘备略一思索，说："军师，你的上策似乎太急，而下策又太缓。只有中策，不急不缓，正好可以采用。"

刘备于是写信给刘璋，伪称曹操来攻，关羽不敌，只好亲自回师，来不及面晤，只能写信告辞。

刘备的这封信一写，又引出来一个好帮手。这个好帮手彻底帮助刘备打开了心结，只是他本人却付出了生命的代价。

这个好帮手就是张松。

当刘备的信送到成都后，张松第一时间得到了消息。张松以为刘备是真心要退兵，不免心急如焚，很不甘心自己谋划已久的大事落空，急忙给刘备写了一封信，极力挽留。不料这封信却落到了张松之兄张肃的手上。张肃大惊，不敢隐瞒，立即向刘璋告发。

张松的信等于是坐实了刘备的伪善面孔。刘璋大怒，当即斩了张松全家，严令各处关隘，添兵把守，严防刘备。

刘璋的翻脸，其实是在帮庞统，也是在帮刘备。刘备由此彻底解开了内心的自我道德约束。

刘备大喜，随即设计斩杀了杨怀、高沛二将，轻松拿下了涪水关。

刘备设宴犒劳三军。他和庞统的心情都是畅快无比，两人开怀痛饮，竟然喝得酩酊大醉。

刘备酒意满满，对庞统说："军师，我们今天这一次欢饮，可算上是人生乐事了吧？"庞统想起不久前刘备还是满嘴仁义道德，现在却已对刘璋刀兵相向，感到好笑。他又一向恃才傲物，不由说道："讨伐别人的国家却以此为乐，这可不是仁者之兵！"

庞统也是得意忘形了，这个玩笑开得实在太大了！如果按照刘备一贯的风格，听了庞统这句话，一定是羞愧难当。但是这一次他非但没有羞愧，反而勃然大怒，说："当年武王伐纣，前歌后舞，难道也不算是仁者之兵吗？你刚才的话，实在太没道理了，赶快给我退下去！"

刘备竟然没有丝毫的理亏、愧疚，反而把自己当成仁义之师了！何况刘璋并没有做什么不仁不义的事情，怎么能和荒淫无道的商纣王画上等号呢？

看来，一个人往一个方向迈出的第一步是最难的。只要有了第一步，很自然就会有第二步、第三步。当然，刘备的步子迈得大了一点，连庞统一时也接受不了刘备的这一番惊人巨变。

庞统借着酒意，哈哈大笑，告退而去。左右侍从扶着刘备到内室休息。

第二天，刘备酒醒后，隐隐记得昨夜自己行为乖张，急忙把左右叫来询问究竟。刘备得知详情后，懊悔不已，深感酒后失德，将自己的仁义标签毁于一旦。若庞统为此拂袖而去，损失可就太大了。刘备急忙请来庞统赔罪，谁知庞统也是懊悔自己出言不慎，可能导致刘备回到他多年坚守的道德之路上去，不免白忙一场。

两人互致歉意，相视一笑，翻过了昨夜这不堪的一页。

心理感悟：理由往往是做一件事的最好理由。

51 高手算不了自己的命

万事开头难,不论是好事,还是坏事。

刘备平生第一次痛快淋漓地摆脱了限制性信念的束缚,对刘璋横刀相向,夺了涪水关,随即又挥师直指雒城。

消息传到荆州,一直密切关注进展的诸葛亮心情十分复杂。他没想到庞统竟然解决了自己百思不得其解的难题,不由对庞统又是钦佩,又是眼热。

他随即夜观天象,推算太乙神数,却发现了一个极大的凶兆!诸葛亮急忙写了一封信,派马良快马加鞭送给刘备。

刘备拆信一看,只见上面写着:"亮夜算太乙数,今年岁次癸巳,罡星在西方;又观干象,太白临于雒城之分。主将帅身上多凶少吉。宜谨慎之。"

尽管刘备对诸葛亮已有防范之心,但对他神机妙算的能力还是深信不疑的。刘备看了这封信,不由心中一凉,急忙找来庞统商议。

庞统的第一感觉却是:诸葛亮一定是担心我帮助主公取了西川,故意用这个办法来拉自己的后腿的。

太乙神数并不是诸葛亮的独家专利,庞统也是很擅长的。庞统一声不吭,也算了一遍太乙神数,然后对刘备说:"统亦算太乙数,已知罡星在西,应主公合得西川,别不主凶事。统亦占天文,见太白临于雒城,先斩蜀将泠苞,已应凶兆矣。主公不可疑心,可急进兵。"

一个说"宜谨慎之",一个说"可急进兵",两个都是了不起的高手,在太乙神数上的造诣不相上下,刘备到底该听谁的呢?

当然是听庞统的!

刘备当初挑选庞统入川,就是为了制衡诸葛亮。如果现在听诸葛亮的"宜谨慎之",那么到底怎样做才算是"谨慎"呢?是退兵回荆州,还是停止攻打雒城,原地按兵不动呢？无论是哪个，都和刘备已经被点燃的雄心不符，也背离了刘备重用庞统的原意。

庞统再三催促刘备进军，刘备下了决心，对雒城发起进攻。但在进军路上，庞统却中了埋伏，被蜀将张任乱箭射杀，正好应了诸葛亮的推算。

为什么在这一场"太乙神数推算比赛"中，诸葛亮成了赢家，而庞统却成了输家，并付出了生命的代价呢？

换言之，同样的天象，同等的能力，为什么庞统会把凶兆归结在已经被斩杀的蜀将泠苞身上，而诸葛亮却归结在己方的将帅身上呢？

这并不是因为庞统的能力比不上诸葛亮，而是因为"选择性认知"作怪！

人们往往倾向性地在外部信息中选择与自己的信念、态度、兴趣、需求等相一致的信息，而对与此相悖的信息视而不见，听而不闻。

在庞统看来，诸葛亮早已功成名就，自己只有帮助刘备拿下西川，才能和诸葛亮平起平坐。建功立业就是庞统内心的倾向性。在这一倾向性的神秘驱动下，他必然会将天象解释为有利于自己建功立业的信息。而诸葛亮的善意劝告，也被庞统的选择性认知理解为这是一种嫉妒，诸葛亮是想用这种方式来阻止自己建功立业。

选择性认知就是有这么大的效力，可以让不同的人对同一现象做出完全不同的解释。诸葛亮和庞统都是精擅太乙神数的高手，当他们为别人推演天机的时候，往往是精准如神。但是旁观者清，当局者迷。当庞统为自己推算的时候，却根本无法做到客观冷静了。

同样，刘备也是有选择性认知的。刘备一方面想要继续扶持庞统，以制衡诸葛亮，另一方面则是要尽快拿下西川，拥有自己的地盘。在这样的选择性认知驱动下，刘备当然会听从庞统的判断。

但遗憾的是，在君臣两人的"选择性认知"的叠加强化下，庞统坠入命运的深渊，英年早逝。

庞统一死，刘备方寸大乱，被蜀军打得大败，只好退守涪水关。刘备悲痛不已，茫然不知所措。本来刘备征服西川的第一步已经很成功，但他生命中那个"福祸相依"的诅咒再一次应验，让他痛失了一位不可多得的天下奇才！

老将黄忠建议刘备赶快向荆州报讯，并请诸葛亮前来商议攻川大事。

刘备"以凤制龙"的策略宣告失败，为了拿下西川，只能再次起用诸葛亮。

诸葛亮的运气真是好到了极点！此前，徐庶抢了他的位置，很快就被曹操诈走；此后，庞统抢了他的位置，很快就被死神请走。这个军师的位置看来是非他莫属的。

不过，在经历了被刘备冷落后，诸葛亮的内心也发生了微妙的变化。他原本一直与关羽在硬碰硬地炫智斗气，但先后两次在刘备的干涉下，都没能成功。这也导致关羽气焰日长，更加骄傲。这一次，刘备让诸葛亮入川，那么就必须选出一个荆州守将。要是按照诸葛亮以往的脾气，他绝对不会把这一重任交给盛气凌人的关羽，而是会将他带在身边，在入川作战时找机会再修理他。

但现在诸葛亮已经明白了，和关羽强硬对抗根本不会得到刘备的支持，因而绝不是最佳选择。所以，诸葛亮决定，就让关羽镇守荆州，自己带着张飞、赵云入川，支援刘备。这样一来，荆州的防守力量一下子就削弱了很多，诸葛亮也十分担心荆州会失守。于是，诸葛亮临别之际，给了关羽一个八字方针——北拒曹操，南和孙权。为了不引发关羽的反感，诸葛亮没有使用锦囊。这也显露了诸葛亮有意缓和关系的意味。

诸葛亮与关羽交割完毕，入川支援刘备。刘备得了强援，势不可当，一路打到成都城下。

刘璋眼看已成围城之势，对自己当初有眼无珠，不听良言，引狼入室的昏庸之举愧疚难言。刘璋本就不是个意志力强者，而愧疚又会消耗大量的意志力。刘璋无心再战，只想开城出降。

董和说："主公，城中还有士卒三万，粮草够用一年。况且满城军民，皆有死战之心，主公为什么不奋起一战呢？"

刘璋一声长叹道："我父子两辈，在蜀中二十余年，并无恩德加诸百姓。自刘备入川后，已经征战三年，多少血肉之躯，染血沃野。这都是我的罪过啊！我心里难安，不如投降以保百姓。"

刘璋有这番想法，虽是出于无奈，但也可看出他确实是真仁义。但是，在残酷的权力角斗场上，真正的仁义是行不通的。只有那些明举仁义旗号，暗行王霸之实的人，才能最大限度地攫取到仁义带来的巨大利益。刘备虽然也想奉行仁义，但讽刺的是，他真正的政治利益还是来源于对仁义的背叛。这和他所鄙视的曹操并无二致。这也正是诸葛亮、庞统都不能为他找到不违背仁义道德的夺地良策的真正原因。

刘璋已经毫无斗志，臣下苦劝无益，只能由他做主。刘璋带着印绶文书，出城投降。刘备快步迎上，握着刘璋的手，流着眼泪说："不是我不奉行仁义，实在是势不得已啊！"

刘备的眼泪还不如不流，他的这句话还不如不说。因为事实就摆在那里，你得了便宜还要卖乖，只能给自己贴上伪善的标签。但刘备却不能不流泪，不能不说这句话，因为他内心的认知失调已经达到了顶峰，非此不能缓解。作为一个政治人物，很多时候是不能完全按照自己的内心召唤行事的。当他们得到了利益的时候，不可避免地也要失去名誉。

刘璋为了保全百姓而选择向刘备投降，看似软弱无能，其实也是用"仁义"将了刘备一军，给刘备出了一个大难题。刘备要想在蜀中站稳脚跟，只有"仁义"才能弥补亏欠，收揽人心。

这场关于"仁义"的考试，首先就体现在对刘璋的安置上，刘备会怎么做呢？

心理感悟：政治与仁义是一对永远也无法结合的怨偶。

愧疚带来的后遗症

刘备得了益州，满怀愧疚，很想把刘璋留在成都，善待他以作弥补。但诸葛亮却提出了反对意见。诸葛亮说："刘璋之所以失败，就是因为他太过软弱。主公，如果您也以妇人之仁，临事不决，恐怕益州您也占不了多久！"

刘备知道诸葛亮说的是对的。如果刘璋继续留在成都，他的旧属也许会瞅准时机，作乱复辟。当初曹操受降荆州，也是把刘琮远远迁往青州。曹操对刘备的潜在影响还是巨大的，"反曹论"这一次失灵了。刘备根据诸葛亮的建议，硬着心肠，把刘璋迁到南郡公安居住，即日起行，不得停留。

刘备遂自领益州牧，终于拥有了真正属于自己的地盘。这一年，他已经五十四岁了。经过三十年的苦苦奋斗，历经磨难与艰辛的刘备终于看到了开花结果的希望。

一应立功旧臣和新降文武，自然都得到了厚封重赏。其中诸葛亮被封为军师将军，关羽为荡寇将军，张飞为征虏将军，赵云为镇远将军，黄忠为征西将军，魏延为扬武将军。

刘备还封了三个侯爵，其中两个给了自己的兄弟。关羽被封为寿亭侯，张飞被封为新亭侯。当初关羽在曹营时，曾被封为汉寿亭侯，后来他挂印而走，等于自动放弃了这个爵位。现在刘备给了他同样的爵位，当然前面的那个"汉"字就用不着画蛇添足了（关于这个"汉"字的纠葛，详见"心理三国三部曲"之《心理关羽》）。

令众人没想到的是，第三个侯爵却给了新近从汉中张鲁处来投的马超。如果只能封三个侯爵，论功劳，也该是诸葛亮和法正靠前，怎么也轮不到马超啊。

马超是名门之后。他的远祖是东汉初期的伏波将军马援，他的父亲是前将军、槐里侯马腾。马超是不是因为沾了家门的光，而被刘备封侯呢？

真正的原因并不在此。

还记得当年的血诏党吗？

以国舅董承为首，纠集了一帮人要铲除曹操，辅助汉献帝。刘备和马超的父亲马腾，都是血诏党的成员。刘备和马腾都逃过了曹操的第一次大屠杀。但马腾却没能逃过曹操的第二次大屠杀。血诏党的唯一幸存者就是刘备。客观地说，刘备并未为血诏党做过任何贡献，但却尽享了血诏党的荣耀。这么多年来，刘备对血诏党一直心怀愧疚。现在，刘备因为刘璋的主动投降以及安置问题引发了新的愧疚却无以为报，最终落到了故人之子马超的头上。马超因此被封为平西将军、都亭侯。刘备的内心终于安宁了很多。

马超莫名其妙得此厚遇，一下子自我膨胀，连刘备本人都不怎么放在眼里了。此后被张飞设计摆了一道，这才老实（详见前文所引《智囊》之记载）。

马超坐享荣耀，让很多人都感到不舒服。但刘备得了益州后，威望大涨，没人敢当面提出意见。但远在天边的一个人却用一种独特的方式发泄了自己的不满。

这个人就是镇守荆州的关羽。

这一天，刘备和诸葛亮正在闲坐议事，突然收到了关羽派关平带来的口信。关平说："父亲听说马超武艺过人，想要入川来与他比试一番。"

刘备吓了一大跳，说："云长这是要做什么？他一入川，荆州若有个闪失，如何是好？况且马超勇猛，云长若和他比试，必有一伤，这岂不是无事生非吗？"

诸葛亮知道关羽是对马超初来乍到就受封侯爵不满，而且一个远离政治中枢的人也会比其他人更为敏感。诸葛亮也知道，关羽的这个想法确实很不合时宜。为了让刘备心安，诸葛亮说："主公不用焦急，我只要写一封信，必定叫云长回心转意，安心镇守荆州。"

刘备大喜，急忙叫诸葛亮写好回信，连夜叫关平送回荆州。

诸葛亮的信是怎么写的呢？

> 亮闻将军欲与孟起分别高下。以亮度之：孟起虽雄烈过人，亦乃黥布、彭越之徒耳；当与翼德并驱争先，犹未及美髯公之绝伦超群也。今公受任守荆州，不为不重；倘一入川，若荆州有失，罪莫大焉。惟冀明照。

在这封信中，诸葛亮对关羽的态度来了一个颠覆性的变化。此前，他不断设计激将关羽，最终激僵了两个人的关系。但这却导致刘备开始干涉钳制诸葛亮。诸葛亮不得不改变了"对关策略",从激斗转为安抚。

在上述这封信中,诸葛亮把关羽捧到了天上。而马超则被他归为黥布、彭越一类的人物,只是勇猛无敌,却绝非超群绝伦,只能与张飞相提并论。这样,马超和关羽高下立判,如果关羽还想和马超比武,就是自降身份了。

诸葛亮前后态度的颠覆性转变,给了关羽极大的满足感。关羽忍不住召集所有的部属宾客,将诸葛亮的信公之于众,连称:"孔明深知我心啊。"自此再也不提入川比武之事。

刘备对于诸葛亮的这一处置方式十分满意,也为手下两大得力干将回归和睦深感高兴。但其实刘备根本没有看到真正的危害所在。

诸葛亮的这个做法大大地错了!

如果抛开诸葛亮和关羽此前相互较劲的大背景,就这一单独事件的应对处理,诸葛亮的信收到了较好的效果,但如果放到整个持续化的背景中去看,诸葛亮错过了一个非常好的痛责关羽的机会!

诸葛亮根本就不应该对关羽大戴高帽,而是应该以大义责之。荆州如此之重,你的兄长刘备这才放心地将这个根基之地托付给你。你却为了逞个人之能,不顾大局安危,要入川比武。你这样做,对得起桃园结义的承诺吗?你这样做,还算是忠义之士吗?

如果诸葛亮以此痛责他一顿,关羽必定服服帖帖,毫无还嘴之力,非但不敢再提入川比武,而且会对诸葛亮敬畏三分。

但诸葛亮偏偏施以怀柔策略,以至于关羽认为诸葛亮是服软认输了。这就极大地助长了关羽的骄傲之情。连神机妙算的诸葛亮都开始拍自己马屁了,谁还会被关羽放在眼里呢?荆州的风险从这一天起骤然大增。

刘备得了西川,还没高兴几天,债主又开始惦记上了。

这位债主就是刘备的大舅哥孙权了。这门亲事其实已经名存实亡。就在刘备全力攻川的时候,孙权痛恨刘备欺骗自己,将妹妹接回了东吴。情分既消,孙权自然就更加惦记着讨回荆州了。

孙权找来一众谋士,说:"当初刘备借荆州的时候,不是说过等取了西川就归还的吗?现在他已经坐拥巴蜀四十一州,你们谁能去把荆州要回来?"

张昭给孙权出了个很"恶毒"的主意:"借荆州这件事,前前后后都是诸葛亮在捣鬼。现在,正好有诸葛亮的胞兄诸葛瑾在此,主公为什么不让诸葛瑾去跑一趟呢?"

这确实是在给诸葛亮出难题。鲁肃此前三番几次被你耍弄，现在派你自己的亲哥哥前来，看你还敢不敢再耍花招？

孙权一听，这一招确实狠，马上就采纳了。

诸葛瑾不敢拒绝，心不甘情不愿地前往成都，去见刘备和诸葛亮。荆州的归属确实是诸葛亮谋划不当留下的隐患，刘备还是让诸葛亮去处理应对。

诸葛亮虽然顾惜手足之情，但也只能以国家为重。他又与刘备唱了一出双簧戏，假称将长沙、零陵、桂阳三郡归还东吴，让诸葛瑾直接去找镇守荆州的关羽交割。骄纵日长的关羽怎么肯凭空割让自己治下的地盘？自然是将诸葛瑾痛责一番，驱逐出境。

孙权及东吴众人个个气愤难平，发誓要用武力夺回荆州。

刘备的好运却还没有结束。他攻占了西川之后，曹操也出兵击败张鲁，拿下了汉中。刘备随即进兵汉中，顺利击败了曹操，将汉中纳入自己囊中。随后，刘备又命刘封、孟达、王平等大将，攻取了上庸诸郡。一时间，刘备声气大振，地盘广阔，达到了他这一生中的顶峰！刘备本人的心气也达到了历史最高水平，放眼天下，目无余子。

这个时候，跟随刘备的众人都有推刘备为帝之意，但一时摸不准刘备的心意，纷纷来找诸葛亮商议。

诸葛亮在这一系列征战中，连出奇谋，频频获胜，自信心自然高涨。而且，他也感觉到，自从自己与关羽改善关系后，刘备对自己的防范心理日渐消除。在这两个因素的综合作用下，诸葛亮当着众人的面，拍了胸脯，说："这件事就包在我的身上了！"

那么，刘备是不是做好了让少年时的"羽葆盖车之梦"变成现实的心理准备了呢？

心理感悟：人际关系中的转弯也是很危险的事情。

又吃了一记闷棍

诸葛亮想好了一整套说辞，带着法正等人自信满怀地来见刘备。

事实早已证明，诸葛亮的说服力是超级强悍的。当年他一个人孤身闯东吴，舌战群儒，硬是将东吴一众英才说得灰头土脸，无地自容。

他这一次能够成功说服皇帝梦已经做了几十年的刘备吗？

诸葛亮对刘备说："现在汉帝懦弱，曹操专权，天下百姓无主。主公您已经年过半百，威震四海，现已拥有荆襄、两川，正可以应天顺人，法尧禅舜，即皇帝位。名正言顺之后，就可以讨伐国贼曹操。此乃大合天理之举，事不宜迟，就请择吉日登基。"

诸葛亮的这段话有五层含义。

第一，大背景是汉献帝被曹操控制，等于是天下无主。这就表明天下需要有一个明主站出来。

第二，刘备已经五十九岁了，再不抓紧可能就没有时间了。这是用紧迫感来推动刘备做决定。

第三，刘备已经拥有了登基为帝的地盘与资本。

第四，效仿古时尧舜禅让的方式，可以对抗天下的非议。

第五，这是符合天意天理的。

诸葛亮以为，有了这五条理由，刘备不可能不动心。但刘备却拒绝了。

刘备大惊道："军师之言差矣！刘备虽然是汉室宗亲，但不过是臣下之臣，如果这样做了，等于是背反汉室。"

诸葛亮还是没懂刘备内心的分裂。他当然不是不想当皇帝，但他需要的是一个无损于仁义道德的理由。只要你帮他找到了这个理由，他立即就会欣然登基。如果你不能帮他找到这个理由，你就是说破天，他也不会同意，或者说不敢同意。

诸葛亮当着一众跟随者的面，被刘备果断拒绝，面子上很下不来，只能继续为自己辩护："主公，您说得不对。现在天下分崩离析，英雄并起，各霸一方。四海有才德的人，舍生忘死去侍奉他选择的主公，不是为了名，就是为了利。如果主公您为了避嫌，遵守仁义而不登基，那么追随您的这些人恐怕会失望的。愿主公深思！"

诸葛亮这实际上是在要挟刘备了。如果你硬是不当皇帝，那这些跟着你混的人还有什么盼头？回头就作鸟兽散了。

刘备听了，心里很不高兴，但还是不为所动："僭居尊位，我实在不敢。你们还是再商议一下吧。"

诸葛亮目视众人。众人进一步劝道："主公，您要是再推却，人心就要散了！"

这相当于诸葛亮带着一群人在逼宫了。刘备的脸色顿时就变了。没有一个人肯心甘情愿地接受属下这样的施压，哪怕他们想要推动的是一件天大的美事。

诸葛亮敏锐地觉察到了刘备的心理变化，他知道，再逼下去，他自己就会再次成为刘备的眼中钉了，因为事情就是他挑头整出来的。

诸葛亮话锋一转，说："主公平生以义为本，不想现在就称尊号。但主公现在拥有荆襄、西川、汉中之地，可以暂为汉中王，以正其位，方可用人！"

诸葛亮随机应变的能力确实强！他的这番话，首先照顾到了刘备一贯的仁义需求（这已经成了一种巨大的束缚），让他不至于过于难堪。其次，他劝刘备称帝不成，退而求其次，让刘备先当汉中王，也就是维护了自己的面子。否则，诸葛军师当着众人的面可就颜面扫地了。第三，他继续激发众人的名利之心。如果刘备不当汉中王，这些人还是名利无望。

刘备却说："你们想要尊我为王，但得不到天子明昭而为汉中王，也是僭称！"

刘备的这句话里隐含的意思其实是，你们不用苦苦逼我，谁要是能想个办法，让汉献帝下个明诏，才是正途。

可是，汉献帝被曹操所控制，怎么可能堂堂正正地给你下明诏呢？

诸葛亮说："离乱之时，宜从权变，若守常道，必误大事！"

诸葛亮说得对。古往今来，那些在政治上成就大事的人，往往是最懂得灵活机变的人。当然，这一点对于想要成为道德完人的人并不适用。而刘备的人生目标并不是要当道德完人。只是刘备确实也有不得已的地方。一直以来，他从汉室宗亲的身份中获益甚多，但这并不是单向的，这一身份反过来对刘备的行为也形成了越来越强的约束力。一旦刘备自立为王，甚或登基为帝，那么他此前一切诚意的坚守，都会被视为王莽式的伪装。这是刘备所不能承受的。这也是他明明想要，却偏要不断拒绝的原因。

眼看要成为僵局，刘备的兄弟张飞跳出来说话了。

张飞大喝道："异姓之人都想当皇帝，何况哥哥是汉室宗亲！别说是汉中王，就是现在当皇帝，有何不可？如果不这样做，半世辛劳不就成了一场梦了吗？"

（此前，曹操已经进位为魏王了）

众人再度随声附和，刘备眼看众意难违，只能点头答应了。

诸葛亮大喜，立即命谯周写表奏给汉献帝。至于这表奏能不能送到汉献帝手中，汉献帝知道后会不会同意，这都不重要。重要的是，只要有这么一个形式，刘备进位汉中王也就算是名正言顺了。

刘备在五十九岁的这一年，又向他的终极梦想迈进了一步。但他的这一步，走得异常艰难。刘备的内心异常纠结。他最担心的其实并不是天下人的非议，而是他自己对自己的非议。他非常怀念英年早逝的庞统。在这一生中，只有庞统帮他淋漓尽致地解开过一次心结。如果庞统还在，应该也能帮他解开进位汉中王的心结。

逝者已逝，再难复生。刘备能够依赖的只有诸葛亮了。而诸葛亮在这一次劝进事件中，再一次表露出超强的控制欲。刘备敏感的神经再一次被激活了。诸葛亮想控制，刘备自然就想反控制。

刘备晋升王位后，照例要封赏文武百官。刘备立唯一的儿子刘禅为王太子，又封许靖为太傅，法正为尚书令，诸葛亮为军师，总督军马一应事务。关羽、张飞、赵云、马超、黄忠五人为五虎将。

这个封官令一下，刘备制衡诸葛亮的用意顿时昭然若揭，诸葛亮就像挨了一记闷棍，成了最失意的那个人。

诸葛亮在文臣中的排名一直是第一位的，而且他的业绩也能完全支撑起这个位置。但是刘备成为汉中王后，诸葛亮的排名却一下子掉到了第三名，排在了许靖和法正的后面。

许靖是当世名流，他和堂弟许劭都以评论当时的人物而闻名。入蜀后，许靖担任过蜀郡太守。刘备攻占成都后，在法正的推荐下开始重用许靖。许靖虽然排在第一，但他所担任的太傅一职，位高权不重，是个荣誉性的虚职。法正所担任的尚书令，可是个权力很大的实职，有点类似于丞相。这本是诸葛亮最想得到的职位，但刘备却给了法正。

要知道，当初劝进的时候，法正可是跟在诸葛亮屁股后面的。现在事成了，法正的位置反而跑到诸葛亮的前面去了。很显然，刘备是想用法正来制衡诸葛亮。

诸葛亮满心苦涩，却又有苦难言。

刘备的招数还不止于此。在他起驾回成都之前，刘备又做出了一项让众人大跌眼镜的安排。

刘备回川，汉中必须安排人选镇守。大家都以为张飞是第一人选。此时的张飞已经是智勇双全的猛将，完全可以担此重任。这样，荆州和汉中都由刘备的兄弟把守，刘备应该是最放心的了。

但刘备没有这样做，他竟然任命魏延为汉中太守！

魏延在蜀汉大将中排名靠后，连五虎将都挤不进去。就算刘备不让张飞镇守汉中，其他的选择也很多，赵云、马超、黄忠都是胜任的人选，刘备为什么非要任用魏延呢？

刘备还是在对诸葛亮释放信号。

魏延是诸葛亮最不待见的人，但刘备偏偏就要重用魏延，以此暗示诸葛亮：收起你的控制欲吧，这是我刘备做主的地方！当然，魏延本身也确实是有这个才具的。刘备绝不会仅仅为了压制诸葛亮而肆意妄为，走到事物的反面。只是刘备不知道，自己的这个安排竟然在日后为魏延带来了杀身之祸。

诸葛亮想要控制一切，却被刘备控制了一切，他的复杂心情自然是可想而知的。

控制是会上瘾的。当一个人学会用控制、钳制他人的手段来获取安全感时，这个习惯就会慢慢变得根深蒂固。这样做也许会带来短期的快感，但就长期而言，无异于饮鸩止渴！

心理感悟：控制并不是疗治恐惧的良药。

梦想在苦涩中成真

再说曹操得知刘备自立为汉中王后，肺都气炸了，大骂道："这个织席贩履的大耳贼，怎么敢这样做？！我要不灭了你，誓不为人！"

曹操的看法和张飞的看法恰是一对反例，相映成趣。曹操认为刘备出身卑微，是不够资格当汉中王的，而张飞却认为刘备是汉室宗亲，别说当汉中王，就是直接当皇帝，也没有什么不可以。

这种对他人的身份资格感的不对等认知往往带有阶段性的个人偏好。当初，曹操以为刘备一切都已在自己的掌控之下，所以对他说："天下英雄，唯使君与操耳。"当刘备背叛而去后，曹操就再也不会将刘备视为英雄了。

一个人最重要的是摆脱他人对自己的身份资格感的束缚，不受任何人影响。曹操认为刘备没资格当汉中王，但从来不会认为自己没有资格当魏王。而刘备汉室宗亲的身份障碍感越来越强，这也影响到他将终极梦想予以实现的勇气。

曹操准备举全国之力，将刘备消灭。但司马懿却建议他寻求与东吴联合，共同对付刘备。司马懿看得很准，孙权是绝不愿意看到刘备春风得意的。两个"怨妇"一拍即合，因为共同的嫉妒而联合在一起。

刘备得知讯息，与诸葛亮商议后，决定让关羽进兵攻击樊城，以击破曹孙联合的阴谋。关羽领命出征，随即迎来了他这一生的巅峰时刻。他水淹七军，擒于禁，斩庞德，威震华夏，一时间吓得曹操要迁都以避。

刘备与孙权之间积累已久的领土矛盾也在这一刻大肆爆发。东吴吕蒙趁着关羽远征，荆州空虚之际，偷袭得手，为东吴夺回了朝思暮想的荆州。关羽部将糜芳、傅士仁投降东吴。关羽败走麦城，向刘封、孟达求救未果，不幸为东吴所擒。他宁死也不愿向他所认为的江东鼠辈屈膝，最终被孙权斩杀！

孙权想嫁祸于曹操，将关羽的人头送往许都。曹操见了关羽栩栩如生的人头，想起两人间一段段的恩怨往事，竟然受了惊吓。此后一病不起。

"福祸相间"的魔咒再一次出现在刘备的生命中。他刚刚登上汉中王的宝座，但一个多月后，情逾骨肉的兄弟关羽就惨遭杀害，作为根本之地的荆州也落入东吴之手。

关羽之死对刘备的打击是极其巨大的。刘备日夜痛哭，咬牙切齿，决意要剿灭东吴，为关羽报仇。但他的身体却经受不住，一下子病倒了。

此后，曹操也撒手人寰。世子曹丕继位为魏王。不久，曹丕就逼汉献帝将皇帝宝座禅让给自己。曹丕改元黄初，国号大魏。东汉世系，至此断绝。曹丕囿于舆论压力，并未杀害汉献帝刘协，而是将他贬为山阳公。此后刘协又以山阳公的身份活了十四年。

当消息传到蜀中时却变了样，说是曹丕弑杀了汉献帝。这一消息到底是自然讹传，还是有意讹传，已经很难考证，却给刘备提供了一个千载难逢的机会。

这对刘备来说，简直就是天上掉下来的大馅饼！当初刘备曾经将梦想的实现投射在"禅让"上，但现在的机会比"禅让"还要好。曹丕逼着汉献帝禅让，千古骂名自然也落到他的头上了。而刘备只需以讨伐曹丕，兴复汉室为名，就可以名正言顺地登基为帝了。如果错过了这个机会，刘备可能永远也找不到一个可以让自己顺理成章地登上帝位的机会了。

刘备立即令百官挂孝，遥望许昌哭祭。真不知汉献帝知道后，对于自己的这位英雄皇叔的作为，会是什么样的心情。

诸葛亮这一回彻底把准了刘备的脉！有意思的是，刘备用来制衡诸葛亮的法正不久前也去世了，诸葛亮再一次一枝独大。劝进的事儿自然还是要落在他头上。

诸葛亮与许靖商议后，带着文武百官，请刘备即皇帝位，理由只有一个，但非常过硬。

这就是继承西汉高祖、东汉光武传承下来的汉室宗统。曹丕以魏代汉后，汉嗣中断，如果刘备能够挺身而出，继承汉统，这非但不是千夫所指的僭越，反而是一种义不容辞的责任。

但当诸葛亮明确提出请求的时候，刘备还是责怪道："卿等是想陷我于不忠不孝之地吗？"

这也是必走的形式之路。曹丕明明是主动逼着汉献帝下禅位诏书的，但还是要假模假式地推让三次。刘备的社会评价顾忌要比常人大得多，这样的推让自然也是少不了的。

三天后，诸葛亮、许靖再次带着文武百官入朝劝进。

许靖说："现在大汉天子已经被曹丕弑杀，如果王上不即帝位，兴兵讨逆，那才是不忠不孝。现在，两川百姓，都希望王上即位为君，为汉帝报仇雪恨。如果不从民意，会让百姓大失所望的。请王上明察。"

刘备又推辞道："我虽然是景帝之孙，实际上只是涿郡的一个村夫罢了。我于普天之下，率土之滨，从未有半分德泽撒布万民。如果今天要登基为帝，岂不是逆篡之贼乎？我宁愿死，也不做这不忠不孝之人！你们千万不要让我受这千秋万代的骂名！"

此前，刘备一向以"汉室宗亲"之名行走天下，从来不提自己"涿郡村夫"的出身。如果他只是靠着"涿郡村夫"的出身，绝对是走不到今天的。那么，刘备此刻为什么要自曝家底，自我贬低呢？

实际上，这还是要减少登基为帝带来的巨大心理冲击。虽然这个看似不可能的梦想在刘备心里怀揣了几十年，但一旦到了即将实现的时刻，刘备还是有些忐忑难安的。他刻意贬低自己，是希望获得外界更大的信心支援。刘备的推辞并不是真的拒绝，而是自信心不足的表现。

诸葛亮料定了这一点，精心设计了一个局，从此称病不出。

刘备听说诸葛亮病得很严重了，急忙赶去探视。

刘备问诸葛亮病情如何。诸葛亮装出有气无力的样子，说："我忧心如焚，可能命不长久了。"

刘备大惊，问："军师，你到底担忧什么？"刘备一连问了几次，诸葛亮才缓缓说道："我自从出茅庐之后，追随主公，主公现已有了两川之地，我也算是没有辜负您的重托。现在，文武百官数百人，都希望主公登基为帝，共图爵禄，光宗耀祖。不料主公坚决不肯，百官都有怨言，不久必将四散而去。若文武尽散，魏吴来攻，两川就完了。一想到这，我怎么能不忧心忡忡呢？"

相对于朝堂之上，诸葛亮的卧室就是一个弱情境。所谓弱情境，就是对人没有过多约束的情境，身处其中的人可以更为放松地说出心里话。

刘备就说："我也不是有意推阻，实在是担心天下人的议论啊。"

诸葛亮心中一喜，跟上话头，说："圣人云，名不正，则言不顺；言不顺，则事不成。现在主公您已经名正言顺，为什么还要拒绝呢？"

在这个弱情境下，孔圣人的话搬掉了堵在刘备心门口的最后一块石头。刘备说："等军师病好了，再来办也不迟。"

此话一出，诸葛亮瞬间病态全消，立即坐起身来，将屏风一击。屏风后面等候已久的一众文武，全都拜服于地，说："王上既已应允，就请择日，以受大礼！"

刘备无可奈何一笑，说："陷我受万代骂名的，就是你们这些人啊！"

诸葛亮等立即选择吉日，请刘备登基。刘备遂改年号为章武，国号大蜀。又立刘禅为太子，封诸葛亮为丞相，许靖为司徒。这一次，诸葛亮终于得到了"一人之下，万人之上"的丞相之位。

这一年，刘备六十一岁。

五十多年前，当他还是涿郡楼桑村一个懵懂顽童时，就朦朦胧胧地有了皇帝梦。谁能想到，在风风雨雨五十年之后，这个根本不可能实现的梦想竟然成真了！

刘备这一路走来，经历了多少挫折，经历了多少失败。只要他稍微有一点犹豫，稍微有一丝放弃，这个梦想早就夭折了。这些反反复复的挫折与失败，几乎耗尽了刘备的黄金年华，以至于他称帝的这一刻，也让他成为中国历史上登基时年龄最大的皇帝。其间酸甜苦辣的百般滋味，也许只有刘备本人才能说清。

大梦成真的刘备其实并不怎么快乐。兄弟关羽的大仇还没报，他的心中有一股怒火在熊熊燃烧……

心理感悟：政治场上最不能缺少的就是遮羞布。

鲜血淋漓的教训 / 算不清的身份账 / 两个被忘却的教训 /
英雄逃不脱末路 / 人生中的最大败笔 / 备尝艰辛的一生

鲜血淋漓的教训

刘备登基为帝，得偿夙愿之后，立即将为关羽报仇的事提上了议程。这一方面是桃园盟誓的必然要求，另一方面则是因为刘备在一连串的军事胜利后，对自身的武力之威的自信达到了巅峰。

但当刘备对群臣宣示自己要起倾国之兵讨伐东吴的意图时，却遭到了一贯忠心耿耿的赵云的反对。

赵云说："现在曹丕篡逆汉室，窃居神器，天人共怒。陛下正应起兵讨逆，关东义士必裹粮策马，天下百姓必箪食壶浆，以迎王师。如果舍魏而伐吴，兵势一交，难分难解，反倒让曹魏得利了。愿陛下深察。"

赵云的判断是很有道理的。此前曹操"挟天子以令诸侯"占尽了道统的优势，而曹丕一逼着汉献帝禅让，等于"自废武功"，将这项道统优势拱手让给了刘备。如果刘备趁着曹魏立足未稳，以讨逆为名，收拢天下思汉之心，是很有利的。相反，蜀吴相争，曹魏坐山观虎斗，反而渔翁得利。

赵云的中肯之论并未引起刘备的共鸣。刘备怒道："孙权害死朕的兄弟，我恨不得吃他的肉，灭他的族！"

赵云说："天下者，重也！冤仇者，轻也！愿陛下详察！"

没想到刘备却一下子激愤起来，说："朕不与弟报仇，虽有万里江山，何足为贵！朕意已决，你们都不要多说了！"

从兄弟之情来说，刘备这样说，实是难能可贵。此时他的身份并不仅仅是关羽的结义兄长。更重要的是，他还是刚刚登基的蜀汉皇帝，身系两川万民的利益，理所应当将社稷之重放在第一位，而不能仅仅考虑为关羽一个人报仇。刘备一意孤行，将兄弟之情置于一切之上，是会让很多人失望的。

这还是那个从善如流、沉稳冷静的刘备吗？

实际上，这一幕和当初张飞醉酒误事失了徐州后，刘备说出"兄弟如手足，妻子如衣服"那句话是完全一样的心理机制，其背后都是刘备的深深自责。

关羽之死，归根结底，还是刘备的决策失误所致。

首先，关羽是奉刘备之命，进攻樊城，节节胜利之后，刘备应该立即派兵支援，稳固荆州防守。

其次，当时的形势正应合了诸葛亮在隆中时描述的绝佳战略时机。刘备已经拿下汉中，如果再派一支部队出兵陇西，与关羽遥相呼应，兵威更盛，战果更大。

再次，孙权将妹妹接回东吴，足以显示吴蜀之间裂痕加深。刘备在向曹魏发动进攻时，理应提前缓和与东吴的关系，以防东吴背后偷袭。

上述三条，只要做到了一条，关羽就不会死。如果三条都做到了，刘备收复中原的目标甚至都能实现。

但刘备囿于自己的才识，又沉浸在夺了汉中的喜悦中，偏偏没有做到以上任何一条。而他曾经最为看重的谋士诸葛亮，也因为受法正压制而失去了积极性，并没有向他提出任何有益的建议。

刘备是一个自我监控能力极强的人，他早已觉察到了背后的前因后果，深深为自己的毫无作为而自责。所以，他才会说出"朕不与弟报仇，虽有万里江山何足为贵"这样一句千古名言，以安抚自己的懊悔愧疚的心情。

那么，诸葛亮对于刘备的伐吴又是什么样的意见呢？他的见识远远高于赵云，赵云能够做出的判断，诸葛亮也一定能看到。为什么诸葛亮对于刘备的伐吴决策不置一词呢？

这其中有两个原因。

第一，在诸葛亮本人的战略规划中，荆州是一个非常重要的基点。失去了荆州，就失去了"兵出宛洛"的可能性。所以，诸葛亮内心也十分倾向于尽快收复荆州。

第二，诸葛亮的兄长诸葛瑾在东吴正受重用。如果诸葛亮反对伐吴，就有可能因手足之情耽误国家大计而遭到质疑。所以，诸葛亮有所顾忌，不敢多言。

刘备计议已定，一方面开始操练兵马，一方面派人去知会镇守阆中的张飞。

再说张飞，自从得知关羽被害的消息后，睚眦欲裂，痛不欲生，恨不得立即起兵为二哥报仇。但他也知道，阆中重镇，不可擅离职守，因此只好每日呼酒买醉，气头上来了，就拿下属发泄，动辄鞭笞部下，一连打死了很多人。

刘备的使者刚一到来，张飞的第一个问题就是："我哥哥的仇重如山岳，庙堂之上的那些重臣，怎么没有早早起奏陛下，兴兵复仇？"

使者慌张说："有很多人劝陛下先灭魏再伐吴。"

其实哪里有很多人，也就是赵云劝谏了一次。这个使者无意识地夸大人数，是想通过分散责任，形成一个群体，来对抗咄咄逼人的张飞。但他这么一说，就把张飞的怒火激发出来了。

张飞大怒道："这是什么狗屁话！当初我们桃园结义时，誓同生死，现在二哥被害，我怎么能独享富贵！我要去面见天子，亲为前部先锋，挂孝伐吴，生擒逆贼，祭奠二哥。"说完，跟着使者就直奔成都而来。

刘备每天亲自到校场操练兵马，引起了很多公卿的担心。他们纷纷找到诸葛亮，希望他负起丞相的责任，劝谏刘备不要意气用事。诸葛亮没法回绝，只好带着文武百官到校场面见刘备。这样做，看似人多势众，其实正是内心缺乏自信的表现。诸葛亮对自己劝阻刘备毫无把握，他只能退而求其次。

诸葛亮说："陛下初登宝位，不便亲历矢石。如陛下决意复仇，命一上将统军伐吴，不也是可以的吗？"

诸葛亮这么一说，刘备倒是心动了。但就在这个时候，张飞急如星火般赶到了成都。

张飞见了刘备，跪伏在地，抱着刘备的腿，一句话不说，痛哭不已。刘备手抚张飞的后背，也是哭个不停。

哭了良久，张飞嘶哑着声音说："陛下今日为君，是不是早就忘了桃园的誓言了？二哥的仇，为什么还不报？"

这句话戳到刘备的心尖子上了。

说实话，刘备是因为称帝的最佳时机的到来而暂缓了为关羽报仇一事。如果张飞明确指出这一点，刘备势必无地自容。刘备只好说："多人阻谏，未敢轻举妄动。"

张飞一下子就怒了："他人只知道坐享富贵，哪里知道昔日之盟？如果陛下不去，我愿领兵前去，为二哥报仇。如果不能报仇，我也就不回来见陛下了！"

张飞的这句话，建立了一条明显的界限，把刘、关、张三人划为一个紧密的小群体。因为关羽已死，这个小群体只剩下了刘备和张飞两个人。本来，诸葛亮的建议已经打动了刘备，他开始思考派张飞作为复仇主将的可能性，但张飞的话又把他逼了回来。

刘备只能说："朕与兄弟同往！"这正是当年桃园誓言中的应有之义。

张飞又添上了一句:"昔日之盟,誓同生死,天下皆知,陛下可不要惹天下人耻笑啊!"越是公开的承诺,越是具备强大的约束力。话已至此,刘备只能不惜一切代价了。

刘备说:"兄弟,你先回阆中,调集本部兵马,到江州与朕会合。我们共同讨伐东吴,为你二哥报仇!"

张飞临走之前,刘备想到张飞疾恶如仇,且又有醉后鞭挞下属的老毛病,忙又叮嘱了一句。但愤怒充溢头脑的张飞根本就没有听进去。

张飞回到阆中,命令部下范疆、张达二将,准备白旗白袍。范、张二人认为期限太紧,向张飞恳请宽限。张飞大怒,呵斥道:"我要报仇,恨不得明天就杀到逆贼地界,你们难道敢违背我的将令吗?"

说完,将二人绑在树上,狠狠抽了五十大鞭。张飞打完了,还不过瘾,说:"要是误了期限,马上就砍了你们的狗头!"

范疆、张达眼见张飞凶神恶煞的模样,想到绝对无法如期准备妥当的白旗白袍,不禁起了狗急跳墙的恶念。当夜,这两人趁着张飞醉后不觉,偷偷摸进营帐,砍下了张飞的脑袋,直奔东吴而去。

范疆、张达对张飞畏之如虎,但张飞对他们不依不饶,逼得他们冒险一搏。一代名将,没有死于两军厮杀的疆场,却因自己的不良习性而殒命于床榻,真是令人无限唏嘘。

噩耗传至刘备处。刘备再失一臂,痛彻肺腑!桃园三人,只剩下他一人独存。所有的责任,都已无可推脱,他只有一力承担。但张飞用淋漓鲜血写就的教训,刘备却丝毫没有放在心上!

"关羽之死"和"张飞之死"成了刘备一生中最大的性情转折点。在此之前,我们看到的是坚忍宽容、不屈不挠、从善如流的刘备。而在这之后,我们即将看到的是一个性格暴烈、脾气固执、一意孤行的刘备。

心理感悟:人们往往看到血中的愤怒,却没有看见血中的教训。

算不清的身份账

刘备点起七十万大军,水陆并进,浩浩荡荡,杀向东吴。

出征之前,学士秦宓以天时不当为由劝谏刘备不要讨伐东吴。殊不知,刘备这一次出征,实质上就是在和老天爷赌气。

刘备得登大宝,自然对天命在己深信不疑。但是"福祸相依"的魔咒一再灵验,让他痛失关羽、张飞两位兄弟。这一重大的打击,也让刘备对上天充满了愤怒。

刘备足足隐忍了几十年,种种不可胜数的磨难带来的情绪伤害,一层一层地积压在他心底,从未真正释放出来。当他终于登基成为天子,实现了终极梦想后,他再也无法忍耐了,他再也不想忍耐了。

他要对一向十分眷顾他,却又频频折磨他的老天爷发起挑战,以倾泻郁积几十年的愤懑。刘备一生从未图过一时之快,这一次他可是要尽情放纵自己一次了。

刘备的精神在这一连串的打击下,已经处于一种癫狂状态,很难用常理推论了。

在这样的心态主导下,秦宓的劝谏适得其反,怎么可能成功呢?刘备下令,将秦宓收监,等候处置。

对东吴来说,刘备的这一次进攻,气势恢宏,不啻当年曹操的百万雄师下江南。刘备的这股气势,让孙权本能地起了畏惧之心。他看看自己手下的将领,能堪大任的周瑜、鲁肃早就不在人世了,而刚刚夺取荆州的吕蒙也已经死了,一时间无人可用。于是,他习惯性地采取了和柔政策,先派诸葛瑾去见刘备,希望能够说服刘备罢兵。

刘备与孙权虽然曾经有郎舅之亲,但现在已经将孙权视为不共戴天的仇人,根本就不想和东吴有任何往来,只想凭武力说话。

但黄权劝他说:"陛下可以先听听诸葛瑾到底想说些什么,顺便了解一下东吴的动向。有些什么话,也可以通过他传达给孙权。"

刘备于是同意与诸葛瑾会面。

诸葛瑾的首要任务就是要弱化关羽之死与孙权的干系。他的理由是这样的：

第一，孙权主动向关羽求亲，却被关羽蔑视。吕蒙作为东吴主将，也多次被辱骂。这样，孙权心里确实不太高兴。

第二，关羽攻打襄阳，曹操屡次以天子名义，要孙权偷袭关羽后方。孙权心里很不赞同，但是吕蒙却擅自兴兵，攻占了荆州。这是吕蒙之过，不是孙权之失。

总之，诸葛瑾的意思是，关羽之死，他本人的傲慢骄纵也是原因之一。而东吴这方面，都是吕蒙一手遮天造成的，和孙权没太大关系（反正吕蒙已经死了，一切罪责尽可推到他的头上）。

诸葛瑾随后又提出了几条弥补措施，希望刘备能够退兵不战。

第一，孙夫人和陛下分开已经很久了，她很想念陛下，希望能再与陛下见面。这是用曾经的夫妻之情来打动刘备。一旦孙夫人回到刘备身边，东吴和蜀汉的关系自然就会亲密如初。

第二，东吴愿意将荆州交割给刘备。这是用土地之利来打动刘备，这也体现了东吴求和的最大诚意。毕竟，荆州的归属是吴蜀争端的最终根源。

第三，将背叛关羽的糜芳、傅士仁，以及杀害张飞的范疆、张达交给刘备处理。这是用复仇之便来打动刘备。

说实话，孙权给出的这份大礼包，无论是诚意还是成色，都是很足的。刘备兵不血刃就能得到这三大好处，显然是很划算的。

但问题是刘备是来复仇的，不是来做生意的。东吴开出的条件再好，也不能让关羽、张飞起死回生。刘备身上背负的是同生共死的桃园誓言，这不是任何物质利益可以交换的。

刘备当场就翻脸了："你们杀害了关羽，废了我的股肱，怎么还敢巧言令色来说三道四？"

诸葛瑾一看这套方法不管用，急忙换招，说："陛下是汉室皇叔，现在曹丕篡汉，您不兴义兵，却为了异姓之亲，自领大军，涉山川之险，这是舍大义而就小义也。愿陛下深察。"

诸葛瑾这是拿局中的几个人的身份说事。

每个人在社会体系中都有不同的身份。不同的身份背后，隐藏着不同的价值观和责任利益需求。诸葛瑾着重点明刘备是大汉皇叔的身份。以这样的身份，在汉室被曹魏逆篡的时候，理应承担讨伐逆贼，复兴汉室的责任。而关羽只是刘备的结义兄弟（异姓之亲）。为没有血脉关系的兄弟报仇，虽也是分内的责任。但在正常的社会比较中，显然比不上有血缘关系的汉室宗统更为重要。所以，诸葛瑾转而用大义小义之辩来说服刘备。

可是，刘备在现阶段，一直是在用兄弟身份思考问题的。在他眼中，兄弟关系高于一切，兄弟关系就是最大的义。其他任何的义都要为兄弟之义让步。

换言之，刘备早已失去了理智。诸葛瑾的话再有道理，在不讲理的人听来，都是废话。蜀汉内部赵云早就用这个道理劝谏过刘备。赵云碰了壁，诸葛瑾自然也好不到哪里去。

东吴的卑言屈辞，反而激起了刘备更大的攻击欲望。刘备不想再听诸葛瑾啰唆了，怒喝道："杀我兄弟之仇，不共戴天。如果要朕罢兵，除非等我死了！你赶快给我走人，今天如果不是看在你弟弟的面子上，先将你斩首示众！我先放你回去，好好告诉孙权，洗颈待戮！"

诸葛瑾算不清这身份账，只能狼狈逃回，如实报知孙权。刘备的这股狠劲儿让孙权担心不已。这时候，大夫赵咨给孙权出了个主意。

赵咨说："主公，我愿意出使许都，去见魏天子曹丕，陈说厉害，让曹魏出兵，偷袭汉中，这样刘备担心后方有失，就只能退兵了。"

孙权大喜。但赵咨说："办法虽好，但还要主公受一些委屈。"原来，赵咨是要孙权向曹丕俯首称臣，否则曹丕是不可能答应助吴袭蜀的。

孙权略一沉吟，答应了赵咨的请求。对曹丕称臣，虽然有失颜面，但总比丢了江山丢了命要好得多。这正是孙权一贯采用的实用投机主义。

赵咨去的正是时候。曹丕刚刚篡位，最需要的是得到天下的承认。远人来归是他最愿意见到的事情。

此前，蜀汉的孟达因为没有理会关羽的求救而担心被刘备问罪，弃蜀投魏。曹丕十分高兴，对孟达十分礼遇，经常是出则同车，食则同桌。这并不是因为孟达有多么出色，而只是恰好迎合了曹丕的内在需求。

现在，赵咨代表东吴孙权来上表归顺。这显然比孟达来降的分量更重。曹丕立即接受了孙权的表奏，并封孙权为吴王，恩加九锡。

大夫刘晔看出东吴的归顺并非诚心诚意，只是事急权宜之计，因此劝曹丕不要封孙权为王，以免助长贪念。谁知道孙权狡猾，曹丕更狡猾。他对刘晔说："封王不过虚衔，只是为了安孙权之心。这样孙权心无旁骛，就能放手与刘备决战。吴蜀相争，朕既不助吴，也不扶蜀，只看他们交兵。若灭了一国，只有一国，那时朕再除之，又有何难？"

三国博弈，刘备的这两个对手，都是翻云覆雨的高手，唯独刘备，一门心思要为兄弟报仇，丝毫没有圆融变通的余地。曹丕、孙权的应对，都是从政治大局的利益考量出发的。而刘备则是从兄弟情义出发的。从这一点来看，刘备是个够义气的好兄长，但肯定不是好的政治家。

> **心理感悟：义气用事往往等同于意气用事。**

两个被忘却的教训

刘备对东吴发起猛烈进攻,一开始是势如破竹,节节胜利。这个时候,东吴内部发生了微妙的变化。

一般而言,当一个组织遭受外部巨大压力时,往往会出现两种倾向。一种是放下分歧,团结一心,共御外侮;另一种则是分崩离析,各自盘算。

这时,东吴出现的是第二种。这对刘备来说,当然是好消息,但凡事都有两面性,这也更进一步将刘备推向了过度自信。

东吴内部的这一变化是孙权采取和柔策略所致。孙权先是派诸葛瑾向刘备求和,后又派赵咨向曹丕输诚。这种自降身段的策略,在尚未取得以柔克刚的成果时,肯定会遭到组织内部的误解。很多人因此对孙权信心不足,尤其是那些利益关系最容易受到冲击的人。

信心不足,信念自然会动摇。当初被东吴劝降的蜀将糜芳、傅士仁就是最早动摇的人。他们见刘备势不可当,东吴早晚要被攻灭,立即起了投降回归之念。

糜芳知道,刘备一向极重情谊,这一次为关羽兴兵更是最好的例证。而他本人是刘备的糜夫人之兄。仗着这一层关系,糜芳认为刘备还是有可能赦免自己的。于是,糜芳与傅士仁商议杀掉当年亲手擒获关羽的马忠,以此作为赎罪之功。

糜芳、傅士仁带着马忠的首级,回归蜀营,向刘备诉说自己受了吕蒙诡计欺诈,不得已而降的苦衷。刘备根本不为所动,认为糜芳、傅士仁只是迫于自己的兵威而降的,毫不容情地将二人千刀万剐,祭奠关羽英灵。

刘备的做法进一步加大了东吴的恐慌。这已经不是一个可以用常理来匡算的人。

孙权急忙召集谋士商议。

步骘给孙权出了一个主意,说:"刘备所痛恨的,是吕蒙、潘璋、马忠、糜芳、傅士仁这几个人。因为关羽就死在他们这几个人手上。现在,这几个人都已经死了。我们手上现在还有杀害张飞的范疆、张达，不如擒了这两个人，再送上张飞的首级给刘备。这样刘备的愤怒也就消解了。我们再把夫人送回，交付荆州，两家联合，共图曹魏。"

步骘真是被刘备吓破胆了，也是吓昏头了。

而孙权早已彷徨无策，只能按照步骘所言，派大夫程秉为使者，用沉香木匣装着张飞的首级，押送范疆、张达，去见刘备。

刘备照单全收，参照糜芳、傅士仁的"待遇"，将范疆、张达千刀万剐，祭奠张飞。对于东吴提出的送还夫人、交付荆州、两家讲和的请求却置之不理。

但实际上，如果刘备真的能够冷静下来思考一下，就会发现，这已经是东吴所能开出来的最好条件了。接受东吴的条件，其实最符合蜀汉的全局利益。蜀汉不但重新拥有荆州，而且从此还将拥有凌驾于东吴之上的气势。在今后的吴蜀联盟中，蜀汉的话语权将会前所未有地强大，从而在共图曹魏的过程中占据引领性优势。一旦击破曹魏，蜀汉再腾出手来对付东吴，也将拥有惯性优势。那么，刘备就很有可能成功实现复兴汉室的宏伟蓝图而名垂青史。

随军谋士马良看到了这些好处，劝谏刘备说："现在仇人都已杀了，关羽和张飞的仇也就报了。陛下应该接受东吴的求和，两家永结亲情之好，共同对付魏国。这才是上策。"

但是刘备已经被仇恨冲昏了头脑，又被东吴的软弱撑大了胃口，根本不想就此罢兵。刘备说："朕的仇人不是别人，而是孙权！我恨不得吃他的肉，喝他的血！如果今天与东吴讲和，就是辜负了桃园的盟誓。朕一定要先灭吴，再灭魏，一统天下！"

说完，就要将东吴使者程秉斩首，以示绝情。幸得马良等多人苦劝，程秉才捡回一条命，抱头鼠窜，回去向孙权汇报。

刘备一方面仇恨满胸，一方面骄纵成狂，却没有想到，这既是东吴所能开出的最好的条件，也是他们的底线。孙权确实是块软骨头，如果刘备狡猾一点，再多向他索要一些东西，他还是会答应的。但你要灭他的国，吃他的肉，喝他的血，这就把他逼到绝路上了。

刘备其实已经忘记了张飞是怎么死的。

张飞真的是范疆、张达杀掉的吗？不是。

范疆、张达见了张飞，就像老鼠见了猫一样，怎么敢在太岁头上动土？要不是张飞把他们逼得无路可走了，范疆、张达绝对不敢行刺张飞。所以，张飞其实是死在了自己手上。

刘备曾经告诫过张飞，不要对部属刻薄寡恩，不留后路。这个道理用于对手其实也是一样的。如果你把对手逼到死角，不给他一点逃生的可能，他就只能困兽犹斗，拼个你死我活。

刘备没有汲取张飞以生命为代价验证的这个教训。他放纵情感，盲目骄狂，终于把孙权逼到了退无可退的地步。

孙权听了程秉的禀报，跌坐良久，终于决定要奋起一战！

那么，由谁来担任抗蜀主将呢？

大夫阚泽向孙权推荐了陆逊。

关羽败亡，与陆逊的计策直接相关。

当初，荆州防线严密，名不见经传的陆逊巧妙设计，说服了吕蒙将与荆州防线对峙的陆口守将之位让给他。陆逊上位后，立即给关羽写了一封极其谦卑的问候信。关羽从此再也不把无名小辈陆逊放在眼里，放心大胆地将荆州主力抽调到襄樊前线，结果导致荆州空虚，被吕蒙白衣渡江，轻松偷袭得手。

东吴成功夺回荆州后，功劳全被记在了吕蒙的头上，孙权几乎把陆逊给忘了。但现在国家危难，终于有人又想起陆逊了。

阚泽的建议却遭到了东吴重臣张昭、顾雍、步骘等人的集体反对，理由还是看不起陆逊。但除了陆逊，东吴确实无人可用。阚泽重提荆州故事，并以身家性命担保，孙权这才决意起用陆逊为大都督。

消息传到刘备耳中。刘备根本就没听说过陆逊这个无名小辈，就向马良探询。

马良说："陆逊是江东的一介书生，年幼多才，深有谋略。此前偷袭荆州，就是这个人的诡计。"

刘备一听，元凶尚未除尽，勃然大怒，道："可恨竖子，害死朕的兄弟，朕一定要将他碎尸万段！"当即就要进兵攻打。

其实，刘备要是信息灵通点，早一点指明要陆逊人头，方才退兵，孙权很有可能是会拱手送上的。只要陆逊一除，东吴可能真没救了。

马良急忙劝道："陛下，陆逊之才，不亚于周瑜，不可轻敌。"

刘备大怒，说："朕用兵多年，难道还不如一个黄口孺子吗？你不用多言，且看朕将他生擒活捉，为兄弟复仇！"

当初，关羽正是中了陆逊的示弱之计，过于轻敌，才会大意失荆州。关羽和张飞一样，也用自己鲜活的生命为刘备提供了一个教训。但可惜的是，刘备依然没有领会到这个弥足珍贵的教训。

教训是不能轻易忘却的。当你对他人的教训视而不见，置之脑后时，教训就会变成深不可测的陷阱。接下来，刘备会为自己漠视这两个血泪般的教训而付出什么样的代价呢？

心理感悟：太过容易得到的满足，其实是一种更大的诱惑。

英雄逃不脱末路

刘备搦战，百般辱骂，陆逊却只是坚守不出。

一连几个月过去了，季节也从春入夏，刘备焦躁不安，马良借机进言说："陆逊谋略深远，他闭门不战，一定是等待我军之变。陛下在此已僵持数月，必须当心陆逊别有他谋。"

刘备早就认定了陆逊是个无能之辈，不敢出战，轻蔑一笑，说："他有什么谋略？不过是胆怯罢了，哪里敢与朕交锋。"

此时天气转热，酷暑难当，军士取水不便，先锋冯习请示刘备该如何处置。刘备下令将各营寨移屯于山林茂盛之地，靠近山涧小溪，以便取水避暑，等到入秋以后，再发起进攻。

马良隐隐觉得刘备的移营之策不妥，但他多次劝谏都无果而终，况且行兵布阵也不是他的强项，于是他委婉规劝刘备说："陛下，何不将各营移居之地画成图本，请教一下诸葛丞相？"

刘备傲然一笑，说："朕素知兵法，又何必去问他呢？"从攻占西川开始，到击败曹操夺得汉中，再到伐吴初期的势如破竹，这一系列胜利，早已让刘备志得意满，过度自信，浑然忘了自己在请诸葛亮出山之前打了多少败仗。

马良温言道："兼听则明，偏听则暗。望陛下深察。"

刘备说："你要画营寨之图就去画吧。画好之后，你亲自送去给丞相看。如果确实有些不对劲的地方，赶快回来报知。"

谁知不只马良把刘备移屯的四十多个连绵七百里营寨画成了图本，魏国的细作也这样做了。魏主曹丕看到了刘备的安营图，第一句话就是："刘备看来真是不懂兵法啊！这世上哪有连营七百里而能破敌的呢？况且，包原隰险阻而结营，此兵家之大忌也。刘备看来是要死在陆逊的手上了！"

"包原隰险阻而结营"的意思是，在把军队铺开驻扎在地势过于复杂的大片地方。（包，草木丛生的地方；原，高平之处；隰，低湿的地方；险阻，地势险要的处所。）

曹丕的父亲曹操是个杰出的大军事家。曹丕从小耳濡目染，因此会有此判断。曹丕料定蜀军必败，于是着手安排攻吴。

再说马良，将图本呈给诸葛亮。诸葛亮一看就叫苦："这是谁给陛下出的主意？此人当斩！"

马良叹了口气说："这是主上自己的主意，不是他人之谋。"

诸葛亮顿时长叹一声，道："汉朝气数休矣！"马良惊问其故。诸葛亮说："连营七百里，难道不怕陆逊举火吗？陆逊坚守不出，就是为了等这一刻。你不用多问了，赶快赶回前线，告诉陛下绝不可如此屯兵！"

等到马良急急赶回，一切都已太晚了！

陆逊果然如诸葛亮所料，火烧连营七百里。这一战史称"夷陵之战"，和当年的"火烧赤壁"一样，都是以少胜多、以弱胜强的经典战例。陆逊经此一战，名扬天下，再也不是那个可以被人随意轻视的无名小辈了。后来，陆逊一直当到了东吴的大丞相。

而刘备只能生生咽下他这一生中最为苦涩的恶果。刘备的部下拼死保护他杀出重围，一路退至白帝城，但他号称七十万的军队，几乎尽数葬身火海。他征战一生的英名，也和那些曾经鲜活的生命一样，付之一炬。

一个人的传奇，往往是另一个人的悲剧。陆逊就这样踩在刘备椎心泣血的无边痛苦之上，成就了他这一生的传奇。

如果不是曹丕出兵袭吴，吴兵一路追击，刘备可能连命都保不住。但魏兵一出，陆逊担心腹背受敌，就停止了追击。刘备才得以在长江边上的小城——白帝城苟延残喘。

刘备没有汲取两个兄弟的血训，一意孤行，终于收获了这一战的最差结果。不但没有丝毫获益，反而折损了蜀汉的精锐力量。刘备越想越懊悔，越想越丢人，无颜再回成都，就一直停驻在白帝城。

刘备惊魂初定，又得到了一个坏消息。镇守江北的黄权因为归路被截断，结果向曹魏投降了。

按照军法，黄权降敌，他留在蜀中的家属是要被株连抄斩的。根据刘备这一段时间以来睚眦必报的脾性，刘备一定会对黄权愤恨不已。但奇怪的是，刘备却只是叹了口气，说："黄权是不得已才投降曹魏的。是朕辜负了他，他并没有辜负朕啊！又何必归罪于他的家属呢？"

简直判若两人！刘备这又是怎么了？是不是当初那个仁德宽厚的刘备又回来了呢？

不是的。在经过了这一场刻骨铭心的惨败后，当初的那个刘备已经永远不可能回来了。主导刘备心态的是另一种终极性的情绪——习得性无助。

一般而言，当个体的多次努力都无法取得控制权或改变不良现状，就会出现绝望冷漠、逆来顺受的思维定式。

美国心理学家塞里格曼在对狗进行电击实验时发现了这种后天习得的无助性反应。当狗发现无论自己如何跳跃躲避，都不能逃脱电击后，就放弃了努力，转而逆来顺受，任由痛苦在自己身上一再发生。

后来，塞里格曼在人的身上也发现了同样的现象，并成功地通过实验给被试塑造出了习得性无助的心理状态。

塞里格曼把一群大学生被试分为三组：让第一组学生听一种噪声，但这组学生无论如何也不能使噪声停止。第二组学生同样也听这种噪声，但他们通过努力，可以使噪声停止。第三组是对照，不给被试听任何噪声。

当被试在各自的条件下进行实验浸泡后，第一组学生的习得性无助已经形成。塞里格曼随即开始了另一个实验。实验装置是一个"手指穿梭箱"。当被试把手指放在穿梭箱的一侧时，就会听到一种强烈的噪声，放在另一侧时，就听不到这种噪声。

实验结果表明，在原来的实验中，能通过努力使噪声停止的被试，以及从未听过噪声的对照组被试，他们很容易就找到了把手指移到箱子的另一边，使噪声停止的办法。但第一组被试，却听任刺耳的噪声一直响下去，不会试着把手指移到箱子的另一边。

习得性无助实质上就是一种意志力缺乏症。一般而言，一个人要失败多次之后，才会出现意志力涣散。

刘备这一生中的失败简直不可胜数，但此前的每一次失败之后，他总是乐观从容，奋斗不止，期待着下一次的崛起。但是夷陵之败，却是他和老天爷之间的一场豪赌。在这场天人大赌战中，刘备输光了所有的勇气，也认识到了自己的人生极限。

在此前的失败中，无论多么惨痛，刘备从未怨天尤人，所以他能够重振意志，一再奋起。但这一次,他痛定思痛,思检自己的失败,却认为"吾乃为逊所折辱,岂非天邪"。他始终认为陆逊这个无名小辈不过是赶上了好运而已,他也始终不认为是自己的骄纵自大、麻痹大意导致了惨败。他认为这是天意使然。既然是曾经赐予他无限好运的老天决定要让他失败,天意难改,这样的警示,只需一次就足以让他沦为习得性无助恶魔的猎物了。

刘备心灰意冷,沉浸在无尽的伤痛之中,身体渐渐地垮了下去。

是啊,他毕竟已经是一个六十三岁的老人了。光阴飞度,壮心消去,英雄不可避免地走向了迟暮。和他情同手足的关羽、张飞已先行别去,和他一起掀动天下风云的曹操、袁绍、公孙瓒、吕布等豪杰人物也早已作古。回顾自己这一生的跌宕起伏,刘备曾经以为已经实现了梦想的全部,但现在才清醒地发觉,自己刚刚才走到半路。只是,上天已经不会再给他更多的时间了。

但在与这个世界最终告别之前,他还有一件放不下的心事。这是他一生必须要做好的最后一件事……

心理感悟:一个人的传奇,往往是另一个人的悲剧。

59. 人生中的最大败笔

刘备最后念兹在兹的大事就是托孤！

虽然火烧连营将刘备的基业烧成了一个烂摊子，但两川依然在手，易守难攻，多少是刘备奋斗一生留下的家底。刘备不得不为自己的身后之事做好安排。

刘备的儿子阿斗这一年已经十七岁，但依然懵懂无知。说实话，刘备对这个儿子是不怎么满意，也不怎么放心的。但是刘备又是别无选择的。死对头曹操一共生了二十多个儿子，其中文采武艺冠绝一时的不在少数。当初曹操选接班人的烦恼在于不知道哪一个更好。而刘备一共只有三个儿子。除了阿斗，还有入蜀后侍妾给他生的另外两个儿子。但这两个儿子年龄更小，更不能托付大任。

而且，刘备对阿斗还抱有一份深深的愧疚。他自己的事业跌宕起伏，连带着儿子也跟着颠沛流离。在儿子的教育问题上，刘备几乎没有花费过什么心力。

既然这一份家业只能交给阿斗，既然阿斗本人的才具不堪大任，那么就必须为他安排强有力的辅佐人选。

诸葛亮就是这样一个能力超群的最佳人选，而且是唯一人选。

刘备对诸葛亮的能力是非常认可的，但是只要一想起诸葛亮远超常人的控制欲，刘备就感到一阵阵心悸。以阿斗的才具，是根本不可能驾驭诸葛亮的。蜀汉的整个军政大权最后都会落入诸葛亮的手中，而阿斗则会成为一个不折不扣的傀儡。这当然是刘备最不愿意看到的景象。

刘备必须拿出全部的智慧来安排好托孤这件事。

刘备是经历过托孤事件的，并且深有感触。那是在荆州，刘表病重之时，曾经对他托孤。刘备一回想起来，当时的情景依然历历在目。

刘表对刘备说："贤弟，我已病入膏肓，今托孤于贤弟。我子无能，我死之后，贤弟可摄荆州。"这句话曾经让刘备倍感压力。

刘备反复玩味着刘表这句极具奥妙的话语，不觉有了主意。

这一日，刘备偶感痢疾，连续拉了几天肚子后，觉得自己体力耗尽，即将走到生命尽头。他再不犹豫，立即传令太子刘禅居守成都，丞相诸葛亮、尚书令李严以及刘备另外两个幼子刘永、刘理星夜赶来白帝城。

诸葛亮顿时明白，刘备的最终时刻来临了。

对于刘备，诸葛亮的心情也是很复杂的。刘备对他确实有知遇之恩，三顾草庐，给了他施展才华的大舞台。但后来，刘备却一再对他节制，令诸葛亮意兴索然。这一次刘备夷陵惨败的消息传到成都，诸葛亮的第一句话竟然是："法孝直若在，则能制主上，令不东行。就复东行，必不倾危矣。"

诸葛亮的意思是，如果法正还活着，就能劝谏刘备不要东征。即便东征了，也不会招致如此惨重的失败。诸葛亮其实是在微妙地表示，刘备其实更看重法正，自己的地位比不上法正。这当然有为自己没能成功劝阻刘备而开脱的嫌疑，但诸葛亮不是刘备面前的第一红人也是不争的事实。

历史的重担终于还是落到了诸葛亮的身上，因为刘备再也没有其他更合适的人选了。

诸葛亮怀着忐忑的心情来见刘备。

刘备躺在病榻上，已经气息奄奄，看到诸葛亮到来，强撑着坐起，令诸葛亮同坐于龙榻之上，用病弱无力的手轻抚诸葛亮的后背。这一刹那，诸葛亮又找回了刚刚出山时君臣之间的那种"食则同桌，寝则同榻"的美妙感觉，禁不住湿了眼眶。

刘备饱含深情地说道："朕自得丞相，成就帝业。谁想到智术浅陋，又不听丞相良言，自取其辱，自取其败，朕无颜再回成都，与丞相相见。今天，朕已病危，不得不请丞相来相托大事啊！"

诸葛亮出山后，与刘备朝夕相处十六年，感情不可谓不深。当刘备明明白白地开始临终嘱托的时候，诸葛亮的眼泪再也抑制不住了，他抽泣着对刘备说："唯愿陛下保重龙体，以符天下之望！"

刘备长叹一声，正要开口，举目四顾，忽然看到马良的弟弟马谡也在一旁，于是传令除诸葛亮外，所有人等一律退下。

刘备随即问诸葛亮："丞相，你看马谡这个人的才能怎么样啊？"

诸葛亮如实回答说："马谡也算得上是当世英雄了。"

刘备却摇了摇头，说："不然。朕看这个人，言过其实，不可大用。丞相你可要深察。"

这可是刘备即将告别人世的临终时刻,时间是何等的宝贵!刘备为什么要对于马谡这样一个算不上举足轻重的人物的任用安排而特意对诸葛亮谆谆告诫呢?

很多人后来因为诸葛亮没听刘备的忠言,重用马谡,最终坏了北伐大局而感叹刘备眼光之毒,但其实这是一个天大的误解。

刘备的眼光其实也没那么超前,可以精准预判十数年后的事情。更大程度上,这只是一个巧合。因为刘备差评马谡的真实用意并不在此。

任何一个君主,最担心的就是大臣结党营私。刘备召令诸葛亮赶至白帝城,而马谡得以和诸葛亮同行,并且跟着诸葛亮进了刘备的寝宫,足见两人关系之亲密无间。事实上,这两人确实意气相投,相互欣赏。诸葛亮刚才也毫不隐晦地确认马谡是当世英雄,给了他很高的评价。刘备本就忌惮诸葛亮在他死后凭借能力而专权,这个时候当然要借马谡为例,敲山震虎,明示诸葛亮日后不得任人唯亲。

刘备敲完警钟后,随即强撑精神,写好了给刘禅的遗诏,交给诸葛亮,让他转交给刘禅,说:"烦请丞相将诏书付与刘禅,以后就要丞相多多教导他了。"

诸葛亮泣拜于地,说:"臣等誓死以效犬马之劳,以报陛下知遇之恩。"

至此,刘备的托孤应该是很成功的。但刘备随后又说出了一句他深思熟虑的话来。正是这句看似精妙,实则多余的话,让这一场感天动地的托孤变了味,掉头走向了另一个诡异的方向。

刘备请诸葛亮站起身来,一手握住诸葛亮的手,一手轻轻擦拭自己的眼泪,说:"朕今天要死了,还有一句心腹的话,要对丞相讲啊。"

诸葛亮说:"陛下勿隐,臣当拱听。"

刘备流着眼泪说道:"君才十倍于曹丕,必能安邦定国而成大事。若嗣子可辅则辅之;如其不才,君可自为成都之主!"

诸葛亮听了,顿觉如五雷轰顶一般,冷汗遍体,心跳骤急,立时跪倒在地,泣拜道:"臣安敢不竭尽全力,鞠躬尽瘁,死而后已!"说完,磕头如捣蒜一般。

刘备嘴角微微露出了一丝不易觉察的微笑。这句话,是他反复揣摩刘表的临终遗言后的青出于蓝之作。当初,诸葛亮曾经惋惜刘备没有借刘表的这句话趁势拿下荆州。但到了他自己经历相同场景的时候,才真正体会到托孤时这样的一句话会给受托者带来何等巨大的压力!

刘备自以为得计,却不知道,这句话已经深深地伤害了诸葛亮!

刘备的一切安排，都是围绕刘禅的接班继承而进行的。诸葛亮本来已经接受了这样的安排，并为刘备在最后时刻选择自己为托孤重臣而深深感动时，刘备却来了这么一出！这摆明了刘备对他依然是很不信任的。而且，刘备随后还任命尚书令李严为中都护，统管内外军事。李严正是刘备精心思量，继庞统、法正之后，用来制衡诸葛亮的第三颗棋子。

随后，刘备又让两个儿子刘永、刘理将诸葛亮当作父亲一般侍奉。这自然是刘备以情动人的另一手。但心灵受伤的诸葛亮却不会有丝毫的感动了。

在当时的特殊情境下，诸葛亮一心要证明自己的忠诚，根本没有时间来回味刘备对他的伤害。但是当刘备故去，诸葛亮真正执掌大权后，这一伤害的后遗症就从诸葛亮的潜意识中挣脱出来，并在不知不觉中影响到诸葛亮所有的行为与决策。

所谓托孤，本意是要辅助幼主成长，最终让他拥有独当一面的能力。但是，诸葛亮却从来没有在调教刘禅上花费一点心力。刘备在世时，诸葛亮还曾手抄《申子》《韩非子》《管子》《六韬》等书给刘禅看。但刘备去世后，诸葛亮根本就没有对刘禅实施继续教育。刘禅最后成了史上最不成器的君主之一，世称"扶不起的刘阿斗"。但事实上，包括诸葛亮在内的所有人，根本就没有扶过他。

诸葛亮确实做到了对蜀汉鞠躬尽瘁，死而后已。但除此之外，刘备所有的告诫与期望，都被他抛到了脑后。他肆无忌惮地释放着他的控制欲，大权独揽，将刘备用来制衡他的另一位托孤重任李严废为平民，让阿斗成为一个只知道花天酒地的弱智傀儡，重用刘备明令不得重用的马谡……

从最终的结果来看，刘备的托孤，虽然一直被万世传颂，但其实是他的人生败笔……

心理感悟：人际矿藏中最稀缺的珍宝就是信任。

备尝艰辛的一生

一代枭雄刘备在白帝城这个长江边上毫不知名的小城黯然画上了人生的句号。这个小城也因此成为中国历史上代表英雄末路的标志性地点之一。

纵观刘备这一生,如果用四个字来概括,那就是"备尝艰辛"。当年他的父亲为他取名为"备",是希望他具备所有的美德,但没想到他却尝遍了人世间所有的奋斗艰辛。

古往今来,成就帝业的开国雄主中,再也没有另一个人的帝位得来比刘备还要艰辛的。不妨以他的两位先祖刘邦、刘秀为例,做一简单对比。

刘邦虽起步较晚,四十八岁才起兵反秦,但仅仅八年后(五十六岁)就击败了劲敌项羽,登上了皇帝宝座。刘秀二十八岁起兵,加入绿林军,反对新朝王莽,三年后就称帝了。即便再算上他完全平定全国所花费的十年时间,刘秀也才不过四十一岁。

刘备从二十四岁从军,整整蹉跎了二十三年,直到四十七岁,才遇到了诸葛亮。其间的困顿挣扎,远远超过了最大限度的想象。其后,又经过了长达十四年的征战,刘备才最终实现了幼年时就初现雏形的"羽葆盖车之梦"。这时的刘备已经是六十一岁的苍髯老者了。

再来看看其他的开国雄主。

唐太宗李世民十八岁起兵,二十八岁就已君临天下,只用了十年时间。宋太祖赵匡胤陈桥兵变,几乎不费什么力气就得了天下。他坐上皇帝宝座的时候也不过三十四岁。明太祖朱元璋二十五岁投军,从底层士卒开始,到了四十一岁就身登大殿,也只用了十六年时间。而刘备用了整整三十四年的时间才成就帝业,这也让他成为中国历史上登基最晚的皇帝。

再从"三刘"各自遭遇的对手来看。

刘邦最大的对手项羽有勇无谋，当时天下最杰出的人才如张良、萧何、韩信、陈平等又尽数归于刘邦手下，刘邦得以速胜。刘秀的时代，群雄混战，但刘秀一枝独秀，几乎没有遇到什么像样的对手。优秀的人才"云台二十八将"也尽归刘秀所有。此外，时人对于谶纬之说深信不疑，刘秀巧妙地利用了谶纬中的"刘秀当为天子"的预言，更催化了自己的成功。

反观刘备，他最大的对手曹操，正是中国历史上不世出的雄才，放到任何一个历史时期，曹操文韬武略的综合素质都能排进三甲。而且，当时大多数的优秀人才也已被曹操先行收拢。他的另一个对手孙权，凭借地利之势，在综合实力上也胜过了刘备。但刘备依然还能争得三分天下，绝对是一个奇迹。

刘备的成功，绝不是命运必然的杰作。

上天确实对他不薄，赐给他很多奇迹般的际遇，让他得以在草莽中脱颖而去，从一介布衣，在人生的阶梯上拾级而上，最终登上巅峰。但上天对他也很残酷，搭送了那么多的磨难与挫折。在多得不计其数的失败中，刘备只要有一次选择放弃，这个世界上就绝不会留下刘备的名字。

多少起点比刘备更高、运气比刘备更好的人物，都已在历史的滚滚洪流的涤荡下，消失无踪。所以，刘备的成功既是天命，也是一个人坚持不懈、永不放弃的奋斗结晶。这才是我们今天不惜笔墨书写刘备的立意所在，这才是刘备作为一个标签性历史人物的价值所在。

从刘备的个人特性来看，刘备拥有很多优点。他坚韧不拔，机谋灵变，宽厚仁德。但是他也并不完美，有着与生俱来的缺点。我们看着他面目清晰地一路走来，但走到最后，却变得面目模糊了。

这是因为，伴随着成功而来的利益冲突和情感纠葛，一再放大了他的人性弱点和人格分裂。

他曾受益于他自己创设的汉室宗亲身份，却也在这一身份广为人知后一再受制于身份障碍。他曾得益于桃园兄弟的忠诚无私，却也不得不为兄弟情义牺牲了家国大局。

你得他的好，必也得他的坏，你受他的益，必也受他的弊。也许，这就是生命中无处不在的微妙平衡。

他曾明确提出了反曹论，但始终没能摆脱曹操对他的潜在影响。他曾努力奉行仁义，但他的利益却只能来自对仁义的悖逆。

他的梦想与现实、原则与利益、雄心与资源，始终存在着矛盾与冲突。但他还是义无反顾，一路前行。只是，囿于他在个人才识和情绪情感上的不足，他虽然登上了帝位，但作为一个皇帝，却没有什么像样的作为。这也决定了他身后的蜀汉不可能天祚绵长。在成功之路上，他最多只是走了一半的路。诸葛亮后来评价他，"先帝创业未半，而中道崩殂"，确实是一个中肯的看法。

假如，他能多一点幸运，没有浪费那么多的时间一再清算归零。

假如，他能多一点智慧，妥善处理好诸葛亮和关羽之间的矛盾。

假如，他能多一点理智，认清与东吴之间唇齿相依的关系。

假如，他能多一点信任，不再动辄制衡约束诸葛亮。

假如，他能多一点预见，早早做好对儿子阿斗的素质教育。

……

他的生命是不是就会大不相同？他的成就是不是就会灿烂夺目？他的一生是不是就不会留下这么多的遗憾？

当然，历史是不能假设的。这些假如对刘备来说毫无意义，但对现在的我们，却是值得深深思索的角度。

回顾历史，刘备最大的价值，其实不在于他的经历，不在于他的奋斗，不在于他的成功，不在于他的失败，而在于他将他所有的经历、奋斗、成功与失败凝练而成的一句话。

这句话就写在他给儿子刘禅的遗诏中。任何一个父亲，只要有可能，都会将他认为的最宝贵的东西留给他的儿子。刘备留给阿斗的就是他所认为的人生瑰宝：

勿以恶小而为之，勿以善小而不为。惟贤惟德，可以服人。

这句话其实就是三国版的"破窗效应"，比现代心理学家和社会学家的总结早了一千七百多年。

美国斯坦福大学心理学家菲利普·津巴多在1969年做了一项实验。他找来两辆一模一样的汽车，把其中一辆停在加州帕洛阿尔托的中产阶级社区，而另一辆停在秩序比较混乱的纽约布朗克斯区。津巴多把停在布朗克斯区的那辆车的车牌摘掉，天窗打开，结果车子上的很多零部件就被人拆走了，整辆车当天也被偷走了。而放在帕洛阿尔托的那一辆，一个星期内都无人理睬。后来，津巴多故意用锤子把那辆车的玻璃敲了个大洞。结果几个小时后，这辆车也被盗了。政治学家威尔逊和犯罪学家凯琳在此基础上，提出了"破窗效应"理论，认为，如果有人打坏了一幢建筑物的窗户玻璃，而这扇窗户又没能得到及时的维修，其他人就可能受到某些示范性的纵容而去打烂更多的窗户。久而久之，这些破窗就会给人造成一种无序的感觉，最终，大量的犯罪行为就会滋生。

破窗效应就是指对于任何细微行为的漠视放任，不加干预，会导致累积效应，带来破坏性极大的后果。

而刘备的总结在精神内涵上比现代的破窗效应更为丰富，不仅适用于社会管理层面，也适用于个人品行的修炼；不仅提到了好的一面，也提到了坏的一面。就行善而言，是集腋成裘；就远恶而言，是防微杜渐。正所谓是小善累积，必成大善；小恶不作，必远大恶。远恶近善，即为贤德。贤德皆备，大业必成。

刘备这一句人生忠告，不但在理论逻辑上丝丝入扣，而且在实践层面上行之有效。任何一个人，如果能够按照刘备所说的去做，无论是立功还是立德、立言，都不可能没有成就。刘备的这句话，在千年之后，依然闪耀着永不磨灭的人性光辉。这就是刘备对于整个世界，对于今天正在人生之路上奋力前行的人们的最大贡献。

最后，让我们把《孟子》里的一段名言送给刘备，也送给我们自己吧。

> 故天将降大任于斯人也，必先苦其心志，劳其筋骨，饿其体肤，空乏其身，行拂乱其所为，所以动心忍性，曾益其所不能。

只要星汉一直灿烂，只要地球一直转动，逆境就永远不会消失，风雨必然常伴身边。愿今天的人们，都能从刘备的坚忍足迹中汲取更多的人生智慧和精神力量，冷静从容，谈笑应对现实的挑战。

心理感悟：真正的成功就是一直在路上的那份心态。

本书主要心理学概念解读
（括号内数字为所在篇目）

1.**刻板印象**：人们往往根据直接或间接的经验，将某一些性格特征赋予某一类人，从而不假思索地形成对属于这一类别的个体的顽固性的第一印象。（1）

2.**结伴需求**：人们在预期到恐惧或痛苦即将来临时，倾向于寻找同病相怜的伙伴来共同面对。（1）

3.**启动效应**：先前的某一刺激对人们随后的无意识活动的一种正相关激发。（2）

4.**心理防御机制**：个体在面临挫折或冲突的紧张情境时，在其内部心理活动中具有的自觉或不自觉地解脱烦恼，减轻内心不安，以恢复心理平衡与稳定的一种适应性倾向。（3）

5.**幻想替代**：个体通过暂时脱离现实，用想象中的成功或成就来弥补、修复在现实生活中遭受的挫折与痛苦，以缓和情绪困扰，达到心理平衡。（3）

6.**自我实现预言**：预言对相关者形成的社会预期和社会压力最终导致了预言的实现。（3）

7.**占位效应**：通过率先将自己与某一群体普遍拥有或共有的资源链接定位，造成一种唯我独占的认知错觉。（4）

8.**亲缘称呼效应**：对并无血缘、亲缘关系的人采用亲缘称呼，有利于唤醒对方潜意识中的亲缘意识而迅速拉近彼此的距离，并促进亲密关系的形成。（5）

9.**群体极化**：当几个持有相同观点的个体聚集成群后，就会倾向于将原先的观点推向扩大化、极端化。（5）

10.**百分之五领导法则**：当有着明确目标的少数派在整个群体中的比例达到或

超过了百分之五，即便不公开宣示，少数派也能在不知不觉中成为没有明确目标的多数派的领导者。（5）

11.不对等认知：人与人沟通中的关注点基于各自的立场或需求，并不完全对等。（6）

12.肢体接触：在社会交往中，恰到好处的肢体接触能够有效地促进亲密关系的形成。（6）

13.自我监控能力：因应外部情境的变化而对自我言行予以调整的敏感性和适应性。（7）

14.信念固着：当人们被灌输了一种信念，并基于这种信念而进行了后续的思考及行动后，这种信念就会变得牢不可破，很难被相反的证据说服而改变立场。（7）

15.虚假共识效应：人们倾向于把自己的思维方式投射向他人，认为所有人都像自己一样以同一方式思考。（8）

16.强情境：身处其中的个体具有强制约束力的情境。（10）

17.外表拒绝敏感度：过于关注自己的外表，担心自己外表不够出众而遭到冷遇的一种心理状态。（10）

18.中间立场策略：采取不相干的第三方立场，有利于撇清利益干系，增强说服力。（12）

19.意志力衰竭：在某一项任务上投入过多的心智资源后，人类的意志力会走向衰竭而失去控制力。（14）

20.疏离性表达：通过一些不够亲密的词语，来表达内心与某一事物或人的疏离关系。（14）

21.过度合理化效应：当一个人的所得远远超过了他的应得，就会引发内心的认知失调，并影响此后的行为。（15）

22.体验认知：我们身体的知觉会对我们的思维方式产生强烈影响。（15）

23.道德自洽机制：人们的道德水平在不同的领域或不同的事件上并不完全保持一致。当道德出现盈余的时候，人们往往会心安理得地做一些不道德的事情。（16）

24.基本归因错误：人们倾向于对他人的行为进行性格归因。（17）

25.初成功膨胀：一个人刚刚取得成功后，其心态会出现自我膨胀，对自己更自信，并大幅度高估自己的个人魅力与操控力。（17）

26.独特性冲击：当他人影响到了自己个性或才能上的独特性，就会引发针对

这一特定他人的强烈偏见。（17）

27.最小化策略：将导致现实痛苦的事件的意义或价值极度缩小，直至最小，以减轻心灵冲击的一种心理防御机制。（19）

28.外周途径说服：通过情感、感觉等感性方式来实施说服。（20）

29.中心途径说服：通过论证、辨析等理性方式来实施说服。（20）

30.验证性偏见：人们倾向于将既定的事实解释为有利于强化自己业已形成的观点。（21）

31.自我设限：人们因着先前的直接经验或间接经验，主动过滤、删除、放弃了更多的应变可能性。（21）

32.自杀干预：为了阻止或防止人自杀的企图而采取的介入措施，以减少自杀的风险。（23）

33.相同立场策略：站在被说服者的立场，用他本人的利益需求来达成说服的目的。（23）

34.选择性恩惠记忆：一个人往往倾向于记住自己施与他人的恩惠，却很容易忘了自己对他人的伤害。（23）

35.行为否认：通过行为来象征性地表达此前的错误并非事实的一种心理防御机制。（25）

36.特质推论：人们倾向于从一个人的行为快速判断他的性格特质。（26）

37.身份障碍：一个人的身份对其言行的一种约束。（26）

38.后悔分化效应：在短期内，"有所作为"更令人后悔；从长期来看，"不作为"更令人后悔。（27）

39.生存性自私：一种以维持生命的存在为第一优先目标的信念规条。（27）

40.自我贬低策略：有意让自己以卑微、无能的形象出现，以减小自己可能对他人造成的威胁感。（27）

41.优势缓解：高自尊的个体在遭受失败后，往往会通过对自身优势项目的高度关注来舒缓失败对自尊的冲击与损伤。（28）

42.书写宣泄效应：将个人的痛苦用笔写下来，可以有效地发泄负面情绪，缓解心灵的重负。（29）

43.相反立场策略：说服者通过站在与自身利益相反的立场来说事，以加强说服效力。（29）

44.**知觉转换**：当一个人或一个组织成为我们的敌人后，我们会迅速将他（他们）的形象负面扭曲。化敌为友后，又会将他（他们）的形象恢复正面。（30）

45.**向上提升策略**：通过将论辩提升至更高的道义层面，让自己获得道德优势，从而在说服中处于上风的一种说服策略。（30）

46.**标签约束效应**：将一些内涵价值观准则的词汇当作标签赋予某一个人，以图约束其行为的说服策略。（31）

47.**示范效应**：将某个具体形象的模范个体当成标签来约束他人的行为，亦即标签的拟人化。（31）

48.**评价顾忌策略**：对社会评价的顾忌会让个体增加积极正面、符合主流价值观的行为，并约束或减少消极负面、与一般道德观念不符的行为。（31）

49.**好心情效应**：一个人心情处于愉悦状态时，往往采用积极思维模式，也会放松戒备心理，从而更容易被他人说服。（31）

50.**投射**：将自己的情感、冲动或愿望归结到另一个人身上的一种心理防御机制。（32）

51.**袒露互惠效应**：在人际交往中，率先吐露自身秘密的人等于施惠于他人，往往会获致对方在言行上的信任回报。（33）

52.**情境性归因**：将失败的原因归结为天时、命运、环境、他人等自己所不能控制的因素，以维护自尊，达致心理平衡。（34）

53.**反向歧视**：由于某种社会评价顾忌的存在，人们用双重标准来对待不同群体的成员，导致某一本该遭到歧视的群体成员反而受到了优待。（35）

54.**想象成真效应**：仅仅是想象某一行为，就会让人认定这些事情极有可能发生。（37）

55.**聚焦性错觉**：当一个特定选择的某一方面在人们的脑海中特别突出时，人们会倾向于忽视该选择的其他方面。（37）

56.**中断效应**：某种愉悦体验在经历了短暂的中断后，反而能给人带来更大的愉悦感。（38）

57.**最小兴趣法则**：在任何关系中，对于发展、维持关系兴趣较小的人拥有更大的权力。（38）

58.**替代性选择**：替代性选择存在与否，会极大地影响到人际关系间的操控与平衡。（38）

59.**禀赋效应**：一旦人们拥有了某样东西，不管是一件具体的物品还是一种抽象的权力，人们对这样东西的价值评估就会大大增加。（39）

60.**进步陷阱**：人们在完成某个目标过程中取得的进步，会导致人们精神松懈，并影响最终目标的实现。（39）

61.**蜜月效应**：在感情升温阶段，亲密关系人的任何要求都有可能得到许可。（40）

62.**数字锚定效应**：人们往往会无意识地将一些并不相关的数据作为其他重要判断的基准。（44）

63.**睡眠者效应**：当人们淡忘了信息来源与信息本身之间的联系后出现的说服效力的逆向变化。（47）

64.**否定性掩饰**：将可能引发负面影响的真实想法冠以一个否定性前缀，以作掩饰。（48）

65.**转移性保护**：以貌似更为深入的接纳来微妙地表达拒绝的一种心理防御机制。（48）

66.**基本归因倾向**：人们总是习惯于把成功归功于自己的能力或努力，而把失败归结为环境或他人的影响。（49）

67.**道德排除**：通过将对方置于道德失范的位置上，从而为己方实施谴责或攻击提供合理的借口。（50）

68.**选择性认知**：人们往往倾向性地在外部信息中选择与自己的信念、态度、兴趣、需求等相一致的信息，而对与此相悖的信息视而不见，听而不闻。（51）

69.**弱情境**：对身处其中的人没有过多约束的情境。（54）

70.**冒险倾向**：当损失已经无可避免的时候，人们往往会选择冒险，以博求生机。（55）

71.**习得性无助**：当个体的多次努力都无法取得控制权或改变不良现状，就会出现绝望冷漠、逆来顺受的思维定式。（58）

72.**破窗效应**：对于任何细微行为的漠视放任，不加干预，会导致累积效应，带来破坏性极大的后果。（60）

风雨十年心何往

"心理三国三部曲"即将推出十周年纪念版,在这个特殊的时刻,不免抚今追昔,往事历历,涌上心头。不过,记忆经过时间的加工,可能早已不是原来的模样。

十年来,"心理三国"系列以多个版本、数种文字畅销中国大陆和港澳台地区以及韩国等东亚文化圈,还有北美、澳大利亚等华人密集处,这是出乎我的意料的。

这部作品是我人生中的一个大事件,是沉寂两年后的自动喷发。所有的文字就像是流淌出来的,在键盘上打字的速度根本就跟不上脑海中文字奔涌的速度。只是,当时我并没有想到,这部无意中诞生的作品,竟在十年间成为我的代表作之一,并顺带开创了"心理说史"这种独特的写作形式。

这十年来,我的生活跌宕起伏、变化多端,仿佛只有不确定才是唯一确定的。

风雨十年心何思?

一个人若不曾跌落低谷,永远不可能体会人世真相;一个人若不曾历经沧桑,永远不可能洞察人性真相;一个人若不曾在绝望处看见光明,永远不可能探明人生真相。

这十年中,我思考了很多很多。这些思考带来了巨大的痛苦以及痛定之后不可思议的心性提升。

这十年中,我领悟到,风云亦只是寻常。我们惯常将目光投注于英雄人物,为他们的成功击掌,为他们的失败痛惜,为他们的智慧赞叹,为他们的失误惋惜。我们往往以为英雄人物与贩夫走卒大为不同,但其实在心理学的手术刀下,英雄与凡夫并无二致。人类喜怒哀乐的心理机制、趋吉避凶的人性逻辑,都逃不脱固有的几个模式。

所以，从心理学意义上来看，每个人的一生都是一个传奇。所谓历史，其实只是每个人自己的故事。"心理三国"借用了"英雄人物"的标签，讲述人人都可以代入的人生成败、悲欢离合。当初我在书中写到的"三国不仅仅是一段历史，也是千百年来人们将自己的道德偏好、价值判断投注其上的一个心灵样本。我们每个人身上或多或少都有这些三国人物的文化基因和行为记忆。读懂了他们，就认清了你自己，也就认清了你身边的中国人"，这一再得到了时间的验证。英雄即凡人，凡人亦传奇。这一领悟也渗入我此后所写的"心理说史"系列的其他作品中。

佛陀在《金刚经》里提出了一个"如何安住此心"的人生大命题。

风雨十年心何住？

反躬自省，这十年来，我的心一直住在哪里呢？

整个"心理三国"系列，我写下的第一句话就是"关羽是不可能投降的"，实际上，这句话完全是我当时潜意识的反映。

当时，我以灵魂之痛，深刻体会到了人性的复杂多变，但我的心还是住在对抗中，不愿意与俗流妥协，不愿意对压力屈服，不愿意向逆境投降。

但是黑白分明的抗争姿态是很消耗能量的，对自己的身心也是一种莫大的伤害。而最关键的是，这样做并不能安住那颗躁动而彷徨的心。

孔子说，人分为三种：一种是生而知之的，一种是学而知之的，还有一种是困而知之的。我生性愚笨，应该是属于那种困了很久才略有所知的。

抗争，非但没有让我免于痛苦，反而让我陷入了更大、更漫长的痛苦中。我的心被困于抗争之中，这等于是自设的心牢。如何才能越狱而出？

物极必反，在黑暗的极点，我明白了，抗争何如接纳？就如纳尔逊·曼德拉，也是在看不到头的牢狱生涯中，明白了必须用包容去迭代抗争。

接纳并不是投降，并不是没有原则，更不是和稀泥、当好好先生。接纳其实是一种最柔软的抗争。抗争是一分为二，接纳是合二为一，而一个人在三维世界中所能达到的最高心性境界就是"一"。

当一个人安住在接纳之中，自然也就消解了恐惧，消解了愤怒，消解了孤独。当一个人安住于不确定之中，也就是活在当下了。当一个人安住于包容之中，哪里还用得着对抗呢？山川万物皆是我，无限风光由心造，那是一种何等美妙的体验！

十年间，我出版了三十多本书（包括"心理三国·逆境三部曲""心理吴越三部曲"），但我自己知道，有太多的时间并没有用于创作，而是在和自己的心性做斗争。以我的创造力，本可以写出更多的作品。计划中的"心理楚汉三部曲"、《心理战国》（七卷本）、《心理孔子》《心理秦始皇》《心理苏东坡》《心理岳飞》等之所以未能如期完成，也缘于此。不过，这也是必不可少的"浪费"。好在，我还没有放弃；好在，我还有时间。

风雨十年，心里充满了感恩。对我来说，夜空中最亮的星，就是那些忠实的读者们。这些素不相识的书友，借助互联网时代的通信便利，用各种方式表达了他们对作品的喜欢和对我的支持。他们看似微不足道的一句问候，却弥足珍贵，暖炙我心，给了我继续前行的力量。在这里，要对这些书友们道一声诚挚的感谢。

走过十年，就像一首歌所唱的：孤独站在这人生的大舞台，心中有无限感慨。多少青春已不在，多少情怀已更改，但我却依然拥有你们的爱，无论天上人间，无论天涯海角。

要特别感恩的是师父和陈国瑛老师，他们给了我无数的鼓励，陪伴我走过了漫漫长路。另外，厚朴先生和馨文女士在重要时刻的热心帮助，也让我铭记在心。

俱往矣，时间不会停留，但会开花结果。生长十年，"心理三国"初具模样，也留下了一些遗憾。但无论如何，"心理三国"一定会活出它自己最茂盛的样子。

风雨十年心何往？

再过几天，就将进入21世纪20年代了，人类社会正在发生翻天覆地的变化，技术似乎占据了主导地位，但我始终相信，太阳底下，并无新事；人性心理，千年如一。无论技术如何演变，关于人和人性，仍将是恒久的话题。

展望未来，我还是会继续用"心理说史"这种形式来"看透历史，讲透人性"。或许，这就是我重要的人生使命吧。

最后，我想说，在上一版的后记中我把这套书献给我故去的公公婆婆。十年过去了，时间并不能割断我对他们的思念，也不可能磨灭我对他们的敬意。

谨以此书寄托我对他们不变的爱，虽然我再也没有机会亲口告诉他们。

2019年12月24日星期二于北京空港融慧园1912

2020年2月16日星期日于别馆13B补定

初版后记

时间会改变很多东西,包括信念、情感和一些看似坚定的决定。

五年之前,我完成了"心理说史"的开创之作"心理三国三部曲"(《心理关羽》《心理诸葛》《心理曹操》)后,决定不再涉及三国题材。因为,上下五千年,最不缺的就是历史。弱水三千,各具资采,何必锁定一瓢而饮呢?那些取之不尽、浩瀚汪洋、波澜壮阔、奇谲巧绝的历史事件或历史人物都可以供心理说史选材之用。

五年来,我构思了多部作品,也完成了心理说史的另一个大系列——"心理吴越三部曲"(《鞭楚》《辱越》《吞吴》)。让我始料不及的是,三国竟然再一次魂牵梦萦般地走进了我的心灵。

也许是三国的独特魅力,也许是读者的殷切期盼,也许是师友的良言指教,也许是说不清道不明的什么理由。总之,五年之后,这一套"心理三国·逆境三部曲"(《心理刘备》《心理孙权》《心理司马》)弯道超车,抢在其他作品之前,出现在大家的面前。

不过,这个三部曲和之前的三部曲有一些明显的不同。生也有涯,光阴胜金,简单重复是我唯一不屑去做的事情。我选择刘备、孙权、司马懿来书写三国新篇,是因为这三个人的际遇代表了三种不同类型的逆境。

刘备身无凭依,在匮乏资源的情况下去实现伟大梦想;

孙权骤逢变乱,在毫无准备的情况下不得不力担艰巨;

司马懿怀才难遇，在备受压制的情况下图谋着脱颖而出。

人世间的逆境大抵超不出上述三种类型及其不同分量的组合。刘备、孙权、司马懿与逆境抗争的人生经历有着很强的代表性。

逆境来自追求。没有追求，就没有逆境。刘备追求的是地位，孙权追求的是认可，司马懿追求的是权力。

面对逆境，刘备的奋斗动力是梦想，孙权的奋斗动力是责任，司马懿的奋斗动力是生存。他们的逆境秘诀也各有不同，刘备是"永不放弃"，用心创造机会；孙权是"以柔克刚"，精心选择机会；司马懿是"随形就势"，耐心等待机会。

刘备就像是一条游来游去的鱼，心怀梦想，到处寻找水草肥美的江湖，合则留，不合则去，在颠沛流离中终于鱼跃龙门，克成大业；司马懿就像是一棵站在原地的树，即便缺乏阳光雨露，即便时有狂风暴雨，依然不为所动，倔强生长，最终成为参天巨木；孙权则像是一个幸运的孩子，无意中得到了一把钥匙，他试着用这把钥匙去开所有的门，竟然几乎无一落空。当然，世事从来趋于均衡。最后，孙权也尝到了幸运的苦果。

这就是这三位三国英雄打动我的逆境故事。

逆境有着永恒的魅力。只要星汉一直灿烂，只要地球一直转动，逆境就永远不会消失。既然我们永远无法拒绝逆境的降临，我们为什么不去找寻更好的心态与方法，来面对逆境、认知逆境、改变逆境呢？

爱斯基摩部落一位名叫依格加卡加克的巫师曾经说过："只有困厄与苦难才能使心眼打开，看到那不为他人所知的一切。"

这句话点破了逆境的价值与意义。其实，这就是我创作"心理说史"的初衷，这就是我从来也不会被时间改变的初心。

好了，关于心理三国，我已经写了太多，说了太多了，还是就此告一段落吧。长路漫漫，初心不改，就让我们在下一段历史中相逢吧。

2014年8月31日星期日早10：47于杭州嘉绿苑